JN010091

不便なコンビニ

불편한 편의점
김호연

キム・ホヨン
米津篤八＝訳

小学館

不便なコンビニ

UNCANNY CONVENIENCE STORE
by Kim Ho-Yeon
불편한 편의점

This Japanese edition is published by arrangement with Namu Bench
through KL Management in association with Japan UNI Agency. Inc.
This book is published with the support of the Literature
Translation Institute of Korea (LTI Korea).

装画
松田 学

ブックデザイン
鈴木成一デザイン室

目次

山海珍味弁当

ヨム・ヨンスクさんがバッグの中のポーチがなくなっていることに気づいたとき、列車は平沢（ピョンテク）〔ソウルから南へ六十キロほどの地方都市〕あたりを走っていた。しかし、どこでポーチをなくしたのか、まるで記憶がない。ポーチをなくしたことより記憶力が衰えたことのほうが、彼女にとっては不安だった。冷や汗をかきながら、彼女は自分のここまでの行動を必死で思い出そうとした。

ソウル駅で高速鉄道KTXの切符を買ったときまでは、ポーチがあったことは確かだ。そうでなくては、ポーチの中の財布からカードを出して切符を買うことはできない。その後、待合室のテレビの前に座って二十四時間ニュース専門チャンネルを見ながら、三十分ほど列車を待っていた。列車に乗ってからバッグを抱えたままウトウトして、目が覚めたときには何も変わりはなかった。ついさっき携帯電話を取り出すためにバッグを開けたとき、そこにあるはずのポーチがないことに驚いたこと以外は……。ポーチには財布、通帳、手帳など、大事な物ばかりを入れてあった。それがなくなったのだ。彼女は息が止まりそうだった。

ヨムさんは、自分が乗っている高速列車のスピードに負けないほどの速度で頭を巡らせた。窓の外を飛び去る風景をたぐり寄せるかのように、記憶を巻き戻した。足を震わせ、独り言をつぶやきながら没頭する彼女の様子に、隣席の中年男性がコホンと咳払（せきばら）いした。

彼女の思考を邪魔したのは男性の咳払いではなく、バッグの中で鳴る携帯の着信音だった。ＡＢＢＡの歌だったが、曲名を思い出せない。「チキチータ」だったか、「ダンシング・クイーン」だったか……。ああ、ジュニちゃん。おばあちゃん、とうとうぼけちゃったみたい。震える手でバッグから携帯を出したとき、やっと曲名を思い出した。「サンキュー・フォー・ザ・ミュージック」だ。同時に、見知らぬ０２〔ソウルの市外局番〕から始まる電話番号であることを確認した。彼女はひとつ深呼吸してから電話を受けた。

「もしもし」

相手は答えなかった。背後の騒音からして、公共の場からかけているようだ。

「どなたですか？」

「ヨム……ヨンスク……さんですか？」

人間の声にしてはあまりに不鮮明で、聞き苦しかった。まるで冬眠から覚めた熊が、洞窟から這(は)い出て初めて口から出す声のようだ。

「はい、そうですが」

「財布……です」

「はい、私のです。拾ってくださったんですね？　いまどちらですか？」

「……ソウル」

「ソウルのどこですか？　ソウル駅ですか？」

「はい、ソウル……駅」

ヨムさんは携帯の脇からほっとため息を吐き出すと、声の調子を整えた。

「財布を拾っていただき、ありがとうございます。ところで私、いま列車の中なんです。次の駅で降りてすぐ戻りますから、そのまま保管していただくか、どこかに預けていただけますか？　お礼はそちらに着いたらすぐお支払いします」

「ここにいます。……行くところも……ないし」

「そうですか。わかりました。ソウル駅のどちらですか？」

「く、空港鉄道に行く途中の……GSのコンビニ……です」

「ありがとうございます。できるだけ早く行きますね」

「ゆっくりで……大丈夫です」

「はい、ありがとうございます」

電話を切ったが、妙な気分だった。携帯の向こうから聞こえる動物の声のような不自然な話し方。もしかしたらホームレスだろうか。何よりも「行くところも……ないし」という言い方や、明らかに公衆電話からであろう02の局番からも、携帯を持たないホームレスに違いない。ヨムさんはちょっと緊張した。財布を返してくれるといっても何だか不安で、別のことを要求されるのではないかと心配になった。

だが、電話をしてまで財布を素直に返そうとする男が、わざわざ危害を加えてくるとも思えない。謝礼に財布の中から現金四万ウォン〔約四千円〕を渡せば十分だろう。間もなく天安(チョナン)に停車するという車内放送が流れた。ヨムさんは携帯をバッグにしまい、席を立った。

戻りの列車が水原を過ぎるころ、再び携帯が鳴った。「サンキュー・フォー・ザ・ミュージック」の歌詞をぼけ防止につぶやきながら液晶画面を確認すると、さっきと同じ番号だ。不安な気持ちを努めて抑えながら、電話に出る。

「……私です」

男のくぐもった声が聞こえてきた。ヨムさんは言い訳する子どもに言うように、声に力を込めた。

「どうしましたか？」

「あのう……先生、お腹が空いて……」

「それで？」

「コンビニの……弁当……た、食べてもいいですか？」

瞬間、ヨムさんの心がちょっと温かくなった。「先生」という呼称と「弁当」という単語が、彼女の心を開いたようだった。

「ええ、どうぞ。お弁当を買って食べてください。喉も渇くでしょうから、飲み物も一緒に」

「あ、ありがとうございます」

電話を切って間もなく、携帯にクレジットカードの利用通知が届いた。その早さは、まるでコンビニのカウンターの前から電話したのかと思えるほどだった。ずいぶん空腹だったのだろう。やはり彼の正体は、ソウル駅の主、鳩の友、ホームレスに違いなかった。通知のメールをよく見ると、「GS朴贊浩トゥー・マッチおかず山盛り弁当　四九〇〇ウォン」とあった（朴贊浩は元LAドジャース投手）。

——飲み物は買わなかったのね。遠慮深い人なのかしら。

万一を考えて誰か呼ぼうかと思っていたヨムさんは、その考えを打ち消し、自分ひとりで彼と会うことにした。七十歳を前に物忘れがひどくなったとはいえ、まだ彼女は自分の威厳を捨てたくはなかった。教壇で定年を迎えるまで、一度も卑屈になることなく、胸を張って子どもたちの前に立ってきた自分を信じることにした。

ソウル駅に到着してすぐ、空港鉄道へと降りるエスカレーターを見つけた。エスカレーターを降りると、右手前方にGSコンビニがあり、店の前には熊の声の男が弁当に顔を突っ込むようにしてうずくまっていた。近づくにつれ明らかになる彼の実態に、彼女は再び緊張の紐をぐっと握りしめた。モップのように絡んだ長髪の男は、薄いジャンパーを羽織り、汚れてベージュだか茶色だかわからない綿パンを穿いている。彼はせっせと箸を動かして、弁当のウインナーをつまんで口に運んでいた。ホームレスに間違いない。ヨムさんは緊張しながら男に近づいた。

そのときだった。三人の見知らぬ男たちが、弁当を食べている彼に駆け寄った。ヨムさんはとっさに足を止めた。三人のハイエナのような男たちもホームレスのようだったが、彼らは弁当の男を押しのけ、必死に何かを奪おうとしていた。ヨムさんはあたりを見回し、ドンドンと足を踏み鳴らしたが、通行人たちはホームレス同士のよくある喧嘩だと思って、ちらりと横目で見るだけだった。

彼は食べていた弁当を落として、体をボールのように丸めて何かを守った。しかし、結局三人によって首を絞められ……腕をねじられ……守っていた物を奪われてしまった。やきもきしながら見守っていたヨムさんの目に、彼らが奪い取った物がチラリと映った。自分のピンク色のポーチ！

弁当の男を引き剝がそうとするように、足で何度か踏みつけてから、三人はその場から立ち去ろうとした。ヨムさんは手足をぶるぶる震わせて、呆然とその場にへたり込んでしまった。そのとき弁当の男が反撃に出て、ポーチを手にした奴にタックルした。

「ぐあーっ！」

彼は奇声を上げながら、そいつの足にしがみついた。倒れたそいつの体を押さえつけてポーチを奪い返したが、すぐに別のふたりが彼に覆い被さった。瞬間、ヨムさんの目の中に炎が燃え上がった。彼女はすっくと立ち上がると彼らに駆け寄り、首に青筋を立てて叫んだ。

「おい、あなたたち！　手を放しなさい！」

叫びながら突進する彼女の姿に、三人がたじろいだ。そこへ駆け寄った彼女はバッグを振り上げ、一番手前にいた奴の頭に叩きつけた。「うわっ！」そいつの悲鳴とともに、ほかのふたりが立ち上がって後ずさりした。

「泥棒よ！　私の財布を盗もうとしています！」

ヨムさんの必死の叫びに、足を止めた周囲の人々の視線が集まると、三人はてんでに逃げ始めた。弁当の男だけがポーチを胸に、うずくまっている。彼女が男に近づいた。

「大丈夫ですか？」

男は顔を上げて、ヨムさんを見つめた。殴られて腫れたまぶた、鼻血と鼻水でぐちゃぐちゃになった鼻、髭で覆われた口元は、まるで傷だらけで狩りから帰ってきた原始人のようだ。男はようやく、自分を攻撃していた三人が姿を消したことに気づいたように、ゆっくりと身を起こして座り直した。ヨムさんもハンカチを取り出し、そんな男の前にしゃがんだ。

ホームレス独特のすえたような悪臭が鼻を突く。ヨムさんは息を止めて、彼にハンカチを手渡した。男は頭を振ると、ジャンパーの袖口でスッと鼻を拭った。もしやポーチに男の血と鼻水がつかないだろうか――そんなことを気にする自分に、ヨムさんは腹が立った。

「本当に大丈夫ですか？」

男はうなずくと、ヨムさんをじっと見つめた。男の視線に一瞬、何か悪いことでもしたのかと心配になった彼女は、とにかく早くその場から離れたくなった。そうだ、ポーチを返してもらわなくては。

「ありがとうございます。拾っていただいて」

男は自分の左腕に抱えたポーチを右手でつかむと、彼女に差し出した。ところが、ヨムさんが受け取ろうとした瞬間、男はポーチをさっと引っ込めた。驚いたヨムさんをじっと見ながら、彼がポーチを開けた。

「どうしたんですか？」

「持ち主に……間違いありませんか？」

「もちろんです。私が持ち主だから、ここに来たんですよ。さっき私と電話したのを覚えていらっしゃるでしょう？」

突拍子もない疑いをかけられて、ヨムさんは少しムッとした。男は無言でポーチの中から財布を探し、そこから身分証明書を取り出した。

「住民番号は……」

「まあ、私が嘘をついているとでも？」

「間違いがあっては、いけません……。これを持ち主に……返す……せ、責任があります」

「住民登録証に私の写真があるから、比べて見てください」

男は殴られて腫れた目をしばたたかせながら、住民登録証とヨムさんを交互に見つめた。

「写真……違うように見えます」

あきれたヨムさんは、思わず舌打ちした。腹も立たなかった。

「ふ、古い写真です」

男がつけ加えた。古い写真だが、明らかにヨムさんの顔であり、見ればわかりそうなものだ。おそらく健康状態のせいか、男の視力に問題があるようだ。それとも、彼女が年をとって別人のように見えるとでもいうのだろうか。

「住民番号……い、言ってください」

ふう。ヨムさんは短くため息をついてから、はっきりとした口調で言った。

「520725-XXXXXXX〔韓国の住民番号の上六桁は生年月日を示す。つまり一九五二年七月二五日生まれであることを意味する〕。いいですか？」

「そ、その通り。間違いがあってはいけませんから。……そうでしょう？」

男が同意を求めるような目つきとともに、住民登録証を財布に戻し、再びポーチに入れてヨムさんに手渡した。ポーチを受け取ったヨムさんは、騒動にケリがついてすっきりすると、男への感謝の気持ちが湧いてきた。ほかのホームレスたちから殴られてもポーチを守ったことや、持ち主に確実に返すためにしっかり身元を確認したことなど、相当の責任感がなければできないことだ。

そのとき、「よいしょ」という掛け声とともに男が立ち上がった。ヨムさんも立ち上がり、取り急ぎ財布から現金四万ウォンを取り出した。

「お礼です」

差し出されたお金を見て、男は戸惑いの色を見せた。

「受け取ってください」

男は現金に手を伸ばす代わりに、ジャンパーのポケットに手を入れ、何やらティッシュの束のようなものを取り出した。それで鼻血を拭うと、背を向けて歩き出した。謝礼を持った手のやり場がなくなって、彼女はしばらく男を見つめていた。男はよたよたと歩いていくと、さっきうずくまって弁当を食べていたコンビニの前にかがみ込んだ。ヨムさんは男に近づいた。

コンビニの前で、さっきの弁当がひっくり返っているのを見ながら、男は独り言をつぶやいている。そしてため息が聞こえた。しばらく男の後ろ姿を見ていたヨムさんは、身をかがめて男の背を叩いた。男が振り返ると、彼女は気を落とした教え子をなぐさめるときのような表情で言った。

「あの、ちょっと私と一緒に来てもらえますか？」


ソウル駅の西口方面に出ながら、男は少しためらっていた。まるで自然の懐を離れ、アスファルトの上のトラックに乗るのを嫌がる草食動物のようだった。ヨムさんは男に駅舎を出るように手招きして、一緒に葛月洞（カロルドン）通りを歩いた。男はヨムさんの歩みに合わせ、その何歩か後ろをついてくる。彼女は早足で葛月洞を抜け、青坡洞（チョンパドン）に向かった。晩秋のイチョウ並木から落ちた銀杏（ぎんなん）から、男とよく似た臭いが漂ってくる。ヨムさんは、なぜ急に彼を連れて出てきたのか、自分で考えてみた。

謝礼を断った男に、何かの形でお礼をしたかった。男が必死にポーチを守ってくれたことへのお礼であり、ホームレスという境遇なのに正しく行動したことを支持してあげたかった。長年、教壇に立ってきた彼女の身に染みついた、子どもへの接し方が思わず発揮されたのだ。そして、何と言っても、彼女は生まれついてのクリスチャンだった。先に〝善きサマリア人〟〔隣人への愛とは何かと律法学者から問われたイエスが、追い剝ぎに襲われた人を介抱したサマリア人（ユダヤ人から忌み嫌われる存在）の例え話をして、「あなたも同じようにしなさい」と言ったという新約聖書の逸話〕の姿を示してくれたホームレスの男にとって、自分もまた〝善きサマリア人〟になりたかったのだ。

十五分ほど歩いただろうか。ソウル駅西口の雑踏を抜けると、洗練された大きな教会の建物が目に入ってきた。女子大に近いので、ジーンズにジャンパー姿の女子学生がケラケラ笑いながら通り過ぎ、テレビ番組で紹介された軽食屋の前には行列ができている。ヨムさんが後ろを振り返ると、男はキョロキョロと街の風景を見回していた。ふたりを避けていく人たちもいる。自分と男の組み合わせが人にどう見えているのか、彼女は気になると同時に、心配でもあった。ここ青坡洞は自分の地元であり、自分の店がある場所でもあるからだ。

淑明(スンミョン)女子大の近くまで来たヨムさんは、男を尻尾のように引き連れたまま路地を二、三本過ぎて、小さなT字路に差し掛かった。T字路の角にあるコンビニ。そのコンビニこそが、ヨムさんがオーナーをしている小さな職場であり、男に再び弁当を提供できる空間でもあった。ヨムさんはコンビニのドアを開けて、男に入るよう手招きした。もじもじしていた男だったが、彼女のあとに従った。

「いらっしゃいませ。あ、お帰りなさい」

学生アルバイトのシヒョンが携帯電話を置きながら、ヨムさんに笑顔で挨拶した。ヨムさんも微笑を返したが、その瞬間、シヒョンが顔をこわばらせた。

「大丈夫よ。お客さんだから」

お客さんという言葉に、男を見るシヒョンの表情はさらに歪(ゆが)んだ。シヒョンはもっと大人にならなくちゃ。ヨムさんはそう思いながら、男の腕を引いて弁当コーナーに向かった。男は察しがいいのか、何も考えていないのか、黙ってヨムさんについていく。

「何でも食べたいものを選んでくださいね」

「?」

「ここは私がやっている店だから、気にしないで」

「では……ええと……ん?」

舌なめずりして棚を見ていた男は、急に口を開けたまま動きを止めた。

「どうしました? 気に入ったものがないんですか?」

「朴賛浩……弁当が……ないです……」

「ここはGS系列のコンビニじゃないからね。朴賛浩弁当はGSにしかないんです。ここにもおいしいものがたくさんあるから、選んでください」

「……朴賛浩は、弁当もうまいんです……」

ライバル店の弁当をしきりに褒める男にイラッとしたヨムさんは、目の前にある一番大きな弁当を手にとって男に差し出した。

「これになさい。山海珍味弁当。これはおかずもたくさんあるし」

弁当を受け取った男は、じっくりとおかずの品数を数えた。十二品。ホームレスにとっては大ごちそうだ。ヨムさんは弁当を慎重に品定めする男を見ながら、内心で思った。なのに、この男ときたら――。

確認が終わったのか、男は顔を上げてヨムさんにぺこりと頭を下げた。そして自分の指定席であるかのように、店を出てテラス席に向かった。

グリーンのプラスチック製のテーブルは、男の小さな食卓に早変わりした。彼は貴重品でも扱うように弁当のふたを開け、丁寧に割りばしを割って、白飯をひとつまみ、口に運んだ。男の一挙手一投足をうかがっていたヨムさんは、棚に行ってカップ味噌汁(みそしる)をひとつ手に取り、カウンターに置いた。シヒョンがすぐに察してバーコードを読み取ると、ヨムさんは味噌汁のカップにお湯を注いでスプーンを手に表に出ていった。

「これも一緒にどうぞ。お味噌汁があったほうがいいでしょ」

テーブルに置かれた味噌汁とヨムさんの顔を交互に見ていた男は、スプーンを手渡す間もなく、味噌汁のカップに口をつけた。そのまま熱さを忘れたように味噌汁を半分ほどすすってから、ひとつうなずくと再び箸を手に持った。

店内から紙コップに水を汲(く)んできたヨムさんは、それを男のそばに置くと向かいの席に座り、男が弁当を食べる様子をじっと見ていた。冬眠から覚めて腹が空いているのか、冬眠に備えて栄養を蓄えているのか、ともかく蜜の壺(つぼ)に頭を突っ込んでいる熊さながらだった。ホームレスであれば、毎日三食きちんととることも難しいだろうが、どうしてこんなに体格がいいのだろうか。ホームレスが太るのは、貧困層の肥満率が高いのと同じ理屈かも知れない。あるいは、あまりに急いで食べるせいかも知れない。彼女はそんなことを思った。

「ゆっくり食べてください。ここなら誰にも横取りされませんから」

男はキムチ炒(いた)めの汁を口につけたまま、ヨムさんを見上げた。先ほどまでの警戒の色が消え、素直な表情になっている。

「おいしい……です」

そして脇に置いた弁当のふたに視線をやって、こうつけ加えた。

「本当に、さ、山海珍味……」

男は最後まで言い終わらずに、ペコリと頭を下げて挨拶すると、再び味噌汁を手にして飲んだ。だいぶ落ち着いてきた様子だ。空腹が満たされて、気持ちもしっかりしたようだった。はんぺん炒めの残りに箸をつけるのを見ながら、ヨムさんは不思議な満足感を覚えた。はんぺんのわずかなかけらを箸で必死につまもうとする様子に、生の崇高さを垣間見た（かいまみ）ような気がしたからだ。

「これからはお腹が空いたら、いつでもうちの店に来てお弁当を食べてください」

男は箸を止めると、目を丸くして彼女をじっと見つめた。

「アルバイトには伝えておきますから、お金はいりません」

「は、廃棄されたやつでしょう？」

「いいえ、賞味期限切れのじゃなくて、新しいのですよ」

「アルバイトは……廃棄されたのを食べます。私はそれを……本当にいいんですか？」

「うちの店では、廃棄食品は食べさせません。アルバイトにも、あなたにも。ですから、新しいのを食べてください。そう言っておきますから」

キョトンとしていた男はまた頭を下げると、はんぺん炒めのかけらを箸で何とかつまもうとした。ヨムさんはさっき持ってきたスプーンのことを思い出し、男に差し出した。彼はスプーンを受け取ると、チンパンジーがスマートフォンを見るようにしばし動きを止めたが、一度覚えた自転車の乗り方を体が忘れないように、スプーンではんぺんのかけらをかき集めた。そして満足げな顔でスプーンを口に運んだ。

すっかり空になったプラスチックの弁当箱から男は顔を上げると、ヨムさんを見た。

「ご、ごちそうさま……でした。ありがとうございます」

「こちらこそ、ポーチを守ってくださって、助かりました」

「あれは……もともと、奴らのうちふたりが拾ったものです」

「ふたり？」

「ええ……。だからふたりを怒鳴りつけて取り返したんです……。あの財布が入っていたのを……」

「じゃあ、私のポーチを盗んだ男たちから、あなたが取り返してくれたの？　私に返そうと？」

男はうなずきながら、ヨムさんが持ってきた紙コップの水を飲んだ。

「相手がふたりなら……勝てます。でも三人だと……ちょっと。あいつら……次に会ったら怒ってくるでしょう」

そう言い終えた男は、ソウル駅の出来事を思い出して腹が立ったのか、歯をむき出した。黄色い歯に挟まった唐辛子粉を見て、ヨムさんは眉をひそめたが、自分の力を誇示する彼の様子から生気が感じられ、気持ちがほぐれた。

男は残った水を飲み、あたりを見回した。

「ところで……ここは……どこですか？」

「ここ？　青坡洞です。青い丘という意味です」

「青い……丘……。いいですね」

男は伸びた髭に埋もれた口角を少し持ち上げると、弁当と味噌汁の空容器を手に立ち上がった。彼はごく自然な動きでそれをリサイクル用ゴミ箱に捨ててからヨムさんの前に戻ると、ジャンパーのポケットから再びティッシュの束を取り出して口を拭った。そして腰を九〇度に折り曲げて礼をすると、コンビニに背を向けた。

帰宅するサラリーマンのようにソウル駅方向へと歩いていく男の後ろ姿を見送ると、ヨムさんはコンビニの店内に戻った。彼女が中に入ってくると、シヒョンは好奇心に満ちた目であれこれ質問を始めた。ヨムさんは、列車の中でポーチを落としたことに気づいてからのいきさつを打ち明けた。そんなヨムさんの話に、シヒョンは不可解さと心配の入り交じった表情で、「あら」「へえ」と相づちを連発した。

「面白い人よ。常識をわきまえていて、ホームレスだとは思えない」

「私から見たら、ただのホームレスですけど……。財布の中身はすべて無事でしたか？」

ヨムさんはポーチを開けて中を確かめた。すべて元通りだった。シヒョンを見て、どうだとばかりに笑ったヨムさんは、ふと思いついて財布から住民登録証を取り出した。

「別人に見えるかしら」

「そんなことないですよ。白髪が少し増えたぐらいで、少しも老けてないですし」

ヨムさんも改めて住民登録証の証明写真をじっと見た。やはり、証明写真といまの自分はかなり違うようだ。

「悔しいけど、あの人のほうが正しいみたい」

「え？」

「分別があるのよ。シヒョンは私に忖度（そんたく）してるでしょ」

ヨムさんは、今後その大柄なホームレスの男が来たら弁当を渡すようにシヒョンに告げ、アルバイト全員にそれを伝えるよう指示した。シヒョンは納得いかないような顔をしながらも、コンビニのＬＩＮＥグループにヨムさんの指示をタイプした。ヨムさんは満足げな表情で店内を見て回っていたが、急に気持ちが滅入（めい）ってきた。ホームレスの男が弁当を食べている間に買い物に来た客の顔が、さっぱり思い出せないのだ。本当に認知症かも知れない。そんな心配で、喉の奥から苦い物が込み上げてきた。それでも今日は善行を施され、施したのだから、そう悪くない一日だったと思い直した。

「ところで、釜山（プサン）行きはどうしたんですか？」

「あら、完全に忘れてたわ」

まだ一日が終わっていなかった。遅くとも今日の夜のうちには釜山に着いていなければならない。従姉（いとこ）の葬式があり、行ったついでに釜山で何日か過ごす計画だったのだ。

ヨムさんはポーチをバッグにしっかりとしまうと、再びソウル駅に向かった。

釜山で五日間過ごして戻ってくると、ヨムさんは再びコンビニに顔を出した。彼女が店に入ると、シヒョンはレジでカップル客の飲み物の会計をしながら目で挨拶した。そしてカップル客が帰ると、カウンターから出てきてヨムさんに近づいてきた。挨拶するシヒョンに、何もなかったかとヨムさんが尋ねると、シヒョンは待ってましたとばかりに彼女に身を寄せてささやいた。

「オーナー、あの人、一日も欠かさず来てましたよ」

「あの人って……ああ、ホームレスの？」

「ええ。毎日、決まった時間に来て、お弁当をひとつずつ食べていきました」

「ほかのアルバイトの時間には来なかったの？」

「ええ、私のいるときだけ」

「じゃあ、あの人、あなたのことが気に入ったんじゃない？」

ヨムさんの意地悪な冗談に、シヒョンがしかめっ面でにらんだ。ヨムさんは笑いながら冗談だと言ってシヒョンをなだめた。

「ところで、オーナー。考えてみたら、私がいるときにだけ来るのは、夜八時の廃棄の時間に合わせているんじゃないですか」

「え？　新しいのをあげなさいと言ったでしょ？」

「言いましたよ。でも、新しいお弁当をあげようとしても、絶対に廃棄するのをくれと言い張るんです」

「でも、せっかく私が新しいのをあげると言ったのに……」

「オーナー、それが簡単じゃないんです。あの人、ぶつぶつ言いながらずっとカウンターの前でがんばるから。臭くて、店の中に大きなウンチを置いたみたい。それに、あの人がカウンターの前にいると、帰ってしまうお客さんもいるんですよ。だから、早くいなくなってもらうために、あの人の言う通りにするしかなくて。そのあとで空気の入れ換えもしなきゃいけないし」

「ふうん、そうなのね」

「私が思うに、計画的みたい。だって、ぴったりお弁当の廃棄時間に合わせて来るんですよ」

「……分別があるわ。やっぱり」

「昨日はちょっと遅かったんで、具合でも悪くなったのかと心配しちゃいました」

シヒョンがちょっと唇を嚙(か)んで、本当に心配そうな顔をするので、ヨムさんは思わず笑ってしまった。長身でやせ型、さらに気の弱いシヒョンを見るたび、ヨムさんは風に吹かれてグニャグニャと踊る広告用の風船人形を連想した。

「シヒョンは人がよすぎるわね。そんなんじゃ世間を渡っていけないわよ」

「オーナーのほうこそ、ホームレスにお弁当を毎日あげるなんて、純真すぎますよ……。あの人が仲間まで連れてきたらどうするつもりだったんですか?」

シヒョンがやり返す。なるほど、風船人形にも弾力はある。

「そんな人じゃないわ」

「どうしてわかるんですか？」

「私は人を見る目があるの。だから、あなたを雇ったんでしょ」

「さすがです、オーナー」

シヒョンとのやりとりは、まるで末娘でもできたようで、いつも楽しい。ヨムさんは、シヒョンが早く公務員試験に合格して、ここのアルバイトを胸を張ってやめることを願いながらも、彼女が店からいなくなる日を思うと、いまから寂しさが込み上げてきた。

チリン、という鈴の音とともに、客が入ってきた。シヒョンは挨拶をしながらカウンターに戻っていった。ヨムさんは店内を見て歩きながら、残った弁当に目をやった。今度、弁当の廃棄時間に合わせて店に来てみよう。ヨムさんはそう心に決めた。名も知らぬホームレスの男の名を尋ねるために。


その夜、家に帰ってテレビを見ながらうたた寝してしまったヨムさんは、電話の着信音で目を覚ました。液晶画面を見ると「息子」という単語が表示されている。時間はちょうど夜中の〇時を回ったところだ。息子と夜中というふたつの組み合わせから受ける心理的圧迫で、ヨムさんは電話を受けながら胃液が込み上げてくるようだった。思った通り、酔ったような声が携帯の向こうから聞こえてきた。息子は母親が釜山に行ってきたことも知らず、明日がその母親の誕生日だということも忘れているようだった。にもかかわらず、「お母さん、愛しているよ」だの、「親孝行ができずにごめんね」だのと口走る。そんな言葉の繰り返しの結末は、やはり「コンビニの現状」から見た店の存続の意味に関する質問だった。「あなたが考えることじゃないわ」と、ヨムさんは答えた。だが、それに対する息子の答えはいつもと同じく、商売にならないコンビニを畳んで自分の事業に資金を出してくれたら、お母さんはもっと生活にゆとりができ、のんびり暮らせる、といった雲をつかむような話だった。ヨムさんは我慢できず、強い口調で言った。

「ミンシク、お前は家族相手に詐欺でも働こうというの?」

「お母さん、なぜ俺のことを信じられないの? 息子がそんな人間だと思うの?」

「教師として定年まで勤めた人間として言わせてもらうわ。国も個人も、みな過去に何をしたかで評価されるのよ。あなたがこれまでしてきたことを思い出してごらんなさい。あなたは自分で自分が信じられるの?」

「はあ。母さん、俺は悲しいよ。姉貴も母さんも、どうして俺を悲しませるの? 家族だっていうのに」

「酔って絡むなら切るわよ」

「母さん……」

電話を切ったヨムさんはキッチンに向かった。油がはねる鉄板の上に心臓を載せたように、胸が痛かった。痛みがじりじりと音を立てて胸を圧迫する。彼女は冷蔵庫を開けて、缶ビールを取り出すと、ゴクゴクと飲んだ。胸を焼く炎を、心臓の痛みを消そうとするように勢いよく飲んだために、ゴホゴホとむせてしまった。酔った息子の与太話を忘れようと酒に頼る自分の姿が情けなかった。

いったい、どうしたらいいのか――。

これまでヨムさんは、しっかりした判断力と決断力によって大過ない人生を送ってきたと思っていた。ところが、こと息子の問題になると、壊れた天秤（てんびん）のようになってしまうのだ。コンビニを畳んで息子の事業だか詐欺だかに手を貸すとしよう。失敗したら、次はどうなるのか。おそらく、唯一残った財産であるこの二間のマンションを失うだろう。青坡洞の丘に建つ築二十年の古いマンションの三階。ヨムさんの最後のよりどころを吸い尽くすまで、息子の失敗は止まらないかも知れない。

認めたくなかったが、息子は出来損ないな上、ほとんど詐欺師も同然だ。嫁もそのことに気づいたのか、結婚して二年ほどで早々に離婚した。その当時は嫁の薄情な仕打ちに怒りを覚えたが……。結局、非はほとんど息子にあることを認めざるをえなかった。離婚から三年、息子は手元に残った財産まで使い果たし、惨めな暮らしに陥った。そんな息子に手を貸せる唯一の人間である自分は、いま何をしているのか。ソウル駅のホームレスの食事の心配をする一方で、家を出て酒に溺れて苦しむ息子を、なぜ抱きしめてやれないのか。

ヨムさんは缶ビールを飲み干すと、テーブルでお祈りを始めた。いまできることは祈って神に救いを求めることだけだった。

誕生日を迎えたヨムさんは、娘夫婦と無限の幸福を与えてくれる孫娘のジュニとともに過ごした。今年は娘家族がヨムさんのいる青坡洞に来るのではなく、自分たちの住む街にヨムさんを招き、そこの複合型マンションにある韓国牛の高級焼肉店に行くことになった。娘家族の住む東部二村洞（トンブイチョンドン）のハイエコビレッジと、ヨムさんの青坡洞の低層マンションとでは、同じ龍山区（ヨンサング）にありながら天と地ほどの違いがある。いまや龍山区はソウルで江南三区（カンナム）〔ソウル市を流れる漢江（ハンガン）の南に位置する江南区、瑞草区（ソチョグ）、松坡区（ソンパグ）〕に次いで不動産価格が高い地域になったが、ヨムさんの住む青坡洞はいまも丘の上に安マンションと学生向け下宿が立て込んだ庶民的な町だ。娘夫婦はいつも「わが家の主人は銀行だ」とこぼしてはいるが、がっちり貯金して娘のジュニが中学に上がるころには江南の高級住宅地に家を買う目標を立てている。ヨムさんの保守的な経済感覚とは違う、積極的で野心的な財テクと家計のやりくりが、果たして娘の能力なのか、婿の才覚なのか、彼女はたまに気になったが、結局そのすべてはふたりのシナジー効果によるものだと理解することになった。結婚して以来、娘はだんだん娘らしくなくなる一方、婿はいっそう縁家（えんか）の人らしくなった。幸いなことと言えば、息子のように夫婦喧嘩の末に離婚するより、気が合って仲良く暮らす娘家族のほうがまだしも安心できる点だ。しかし娘一家が龍山から江南に移れば、会話の内容から性格に至るまですっかり変わってしまった娘との関係もその物理的な距離と同じくらい疎遠になりそうだ。ヨムさんは何となくそう感じていた。

　そんなところに国産牛の焼肉とは。こんな有名高級店で誕生日のお祝いをしてくれるとは……。うれしいというより、正直言って心理的負担だった。これまで誕生祝いに娘夫婦が連れて行ってくれるのは、決まって淑大入口駅（スクテイック）の近くにある庶民的な豚カルビの店だったからだ。

落ち着かない気分で座っていたヨムさんは、孫娘のジュニを見て微笑んだ。もちろんジュニはスマホでユーチューブを見るのに忙しく、お祖母さんの視線には目もくれないが、それでもうれしい限りだ。娘夫婦はふたりで積立型がいいか保証型がいいかなどと金融商品の話をしているが、さっぱり理解できない。早く肉が出てくれれば食べるのに集中できるのに。今日は自分の誕生日。楽しむ資格があるのは自分だけだと、ヨムさんは思った。

料理が出てきた。ヨムさんは、婿が焼いてくれる肉を口に放り込むことに専念した。娘はジュニの面倒を見て、婿はせっせと肉を焼いた。やっと娘がヨムさんのグラスにビールを注ぎ、乾杯してから、待っていたかのように口を開いた。

「お母さん、ジュニをテコンドーの教室に行かせることにしたの」

「女の子がテコンドーだなんて……」

「お母さん、教養ある人がそんなこと言うもんじゃないわよ。テコンドーを習うのに性別なんか関係ないわ。ジュニがこの前、男の子に叩かれて帰ってきたの。テコンドーを習えば手を出してくる奴らに対抗できるって、ジュニが自分から言ってきたんだから」

娘の言う通りだ。ヨムさんは古くさい自分の考えが恥ずかしくなり、表情をこわばらせるしかなかった。婿が空気を読んでいる間に、娘はグラスのビールを飲み干した。ヨムさんはさっとジュニに視線を移し、笑顔で尋ねた。

「ジュニ、テコンドーを習いたいの?」

「うん」

ジュニはユーチューブから目を離さずに返事をした。

「それでね、お母さん。お母さんの家の近所に、いいテコンドーの道場があるの。先生がとても優秀なんだって。何度も韓国代表に選ばれてて、若くて熱心で……。このあたりの東村(トンチョン)マムカフェで評判なの」

「東村マムカフェ?」

「東部二村洞のママたちの集まりってこと。インターネットのね」

「だったら、その先生、馬鹿なんじゃない? どうしてもっと儲(もう)かる東部二村洞に移らずに、青坡洞の裏通りに道場を開いてるの」

「先生も移転はしたいらしいんだけど、この辺は高いでしょ。ともかく、ここに移転してくるのを待つわけにもいかないから、ジュニを青坡洞まで連れて行くしかないのよ。だからお母さんに手を貸して欲しいの」

国産牛のとろけるような肉が、急に筋張って歯に挟まるような気がした。ヨムさんは当然、ジュニと一緒にいる時間は嫌じゃない。だが、その時間を自分が選択できないことが引っかかった。

テコンドーの道場とバイオリン教室の間に二時間の空き時間がある。娘のほうは、その間に母親にジュニを見てもらいたいと考えていた。さらにバイオリン教室のシャトルバスは時間が不正確なので、ヨムさんがバスでジュニを教室まで連れて行かねばならない。定年退職で暇になったお祖母さんが二時間くらい孫を見るのは、そう難しいことではないだろう。だが、ヨムさんには日課がある。ときどきコンビニの様子も見にいき、教会の奉仕活動もあり、認知症予防のために毎日の英単語の書き取りもある。しかし、こうしたヨムさんの日課も娘や孫娘を前にしたら後回しになるのは当然だろう。

ヨムさんは娘の頼みを聞くしかなかった。手間賃うんぬんという話はなかったが、娘夫婦ならそのくらいの気遣いはあるだろう。そう思ってふたつ返事で承諾した。

ひとりバスに乗っての帰り道、ヨムさんはコンビニの店員たちのことを思い浮かべた。まるで言うことを聞かない息子と抜け目のない娘よりも、最近は一緒に働く店員たちのほうが家族のようで気楽だった。こんなことを娘に言ったら、きっと「店員を家族扱いするのは悪徳業者のやることだ」と非難されるだろう。だが、だからどうしたというのか。店員たちに対して自分を家族だと思ってくれと言うわけでもないし、店員を家族のように見なして無理な仕事をさせているわけでもない。いま近くにいて頼れるのが店員たちだけだからそう思うのだと、ヨムさんは自らをなぐさめた。

午前シフトの責任者であるオ・ソンスクさんは、同じ町内に暮らす二十年来の友人で、同じ教会の信徒仲間だ。ソンスクさんはヨムさんを実の姉のように頼り、苦楽をともにしてきた。午後シフトのシヒョンは娘のような、姪(めい)のような存在で、いつも目を掛けている。店で働いて一年になるが、たまに計算を間違える程度で、トラブルひとつ起こしたことはない。何と言っても、出入りの激しいコンビニのアルバイトを一年も続けるだけで称賛に値する。そうした面では、店のオープン当時からの深夜シフト責任者であるソンピル氏も、ヨムさんの右腕的存在だった。ソンピル氏は五十代半ばで、二年前にコンビニをオープンして以来、深夜のバイトが長続きしないので頭を痛めていたところ、自分から飛び込んできた貴重な人材だった。店の近くの半地下アパートに暮らす彼は二児の父親であり、ときどきコンビニにタバコを買いにくる得意客だった。ところが、深夜バイトの求人ビラを貼り出すやいなや、彼は自分も働けるかと問い合わせをしてきた。いま失業中で再就職が難しいので、深夜のバイトでもして生活費を稼がねばならないのだと訴えた。生活を担う彼の真剣な顔に打たれたヨムさんは、通常の時給に五百ウォン〔約五十円〕の上積みもしてやった。ちょうど政権交代で成立した新政府が最低賃金の大幅引き上げをおこなったため、ソンピル氏の月給は二百万ウォンを超えた。それから一年半にわたり、彼は昼夜逆転のきつい深夜シフトを務めてくれた。

家族のようだと感じるのは、このようなことだ。オーナーの立場からしたら、彼らにずっと店で働いて欲しいと思うのは当然だ。にもかかわらず、就職活動中のシヒョンと再就職を目指すソンピル氏が目標達成のチャンスを手にしたら、ヨムさんは喜んで彼らを送り出そうと心に決めていた。実際、シヒョンに就職先を世話してやったこともあるが、耐えられずに一日で戻ってきてくれて、むしろ幸いだった。コンビニに戻ってきて「まだ社会人になる準備ができてないみたい」と言いながら、またここで働きたいと頼んだシヒョンの顔は、いまも忘れられない。

週末は淑明女子大の学生たちがアルバイトに入り、平日の穴は教会の青年会の学生たちに頼んで埋めてもらった。一日とか二日の短期バイトで小遣い稼ぎをするメンバーが増えてくると、ヨムさんが穴埋めで店に出ることも減り、人を使うという自営業者最大の悩みからも、やっと解放された。家族のような固定メンバーと新顔の学生バイトたちが自分を「オーナー」と呼びながら店を守ってくれることを、彼女はいつも不思議に思いながらも感謝していた。

そうなると、残る問題はただひとつ。儲からないという点だ。

ヨムさんひとりなら、教師年金で食べていくことはできた。コンビニを始めたのは、夫の遺産の処理に頭を悩ませていたところ、コンビニを三店舗経営している弟の助言があったからだ。弟は、コンビニで稼ぐには最低三店舗は必要だと言って、さらに事業を拡大するよう強調したが、ヨムさんはこの一店舗だけで満足だった。自分は年金暮らしだし、この店で店員たちの生活が成り立つなら、それで十分だった。最初から意図したわけではないが、いまとなってはソンスクさんとソンピル氏はこのコンビニなしには暮らしが成り立たない状況だし、シヒョンもここの給料で公務員試験の準備をしているためだ。こんなふうに、これまで人を使ったり店を切り盛りしたりという仕事とは縁のなかったヨムさんがコンビニ経営に神経を使うようになったのは、この職場が自分だけの問題でなく、店員たちの生活がかかっていることに気づいたからだった。

最初のうちはかなり商売がうまくいっていたが、半年後に百メートルも離れていない場所に各々違うチェーンのコンビニが二店でき、その二店が猛烈な競争を始めた。双方が負けじと積極的なキャンペーンを展開したため、比較的おとなしいヨムさんの店は目に見えて売上が減ってしまった。

コンビニでがっちり儲けるつもりはなかったヨムさんだったが、売上が減って店がつぶれたら、店員たちが路頭にまようことになる。それだけが心配だった。ところが、思った以上に競争が激しくなったせいで、いつまで耐えられるかわからなくなった。

翌日、ヨムさんは弁当の廃棄時間に合わせて店に顔を出した。すると、ホームレスの男がテラス席を掃除していた。肌寒い秋の夜、男はうつむいてタバコの吸い殻や紙コップ、ビールの空き缶を一つひとつ拾い集めている。ゆっくりした動作でゴミを拾い上げ、きちんと分別してゴミ箱に捨てる姿に、ヨムさんは好感を抱いた。そのとき、シヒョンが弁当を持って店から出てきて、テラスのテーブルに置くと男に合図した。振り向いた男は律儀に目礼し、シヒョンも黙って軽く頭を下げた。そして店内に戻ろうとしたとき、彼女は一部始終を見ていたヨムさんの姿に気づいた。

「あ、オーナー。いらっしゃったんですね」

「お弁当をあげてたの？」

「はい。掃除も手伝ってくれるんで、助かります」

シヒョンがニッコリ笑って店内に戻っていくと、ヨムさんは再びホームレスの男に視線を移した。男も彼女を見てペコリと挨拶してから、弁当のふたを開けた。ヨムさんは黙って彼に近づくと、向かい側に座った。レンジで温められた弁当からは湯気が立っている。男はヨムさんの存在を気にしてか、少し躊躇していたが、彼女が手真似で食事するよう促すと、ようやく割りばしを割った。そしてジャンパーのポケットからグリーンの焼酎の瓶を取り出した。

男は焼酎が半分ほど入ったグリーンの瓶のふたを開け、ゴミ箱に捨てないでおいた紙コップに焼酎を注いだ。ヨムさんはそれを特に止めることなく、男が酒とともに弁当を食べる様子を見ていた。男もじきに彼女の目が気にならなくなったのか、食べることに夢中になった。

男が弁当と焼酎をすっかり平らげたころ、ヨムさんは店内から缶コーヒーを二本持ってきた。再び向かいの席に座り、缶コーヒーを手渡すと、男はうれしそうな笑顔を見せた。そして頭を下げるとコーヒーのタブを開けて、おいしそうに飲み干した。ヨムさんも一緒にコーヒーを飲んだ。晩秋のひんやりした空気が、温かな缶コーヒーに溶けていくような感じだ。夏のテラス席はビールを飲む客たちがおしゃべりしてタバコを吹かすので、近隣から苦情が入ったりゴミが散らかったりで管理が大変だが、コンビニのテラス席は街の憩いの場、小さなゆとりの空間であることは間違いない。度重なる苦情と店員たちの不平にもかかわらず、ヨムさんがテラス席を維持しているのは、そんな理由からだった。

「寒くは……ないですか？」

幽霊が隣で口笛でも吹いているような声に、ヨムさんはビクッとして男を見つめた。食事する間、ずっと黙っていたので、話をしたくないのかと思い、ヨムさんは彼の名を聞くのも諦めかけていた。ところが先に声を掛けられ、ヨムさんは再びその男への興味が湧いてきた。

「そうですね。寒くなってきましたね……。おたくはずっとソウル駅にいらっしゃるんですか？」

「寒くなるので……まだあそこにいるしかないですね」

何と、先週会ったときよりも話しぶりがかなりしっかりしていた。コンビニに来て弁当を食べることで、社会生活に慣れてきたのかも知れない。ヨムさんはこの機会に、男に関して気になっていたことを聞けるだけ聞くことにした。

「食事はここで食べる一食だけですか？」

「教会に行って……お昼をもらいますが……賛美歌を歌わされるのが嫌です」

「確かにそうですね。ところで、故郷はどちらですか？　帰る気はないんですか？」

「……わかりません」

「では、お名前だけでも教えてもらえますか？」

「わかりません」

「お名前もわからないなんて。お年は？　以前は何をなさっていたの？」

「わ、わかりません」

「ふう」

話はするものの、すべては知らぬ存ぜぬだ。黙秘権でも行使しようというのか。勘の鋭いヨムさんでさえ、男が本当に自分の名前を知らないのか、知らない振りをしているのか、見当がつかなかった。だが、彼女は諦めなかった。心を通わせるには、ともかくお互いの呼び方を決めなくてはならない。

「じゃあ、あなたのことをどう呼べばいいですか？」

男は答える代わりに、ソウル駅のほうへ視線を向けた。戻りたいのだろうか。自分が知っている唯一の空間へ。そのとき、彼がこちらを向いて、ヨムさんを正面から見つめた。

「トッ……コ……」

「トッコ？」

「独孤（トッコ）……みんなから……そう呼ばれています」

「それは姓ですか？　それとも名前？」

「ただ……独孤と」

ヨムさんはため息をつくと、うなずいた。

「わかりました。独孤さん。毎日、必ず来てくださいね。先日は来るのが遅かったと聞いて、心配しました」

「そ、そんな……。心配なんて……。気を使わないでください」

「毎日決まった時間に来ている人が遅れたら、心配して当然ですよ。だから、毎日遅れないように来てください。お弁当も食べて、さっきみたいに運動がてら掃除も手伝ってくれたら助かります」

「もし、財布……落としたら……言ってください」

「え？」

「私がまた探してあげます。……何のお礼もできないので……」

「独孤さんは分別のある方だと思っていたのに……。あなたの助けを受けるために、わざと財布を落とせですって？」

「いえ……。落としたらだめです……。ともかく、何であれ助けが必要なら……言ってください」

ヨムさんは殊勝に思うと同時に、脱力感を覚えた。猫の手も借りたいほどに手助けが必要なわけではない。あるいは彼の目から見ても、うちのコンビニはお粗末に見えるのだろうか。彼女は独孤氏を正面から見ながら、結論を言うことにした。

「独孤さん、まずはご自分を助けたらどうですか？」

彼はばつが悪そうにうつむいた。こんなことで小さくなることはないのに。

「あと、お弁当を差し上げるのは、独孤さんを少しでも助けたいからです。だから、ここで焼酎を飲むのを黙って見ているわけにはいきません」

「……」

「お弁当はお酒のつまみではなく、食事です。独孤さんが酒に酔うことに手を貸すことはできません」

「一本……。こ、このくらいじゃ酔いません……」

「ともかく！　私は原則的な人間です。このテラスは私のものです。ここで焼酎を飲むことは許しませんからね」

独孤氏は黙ったまま、ごくりと唾を呑み込んだ。そして焼酎の瓶に視線を移すと、そっと手に取った。ヨムさんは一瞬、それで攻撃でもしてくるつもりかと緊張した。だが、彼は焼酎の瓶を空っぽになった弁当の容器の上に載せると、立ち上がってのそりのそりとゴミ箱のほうへと歩いていった。ヨムさんは静かに安堵の息をついた。戻ってきた独孤氏は、例のジャンパーからくちゃくちゃのティッシュの束を取り出して、テーブルを拭いてから彼女に頭を下げた。

ヨムさんは、独孤と呼ばれるその男の後ろ姿が遠ざかっていくのを、目で見送った。独孤。独り者で孤独だという意味だろうか。あるいは独居人として暮らしているから独孤と呼ばれるようになったのか。その名のように寂しげな彼の背中を、彼女はしばらく忘れることにした。


「オーナー、申し訳ありません。急にやめなくてはならなくなりました」

その日の夕方、シヒョンとおしゃべりしていたヨムさんは、出勤してきたソンピル氏の言葉にあわてた。彼はいくらも残っていない髪を手でなでながら、知人の紹介で中小企業の社長の運転手として採用されたのだと言った。三日以内に出勤しなくてはならない状況なので、急に仕事を辞めざるを得ないのだと、人のよさそうな顔にすまなそうな表情を浮かべ、了解を求めた。

深夜シフトはコンビニで最もきつい時間帯なので、働き手を探すのは難しい。この一年半、ソンピル氏が黙々と働いてくれたおかげで、これという心配もなく夜を過ごしていたのだが……。再びこの時間帯に空白ができてしまった。アルバイトを探せないことはないだろうが、とりあえず急な欠員の穴を埋めなくてはならない。安定した深夜バイトが見つかるまで、どうやって穴を埋めようか。ヨムさんはいまから頭が痛かった。

ヨムさんは、ソンピル氏が再就職でコンビニをやめるときは、喜んで送り出そうと心に決めた日のことを思い起こした。彼女はソンピル氏に、これまでしっかりと深夜シフトを勤めてくれたおかげで心配なく過ごせたと礼を言ってから、ボーナスを払うとつけ加えた。ソンピル氏は感動の表情で、残る三日もがんばると答えた。

「オーナー、カッコいいです」

ソンピル氏がユニフォームのチョッキを着るために倉庫に行った隙に、シヒョンが親指を立てて言った。

「シヒョンも試験に合格してね。そしたら初出勤のスーツを買ってあげる」

「本当ですか？　高いのを買ってもいいですか？」

「新入りが高級な服で出勤したら目をつけられるわ。無難なのにしなさい。だから勉強がんばりなさいよ」

「はい」

「それはともかく、早く深夜バイトを探さなくちゃ。誰か暇な友達はいないか調べてみて。私も教会の青年会に言ってみるから」

「仲介料はもらえるんでしょ？」

「ええ、その代わり、探せなかったらあなたが深夜シフトに入るのよ」

「そんなの！」

「三日以内に人を探せなかったら、私かあなたがやるしかないわ。ソンスクさんは息子さんがいるからダメだし。私たちしかいないでしょ。こんなおばあさんが夜中に店に出て、商品の補充から何からできると思って？」

ヨムさんが一席ぶつと、シヒョンが困り顔で目をぐるぐる回した。

「探してみます。暇そうにしてる子は多いから」

「こんないいオーナーのいる店はないって言っといてね」

「もちろん！」

ヨムさんはあふれる段ボール箱の山を見て、思わずため息をついた。大して売れもしないのに、どうしてこんなに発注してしまったんだろう。彼女は自分を恨みながら、入口の前に積み上げられた段ボール箱を運び始めた。配送員は荷物をコンビニの前に置いて行ってしまう。そこから倉庫までは、店員が運ばねばならない。数回に分けて運ぶだけでも腰がしびれてきた。ヨムさんは最後の箱を積んで去っていく配達員の後ろ姿を見送りながら、ふうっと息をついた。

ソンピル氏がいなくなって一週間、やはり深夜バイトはなかなか見つからなかった。最初の三日間は、兵役を数カ月後に控えた教会の青年が手伝ってくれたが、ほんの数日働いただけで、親に反対されたという見え透いた嘘を残し、尻尾を巻いて退散してしまった。そんなことで軍隊が務まるのか心配にもなったが、それよりコンビニの夜のほうが心配だった。

それから三日間、ヨムさんが徹夜で店に立っている。シヒョンは「あいにく」早朝の特別講義があり、暗いうちから鷺梁津（ノリャンジン）まで行かねばならないと言って、ひたすら頭を下げた。まったく小憎たらしいったら！　本当にそんなに猛勉強しているのか、問題でも出して確かめてやりたい気分だった。ほかでもない歴史の先生だったヨムさんは、公務員試験に出る歴史の問題くらいは目をつぶっても解けるし、シヒョンに教えることだってできた。しかし、シヒョンはヨムさんとは先生ではなく、あくまでオーナーとしてつき合いたいからと必死に辞退した。ひょっとすると、シヒョンは勉強するよりコンビニのバイトで小遣い稼ぎをしながら時間をつぶしているのかも知れない。

また人の心配をしている。いまの問題は、ただちに深夜バイトを探すことだった。昼は昼で、息子に電話をしていて癇癪を起こしてしまった。息子の奴ときたら、(一)「俺のことをプー太郎扱いするのか」と言いながら、(二)もしそうだしても、自分のような有能な人材がコンビニの深夜バイトなどやるわけにはいかないし、(三)そんな苦労をしながら、なぜコンビニなどやっているのかと言って、(四)この機会に店を売って、それで自分の新しい事業に投資して引退したらいい、などとわめき散らした。手を貸すどころか、泣き面に蜂だ。「お前さんにはコンビニのガムひとつやらないよ」と宣言して、ヨムさんは電話を切った。そして缶ビールを開けて飲み干すとベッドに倒れ込み、アラームの音で目が覚めて、シヒョンと交代するためにコンビニに来たのだった。息子のせいで酒量ばかりが増える。クリスチャンとして、こんなことでいいのだろうか。神はなぜ息子と悩みの種を下され、酒まで与えたもうたのか……。ヨムさんはさっぱりわからなかった。

倉庫に段ボール箱をすべて運び込んで検数を終えると、午前〇時を回っていた。次は発注した商品を陳列しなくてはならない。ヨムさんはドングリを運ぶリスのように、三時間にわたって倉庫と陳列棚、冷蔵ケースを行き来した。すべての作業が終わると午前四時だった。彼女はカウンターに上半身をもたせかけたまま、ぎゅっと目をつぶってあくびをした。客がいなくてまだしも幸いだったが、そうでなければ大変なところだった。しかし、客がいなくてよかったなどと思うのは、理由はどうあれ店がつぶれる前兆ではないか。

そのとき、チリンという音とともに、大声で悪態をつきながら一群のグループが入店してきた。二十代前半の酔った女ふたりと、やはり酔っ払った若い男がふたりだった。ふたりの女はそれぞれ金色と紫色に髪を染めており、汚い言葉づかいで互いにおしゃべりし、柄の悪い男たちは女たちに調子を合わせ、虚勢を張るような口調で騒いでいる。どう見ても淑明女子大の学生ではなく、南営(ナミョン)駅あたりの飲み屋で一杯やってきた若者たちのようだ。

「あれ、クソッ。この店、たい焼きアイスがないじゃん！」

「ここにあるじゃん。餅入りのたい焼きアイス！」

「餅は嫌いなんだよ。見るのも嫌！」

「バッカじゃない？　あんたは餅入りじゃないのを死ぬまで探してな。私はビッグバー食ーべよっと」

「お前ら、餅入りでも餅なしでも、どっちだっていいじゃないか。早く決めろよ」

「何してんの？　まだたい焼きアイス探してんの？　でも、どうしてビッグバーがないの？小豆(あずき)アイスが食べたいのに」

連れだってガヤガヤと悪態をつく四人の様子に、ヨムさんは眉をひそめた。我慢しなくちゃ。酔っ払い相手に何か言ったところで、耳を貸すわけがない。

「ビビンバがあるぞ。ビビンバでも食べてろ！」

「馬鹿か。ビビンバは飯だろ。私は小豆のアイスがいいの！」

「小豆がよかったら、小豆かき氷でも食べな。ここにあるから」

「むちゃ寒いのに、何がかき氷だよ。ガキゴリラみたいな顔して！」

「なんだ？　ちくしょうめ」

「ちょっと、学生さんたち！」

とうとう見かねて、ヨムさんは声を上げた。続けて、店で口喧嘩していないで、早く買って家に帰るよう諭した。結局、カッとなって怒ってしまった。口の悪い若者たちの姿を見ていられず、四人の会話に耐えられなかったのだ。だが、彼らはヨムさんの教え子でもなく、真面目な青年たちでもなかった。ただの酔っ払いの不良であり、あげくに怒りを露わにしてヨムさんに迫ってくる四人のサタンに変身していた。ヨムさんは顔をこわばらせ、ごくりと生唾を呑み込んだ。

頭を金髪に染めた女が先頭に立ち、床に唾を吐いた。

「ばあさん、命が惜しくないみたいね」

「あなたたちが先に騒いだんでしょう。防犯カメラに映っているわよ」

ヨムさんは努めて冷静を保ちつつ、警告した。そのとき、紫色の頭の女が手に持っていたたい焼きアイスを、ヨムさんの目の前のカウンターに力一杯叩きつけた。

「レジを打ちな。タイじゃなくてデメキンみたいな目になる前にね!」

ふたりの女たちはケラケラ笑いながら、いまにもヨムさんに手を出しそうな鼻息だった。瞬間、ヨムさんも怒りが込み上げ、引き下がるまいと心に決めた。

「あんたたちには売らないよ。出て行って。でないと、警察を呼ぶわよ」

すると金髪の女がたい焼きアイスをつまみ上げ、それでヨムさんの頭をポンと叩いた。一瞬の出来事に、ヨムさんは目を丸くして、どうしていいかわからなかった。

「ばあさん、さっき何て言った? 学生さん? 私らのどこを見て学生だって? じじばばたちは若い者を見れば学生だと言うけど、あいにく私は学校に行ってないんだよ。ばあさんみたいな先生に殴られて、退学させられたんだよ!」

金髪の女が再びたい焼きアイスでヨムさんの頬を張ろうとしたとき、ヨムさんが女の手首をぐいと握った。

「いい加減になさい!」

ヨムさんはありったけの力で女の手首を握った。金髪の女は奇声を上げて抗(あらが)ったが、ヨムさんの握力には勝てなかった。ヨムさんが手を放してやると、抵抗していた力が急に抜けたせいか、その場にペタリと座り込んでしまった。その様子を見ていた紫色の髪の女が、ヨムさんの肩につかみかかった。ヨムさんは反射的に女の髪を引っ張り、たい焼きアイスが置かれているカウンターの上に押さえつけた。

「デメキンみたいな目にしてやるって？　それが大人に対して言う言葉か？」

ヨムさんは暴れる女の紫色の髪をつかんで揺すりながら、しばらく叱りつけてから放してやった。女たちは気の抜けたような顔で、荒い息をつきながらゴホゴホと咳をした。すると、今度は男たちの顔つきが険しくなった。ヨムさんはあわてて有線電話機の受話器を外した。このまま時間が経過すると、近くの交番に電話が自動的につながるようになっているのだ。

「この年寄り、そろそろくたばりたいらしいな！」

男のひとりがレジを壊さんばかりの勢いで迫ってきた。驚いたヨムさんが、カウンターの端に身を避けた。すると男はニヤリと笑いながら受話器を手に取り、ガチャリと電話の上に戻した。

「コンビニのバイトをしたことがないとでも思ったか？　どうして受話器を外した？　警察を呼んでどうするつもりだ？」

失敗だった。受話器を外すより、レジの緊急ボタンを押すべきだった。男はまたニヤリと笑いを浮かべると、仲間たちに大声で言った。

「おい！　やっちまえ！　防犯カメラを外して、金ももらって行くぞ！」

ヨムさんは背筋に冷たいものを感じ、身動きひとつできなかった。男たちは興奮して奇声を上げ、女たちはレジに駆け寄った。ヨムさんは恐怖で手を震わせるばかりだった。

そのときだった。チリンという音とともにドアが開き、誰かが入ってきた。

「おい……。こ、こいつら！」

雷のような大声が響き、若者たちの視線が一斉にドアに注がれた。ヨムさんが恐る恐る顔を上げると、独孤氏だった。独孤氏に間違いない。

「お年寄りに……な、何をする！」

力強く叫ぶ独孤氏は、ぶつぶつとつぶやくホームレスの男でも、中腰でうろうろする病んだ熊のような姿でもなかった。ヨムさんは独孤氏の姿に驚嘆し、支援軍でも現れたような勇気を得た。だが、不良の若者たちの目には、そう見えないようだった。

「なんだ、こいつ。どこの馬の骨だ！　わっ、臭っ」

「こいつ、ホームレスじゃないか！　野郎、邪魔すんな」

男たちは同時に独孤氏に襲いかかった。独孤氏はふたりを相手に体ひとつで持ちこたえていた。ドアの前に仁王立ちになり、彼らの攻撃を全身で受け止めている。防御に徹する独孤氏を見て、男たちはさらに激しくパンチを浴びせた。一方の独孤氏は体を玉のように丸めて、ドアの前にうずくまって微動だにしない。

しばらく悪態と殴打が続くうちに、サイレンの音が響いてきた。女たちが先に気づき、男たちもあわてた表情を見せた。彼らは独孤氏を押しのけて外に出ようとしたが、ドアの前に巨大な山のようにうずくまる彼が邪魔になり、鼻を覆うばかりだった。

「この野郎、どけ！　どけったら！　このクソ野郎め！」

制服姿の二人組の男が姿を見せると、彼らの悪あがきもついに終わりを告げた。それを見て、やっとヨムさんの胸の動悸も収まった。のろのろと立ち上がって警察官にドアを開けてやる独孤氏の、大柄でたくましい背中が目に入った。その瞬間、振り向いた独孤氏が、ヨムさんに向かってしわくちゃの笑顔を見せた。初めて見せる彼の笑顔は、目元から流れる血に染まっていた。だが、独孤氏は流れる血を気にも留めずに笑っていた。

南大門(ナムデムン)警察署に、中年の男性がやってきた。四人の若者の親のひとりだった。腫れて傷だらけの独孤氏の顔を見ながら、男性は金銭による和解を提案してきた。ところが驚いたことに、独孤氏は金の代わりに別のことを要求した。彼は酒の抜けた顔で座っている四人の前に立つと、両手を上げるように告げた。若者たちは最初は戸惑っていたが、中年の男性が叱りつけると、すぐに罰を受ける小学生のように両手を高く上げた。

警察署から出てきたヨムさんと独孤氏は、一緒に夜明けの南大門市場に向かって歩いた。店を開ける準備に忙しい商売人たちとすれ違いながら、路地の奥のクッパの店に向かった。独孤氏は顔に絆創膏(ばんそうこう)を貼ったまま、黙々とソンジ・ヘジャングク〔牛血の煮こごり入りの酔い覚ましのスープ〕をかきこみ、それを不憫(ふびん)そうな表情で見つめるヨムさんは、スプーンを持つ手が止まっていた。

「最近の若い子たちは恐ろしいわ。あんなふうに食ってかかってくるなんて」

「私……ふたりなら勝てるって……言ったでしょう」

顔に勲章でもつけているかのように絆創膏をいじりながら、独孤氏が歯を見せた。ヨムさんは続けて何か言おうとしたが、自分のほうこそ最近の若者たちに食ってかかったことを思い出した。そして苦笑いを浮かべると、独孤氏をじっと見つめた。

「助かりました」

「べ、弁当代……の代わりになりますか？」

「もちろんですとも。だけど、どうしてあの時間に？」

「先生が……夜に働いていると……聞いたので。心配で……眠れなかったので……」

「まあ。私はあなたのことがもっと心配ですよ」

独孤氏はきまり悪そうに頭をかくと、またクッパを口に運んだ。

「独孤さんが堂々と向かっていったんで、若い時分によく喧嘩していたのかなと思ったんです。でも、一方的に殴られるばかりだったでしょう。ちょうどパトカーが来たからよかったけど、大けがしていてもおかしくなかったから」

「警察……私が呼びました」

「え？」

「ち、近くに……公衆電話が……あります。あいつらが店で絡んでいるのを見て……通報してから来たんです……。それでちょっと……殴られているうちに……警察が助けてくれたから……」

瞬間、ヨムさんは目を丸くした。独孤氏は分別があるだけでなく、頭もよかった。何よりも、自分を心配して見回りに来て、代わりに殴られてくれたのだった。ヨムさんの胸は、驚きと感動でいっぱいになった。何事もなかったように頭をかきながらクッパを食べる独孤氏を、彼女は改めて見つめた。

「焼酎、頼みましょうか？」

独孤氏が小さな目を見開いた。

「……いいんですか？」

「でも、これが最後のお酒です。これを最後にお酒をやめるという条件で、うちの店で働きませんか？」

独孤氏は大きな頭を傾けた。

「わ、私が……？」

「独孤さんならできますよ。もうすぐ寒くなるから、コンビニで働けば夜も暖かいし、お金も稼げるし、こんないいことないでしょう？」

ヨムさんは、独孤氏の目を真っすぐ見つめながら、返事を待った。しばらく困ったように目をそらせて頬をピクピクさせていた独孤氏が、小さな目を彼女に向けた。

「私になぜ……親切にしてくれるんですか？」

「独孤さんへのお返しよ。それに夜に店に立つのは疲れるし、怖いし、私には無理。だから独孤さんにやって欲しいの」

「私が……何者か……知らないでしょう？」

「そんなことないわ。私を助けてくれた人よ」

「自分でも自分のことがわからないのに……信じられるんですか？」

「私は定年退職するまで、高校教師として何万人もの子どもたちを教えてきました。人を見る目はあります。独孤さんなら、お酒さえやめればうまくやっていけますよ」

独孤氏はしばらく髭をなでたり、唇をつまんだりしていた。急な提案だが、断るのも気が引けるようだった。ヨムさんは独孤氏に、「もう髭をいじるのをやめて、早く返事をしなさい」と言いたい気分だった。

そのとき、決心したように独孤氏がヨムさんを見つめた。

「では……あと一本だけ……。この一本で酒をやめるのは……名残惜しくて……」

「そうなさい。私が立て替えておきますから、食事が終わったらサウナに行ってお風呂に入って、散髪もしてください。服も買って着替えてね。そうしてから、夕方にコンビニに来てください」

「……ありがとうございます」

ヨムさんは焼酎を二本注文した。すぐに運ばれてきた焼酎のうち一本をヨムさんが開けて、独孤氏に酌をした。そして自分の杯にも焼酎を満たした。

ふたりは雇用契約の印として乾杯をした。

クレーマーの中のクレーマー

シヒョンは数々のアルバイトを経験してきたが、その終着点がコンビニになったのは、ある意味で自然な結果だったのかも知れない。彼女自身、コンビニの愛用者でもあり、これまでの多様なアルバイト経験をコンビニの仕事でも随所に生かせたため、すぐに適応できた。コスメショップで覚えた接客とレジ打ちのノウハウはコンビニの仕事とほとんど変わらなかったし、配送会社で担当していた小荷物の分類作業もコンビニの商品陳列とよく似ていた。カフェのチェーン店では隠語で「ＪＳ」〔迷惑客を意味する진상（ジンサン）の略〕と呼ばれるクレーマーへの対応マニュアルを身につけ、焼肉店では自分が焼いた肉が焦げたのを従業員のせいにするＪＳを相手にして、メンタルも強くなった。

　コンビニの仕事は、これらすべての業務と状況とクレーマーが適度に入り交じった構造をしている。一年前、シヒョンはこのコンビニに採用されて、半日で引き継ぎを終えた。それ以来、毎日午後二時から夜十時まで八時間働きながら、公務員試験の勉強をしてきた。一年にわたり安定して仕事を続けられた一番の理由は、アルバイトにとって最も重要なポイントであるオーナーの性格がよかったからだ。高校の歴史教師を定年退職したオーナーは、シヒョンにとって、大人の手本のような人物だった。近ごろのコンビニでは、週休手当〔正社員とアルバイトとを問わず週十五時間以上勤務した者に支給される手当〕を払いたくないがために、アルバイトには週五日以上勤務させないようにしている。二日ごと、三日ごとに区切ってシフトを入れるので、ひとつの店で落ち着いて働くことができない。だが、この店はアルバイト全員が週五日勤務だ。また、ここのオーナーは、シヒョンのようなアルバイトの仕事と自分がやるべき仕事をはっきりと区別して、自ら手本を示し、何よりも店員たちをかわいがってくれる。

――店主が店員を大切にしなければ、店員もお客さんを大切にしない。

飲食業を営む親の下で育ったシヒョンにとって、耳にたこができるほど聞かされた言葉だ。店も結局、人間がおこなう商売だ。客を大切にしない店と、店員を大切にしない店主は、同じ結果を見ることになる。つまり、店がつぶれるということだ。そうした意味で、青坡洞(チョンパドン)のこのコンビニは、少なくともつぶれることはなさそうだった。ただ、儲けることは簡単ではなさそうだ。最近、近くに別のチェーンのコンビニが二店舗もできたし、高齢者の多いこの地域ではコンビニよりもスーパーが好まれる。淑明女子大の学生たちがいるにはいるが、この店は学生が通学に使う大通りから少し外れた場所にあるせいか、あまり売上にはつながっていないようだ。せいぜい下宿やアパート暮らしの学生たちが多少利用する程度だ。

あまり儲からないということは、アルバイトのシヒョンにとっては仕事が楽だということにほかならない。このようにアルバイトにとって働きやすいこの店を、どうしてやめられようか。だが、同時にオーナーに悪いような気もして、シヒョンは客にできるだけ親切に対応するようにしていた。常連客が増えてこそ、店が維持できるのだから。

こんなふうに鍛えられたシヒョンだったが、どこから越してきたのか、最近しきりに店に来るようになったクレーマーは、顔を見るのも嫌だった。四十代半ばくらいのその男は、痩せ型で目をぎょろりと剝き、見るからに偏屈そうだったが、初めて来店したときからタメ口を使い、代金を放り投げて彼女を驚かせた。彼はシヒョンを機械か何かだとでも思っているのか、タメ口で命令を入力して、その結果が出力されるのを催促した。ところが、言い返そうにも相手はシヒョンのミスを突いてくるため、いつも我慢するしかなく、それが余計に腹立たしかった。あるときなどは、二個買うと一個おまけがつく「2＋1」のキャンペーン期間が一日過ぎたスナック菓子を棚から持ってきたのだが、期限切れで割引が適用されないと伝えると、「してやったり」というような目付きで厳しくシヒョンを問い詰めた。

「どうして割引にならないんだ？」

「お客様、キャンペーンは昨日で終わりました」

「だったら、期間が過ぎたポスターをなぜ出してるんだ？　せっかく考えて選んだのに、どうしてくれる。今回だけ割引しろ」

「それはできません。キャンペーンのポスターにも期限が書いてありますし。それをご確認いただければ……」

「何だと？　俺は老眼なのに、あんな小さな字がどうして読めるんだ。最近は四十過ぎれば誰でも老眼になるんだから、期限をもっと大きく書くべきだろう！　熟年を差別するつもりか？　謝罪の意味で割引しろ」

「お客様、申し訳ありませんが……それは無理です」

「こんな菓子はいらん。タバコ」

「銘柄はどれにしますか？」

「いつものだ。俺が毎日来て買っているのに、覚えられないのか？　得意客の好みも知らずに、よく商売できるな。チッ」

期限の過ぎたポスターを片づけなかったのが第一のミスであり、どのタバコを吸っているのか知ってはいたが、男の剣幕に押されて銘柄を聞いてしまったのが第二のミスだった。実際、前者は老眼でなければわかったはずだし、後者はこちらの誤りとは言えない。だが、男は曖昧な状況を利用して、シヒョンを相手に鬱憤晴らしをするようにクレームをぶつけるのだった。

タバコを受け取ってお金を投げた男は、釣り銭を受け取ると外のテラス席でタバコをふかした。禁煙の貼り紙がしてあっても気にも留めずにタバコを吸い、吸い殻を投げ散らかす。自分はやりたい放題やっておきながら、他人の些細なミスをあげつらう様子は、まさにクレーマーの中のクレーマーにふさわしい。

シヒョンは、クレーマーの男が現れる八時から九時の時間帯になると、気持ちが落ち着かなくなる。ドアのベルのチリンという音とともにあのデメキンのような顔が入ってくると、買い物を終えて出て行くまで心臓がドキドキするのだった。今日はまたどんな因縁をつけてくるのか……。不安な気持ちが込み上げる。でも、それもほんのいっとき。いつもの時間に来てタバコと間食を買っていくだけだ。意地悪な隣人がいれば、たまに顔を合わせて嫌みを言われるのも仕方ない――。彼女はそう自分をなぐさめた。

晩秋も終わりに近づいた夕方、オーナーがひとりの男と一緒にコンビニに入ってきたのを見て、シヒョンは驚きで目を丸くした。彼女は、その男の顔の中で髭が占める面積がそんなに大きかったのだという事実に初めて気がついた。男も女も、髪型で印象が変わることは知っていたが、ぼうぼうと伸び放題に伸びた雑草のような口髭と顎鬚（あごひげ）をさっぱり剃（そ）った独孤（トッコ）氏の顔を見た瞬間、近寄りたくないホームレスではなく、きちんとした身なりをした親戚の叔父さんのように見えた。髪も短く刈り、例の汚水で洗ったようなジャンパーと綿パンの代わりに、だぼっとしたシャツにジーンズをはいた独孤氏は、まったく別人のように見えた。目が少し小さいが、すっと通った鼻筋、髭が消えてさっぱりした口元、がっしりした顎の線は、なかなかの男前だった。さらに広い肩幅と背中は頼もしく、中腰だった姿勢を正して背筋をピンと伸ばすと、長身がいっそう強調された。

すっかり見違えた独孤氏を連れてきたオーナーは、まるで自分が発明したロボットでも紹介するような満足げな顔で、彼が深夜シフトのアルバイトをすることになったことをシヒョンに告げた。何だって？　独孤氏の変身に好印象を抱いていたシヒョンの心に暗雲が立ち込めたが、さらにヨムさんは独孤氏の店員教育をシヒョンに任せることを提案してきた。オー・マイ・ガーッ！　オーナーの提案は、すなわち命令と同じだ。

シヒョンは、「店員教育だったら、何と言っても教育者の経験が豊富なオーナーのほうが適任ではないですか」と言って辞退しようとしたが、黙殺されてしまった。ＰＯＳレジの使い方も接客スタイルも若いシヒョンのほうがセンスがあるから、という理屈だった。また、オーナーはオーナーで、夜間の納品の受け取りや商品の陳列を教えるという。しぶしぶシヒョンは承諾するしかなかった。自分とオーナーのふたりで、独孤氏をコンビニの店員に仕立て上げなくてはならない。深夜シフトの穴を、いつまでもオーナーが埋めることもできないからだ。

　実のところ、シヒョンは特に義理固いとか、何かをうまく取り仕切るタイプではなかった。俗に言う「アッサ〔アウトサイダー。陰キャ〕」に近く、友人も多くない。平凡に大学を卒業し、自分の性格に最も合っているのは公務員のような平凡な仕事だと考え、九級〔日本の国家三種、地方初級にあたる〕の試験準備をすることにしたのだった。問題は、いまや周囲の誰もが公務員志望だという点だ。シヒョンから見て十分に華麗で多彩なスペックを身につけた友人たちが、安定した職業を求めて公務員試験に挑戦しており、そのために競争率は急上昇していた。あなたたちは十分な能力があって、「インサ〔インサイダー。陽キャ〕」で、海外研修だってしてるでしょ？　だったら、もっと先端分野の仕事に挑戦してもよさそうなものなのに、なぜ明らかに退屈な公務員なんかになろうと必死なの？　こんな仕事は退屈に慣れた私みたいな人間に任せておけばいいのに……。それがシヒョンの不満であり、悩みだった。

　一方、このヨムさんのコンビニは、シヒョンにとって公務員生活の予行演習をさせてくれる場所でもあった。大学卒業後に就職に失敗したあと、公務員試験の準備をしながらアルバイトを転々とした末にこのコンビニに落ち着いて、長く働くことができた。午前中に鷺梁津(ノリャンジン)で授業を受け、地下鉄で南営(ナミョン)駅に出て、午後から夜までここで働いたあと、舎堂洞(サダンドン)の家に帰る日常に、すっかり彼女はなじんでいた。「なぜ、わざわざ青坡洞まで行くの？　近くのコンビニでいいじゃない」と母から言われるが、近所のコンビニで知人や家族に会うくらい嫌なことはない。それに青坡洞はかつて片思いだった男友達が暮らす町だった。彼に会いたくて何回か来たことがあったので、シヒョンにとっては思い出の場所でもあった。ワッフルハウスという店でとてもおいしいイチゴかき氷を食べながら、少しデートのまねごとのようなこともしたのに……。あいつはワーキングホリデーでふっとオーストラリアに行ったまま、もう何年も帰ってこない。おそらく図体の大きなオーストラリア女と結婚したか、カンガルーにエサをやるバイトでもしながら赤ちゃんカンガルーと恋に落ちたのかも知れない。

とにかく、いまのシヒョンにとっては、青坡洞の横町の角にあるコンビニが一番落ち着ける空間なのだ。公務員試験に合格するまで、絶対にここを離れるつもりはない。何よりも、公務員試験とともに準備していた日本でのワーホリが水の泡と消えたいま、ますますこのコンビニにしがみついて地縛霊になってやると決意した彼女だった。片思いだったあいつがオーストラリアにワーホリに行ったまま消息を絶って以来、シヒョンも日本にワーホリに行くことに決めた。日本語科を卒業し、日本アニメオタクである彼女としては、当然とも言える選択肢だったが、ずるずる引き延ばしてきたのも事実だった。まったく……。今年六月、韓国と日本の貿易戦争が始まって両国関係が悪化の一途をたどると、彼女のプランBは見果てぬ夢になってしまった。公務員になれば春夏秋冬、週末に日本の小都市を旅しようという夢も吹き飛んでしまった。

個人的な夢が外交問題で潰(つい)えてしまう経験をして、シヒョンは初めて自分も社会の一員なのだという実感を持った。彼女はそれまで、政権批判のキャンドルデモに参加したり、広場に集まってサッカーの応援をしたりする人たちは、自分とまったく違う人種だと思っていた。彼女の人生は、部屋の片隅にあるパソコンのモニターの中にあった。ネットフリックスとインターネットだけでも十分に社会と交わり、人生を楽しむことができ、自分だけの温室であるコンビニで息抜きをしていた。そのためだろうか、公務員になるより、コンビニのバイト人生が続いたほうがいいと思ったりすることもあった。がんばって公務員になったところで、結局のところ少し大きなコンビニのようなものではないか。国民の便宜(コンビニエンス)を図る場所で、また別種のクレーマーたちに出会う生活……。だから、このなじみある空間は、シヒョンにとって絶対に守るべき巣のような場所だった。

シヒョンはここを守るためにも、ホームレスの独孤氏の変身を手助けしなくてはならなかった。彼に廃棄する弁当を渡しているうちは、善行を施しているようで気分がよかったが、正式に彼と会話しながら仕事を教えるようになると、けっこうな負担となった。何よりも、独孤氏のたどたどしい口調に慣れる必要があった。のろのろした彼の動きにも慣れる必要がある。何よりも、風呂に行ったといっても、まだホームレス特有の臭いが何となく漂い、それも我慢しなくてはならなかった。

独孤氏は、シヒョンが教えてくれる業務内容を熱心に学んだ。どこから持ってきたのか、古いノートを取り出し、ボールペンのダマを拭き拭き接客の手順をメモしていった。陳列棚については図まで描いて、商品の整理方法をまとめていった。シヒョンもその努力に感心して、一つひとつ丁寧に教えていった。その間に客が来れば挨拶し、ぐずぐずしている独孤氏を肘で突いた。すると独孤氏は「い、いらっ……ませ」と言葉を濁し、客はそれを挨拶ではなく、彼女と独孤氏の会話だと思うのだった。彼女はため息をつきながら、彼を連れてカウンターに立った。

並んでカウンターに立ち、シヒョンは商品のレジ打ちの手本をゆっくりと繰り返した。隣に立った独孤氏は、その様子をじっと見つめた。だが、まだひとりでレジに立つのは無理そうだった。

「今夜はオーナーが一緒にレジをやってくれるそうだけど、明日からはひとりですって。よく覚えてくださいね」

「わ、わかりました。ところで……その、二個を一緒に計算するのは……」

「とにかくコンピューターに任せれば大丈夫ですよ。全部インプットされてますから。商品を仕入れたら、それに従ってすぐアップデートされるんです。ただバーコードリーダーを当てて読み取ればいいんです」

「ただ、当てて、読み取る」

「何を読み取るかわかりますか？」

「しょ、商品です」

「商品のどこですか？」

「あれ……線がたくさん……バーコードだったか」

「バーコードです。だから、バーコードの線に当てて、このボタンを押せばいいの。オッケー？」

「オ、オッケー」

シヒョンはちょっとイライラしたものの、自分より二十歳は年上に見える熟年にあれこれ指示をして教えることに満足感も覚えた。何と言っても、店内のテーブルで友達とおしゃべりしながらも、独孤氏を教育するシヒョンの様子をチラチラとうかがうオーナーの視線に、彼女はやりがいを感じた。シヒョンはオーナーのことが好きだった。もっと早くオーナーのような先生に出会っていたら、アニメオタクではなく歴史オタクになっていたかも知れない。

それはともかく、ホームレスを卒業したばかりの口下手で不器用な熟年男を、レジ打ちができるよう一人前に育て上げねばならなかった。気づけば、独孤氏はノートにせっせとバーコードを描いている。シヒョンはそんな独孤氏をじろりとにらみつけた。


翌日、予備校の授業を終えてコンビニにやってきたシヒョンを見て、カウンターにいたソンスクさんが早足で近づいてきた。

「ねえ、シヒョンさん。あのうすのろ熊助みたいな人、いったい何なの？」

シヒョンは思わず吹き出した。年配の人たちがよく使う「うすのろ熊助」という単語が、これほどぴったり当てはまるのは初めてだったからだ。ソンスクさんは、まるでシヒョンが独孤氏を連れてきたかのように問い詰めた。いや、ソンスクさんの口調はいつも問い詰めるようだった。もともとの性格なのか、あるいは困り者の息子のせいなのか、彼女は誰にでも攻撃的な口調で嚙みつくのだ。さらには客にまで！

「ねえ、笑ってないで答えてよ。もしかして、シヒョンさんの紹介？　何をしてた人なのかしら。何を教えても飲み込みは遅いし、言葉もたどたどしいし……」

「私じゃありませんよ。オーナーが抜擢して連れてきたんです」

そう真顔で反論すると、シヒョンはこれ以上説明するのが面倒になり、倉庫に引っ込んだ。ソンスクさんが腰を低くして丁寧に話をするのは、唯一オーナーに対するときだけだ。彼女はオーナーと同じ町内に住んでいて、同じ教会に通っており、オーナーを「お姉さん」と呼んで慕っていた。それもそのはず、ソンスクさんは自分で自分のことをさっぱりした気性だと思っているが、実は不人情で怒りっぽく、サービス業にはまったく向かない性格なので、それでも彼女を受け入れてくれるオーナーに忠誠を示すほかないのだ。

ユニフォームのチョッキを羽織って出てきたシヒョンを待ち構えていたように、ソンスクさんが不平を鳴らしはじめた。

「いったいオーナーは、どこからあんな人を連れてきたの？　私には何も言ってくれないし……。シヒョンさん、何か知ってることがあったら教えてよ」

「私もよく知りません」

独孤氏がホームレスだったと言ったが最後、ソンスクさんはきっと家に帰るのも忘れ、シヒョンを捕まえて天地がひっくり返ったように騒ぎ立てることだろう。だから、彼女は黙っていることにしたが、それでもため息を抑えることができなかった。いったい、いつになったらソンスクさんのおしゃべりと質問攻勢から逃れられるのだろうか。

「ほんと、よくわからないわ。オーナーは深夜の仕事が大変だからというんで、誰でもいいからって採用したようだけど、私が見るに、きっと何か問題を起こすんじゃないかしら。夜中に酔ったお客さんと喧嘩したり、計算を間違えたり、売上をくすねることだってあるかも……。ともかく、私たち一緒にオーナーに意見したほうがいいんじゃない?」

「私はわからないし……。だけど、悪い人ではなさそうですけど」

「誰だって最初はおとなしいわよ。シヒョンさんはまだ社会を知らないからそう言うけど、あんなふうに人がよさそうで口数の少ない人が、あとになって裏で問題を起こすんだそうよ。オーナーはずっと先生をしていたから、社会にどれほど悪人が多いのか知らないのよ」

「そりゃ私だって、夜中にあの人にレジ打ちを教えるのは大変ですよ。だけど、仕方ないんじゃないですか? とりあえず、深夜バイトがいないんだし」

「シヒョンさんの友達で暇な人はいないの?」

まずい。なまじ受け答えして、さらに質問のきっかけを作ってしまった。

「私、友達がいないから」

「まあ、若いのに友達がいないなんて。もっと積極的にならなきゃ」

何だって? 喧嘩でもふっかけているのだろうか。シヒョンはカッとなったが、その気持ちを押し隠して、明るく聞き返した。

「ソンスクさん、息子さんはどうですか？　この前、家でゲームばかりしていて頭が痛いと言ってたでしょう？」

「ダメよ。うちの息子はこんな仕事はできないわ。最近、公務員試験の勉強をするって言ってたけど……。だから、公務員試験を受けるくらいなら、もっと目標を高くして外交官試験を受けたらって言ったのよ。いちおう勉強はできるほうだから」

負けた。このおばさんの戦闘力は無敵だ。

「外交官だって公務員ですよ」

シヒョンは蚊の鳴くような声で言うと、仕事をする振りをしてレジのモニターに目を移した。ソンスクさんは再びうすのろ熊助の話をしながら、自分こそがこのコンビニの大黒柱であることを強調した。しかし、オーナーに言うべきことを、なぜ私なんぞに愚痴るのか。おそらく、オーナーは最近、シヒョンによくしてくれるので、嫉妬心から牽制しているのだろう。別に同じ時間に働いているわけでもないのに、なぜそんなに突っかかってくるのか、シヒョンにはまるで理解できなかった。

何が何でも公務員試験に合格して、コンビニの仕事をやめよう。シヒョンはそう決心した。あなたの息子が外交官試験で苦杯をなめるさまを鼻で笑いながら、ここを去ってやるわ。

「お先に」という挨拶とともに、ソンスクさんは足早に出ていった。やっとひとりになれた。ほっと息をついていると、客が入ってきた。女子大生たちだ。彼女たちがおしゃべりしながら入ってくると、コンビニの空気が急に華やかになった。楽しい時期だろう。だが、そんな時期はそう長くない。大学を出たとたん、私のように最低賃金をもらいながら、就職活動しなくてはならない時期が来るだろう。そんなことを考えていると、自分が老けたような感じがして、いっそう憂鬱になった。これという特技もなく、お金もなく、恋人もいない二十七歳の晩秋……。あと数年もたてば、三十だ。三十になれば青春も終わりだと思っていたが、その数字を受け入れなくてはならないのだ。

「すいません」

シヒョンはハッと我に返った。三人の女子大生があれこれ商品をカウンターに置いて、シヒョンをじっと見つめていた。シヒョンは自分の年齢の計算を後回しにして、商品の計算に気持ちを集中させた。

蜜をなめる準備のために、うすのろ熊助が姿を現した。もう冬が近づいているなか、ホームレスだった身で、暖かいコンビニで夜を過ごせるだけでも幸せに違いない。その上、タダで食事もできてお金ももらえるのだから、それこそ蜜でもなめるような状況だ。自分でもそれを承知しているのか、独孤氏は今日も可能な限り清潔な格好で、夜の八時五分前に店にやってきた。

午後八時からシヒョンが仕事を上がる十時までは接客とレジ打ちの勉強をし、十時からはオーナーから夜勤の心得を教わる。今日が二日目だが、何日これを続けたら彼が独り立ちできるかわからなかった。シヒョンは自分に課された追加業務をオーナーのためにやってはいるが、その鬱憤をこの熊助おじさん相手に晴らしてやろうかと考えた。というのは、やっと一日勤めたばかりの新米のくせに、この熊助おじさんときたら、店に出勤するやいなや、シヒョンへの挨拶もそこそこに倉庫に入っていった。そして、しばらくしてコーヒーを手に出てくると、窓の外を眺めながら飲み始めるではないか。それもマキシムの甘ったるいコーヒーミックスではなく、高級なKANUブラックだ！　KANUブラックはオーナーが飲むために用意してあるものだ。シヒョンもソンスクさんも遠慮して飲まないのに、そのコーヒーをコン・ユ〔韓国の俳優。出演作に『トッケビ～君がくれた愛しい日々』『82年生まれ、キム・ジヨン』など〕ではなく熊助が優雅に飲んでいるのだ……。そのさまといったら、目も当てられなかった。

「夜中に……しきりに眠くなるので……何杯もコーヒーを飲むんです。これが……一番おいしいです」

気づくと独孤氏が近寄ってきて、シヒョンの心の内も知らずに言うのだった。シヒョンはちらっと微笑んでから、きつく言い放った。

「KANUブラックはオーナー専用なのよ！　オーナーは糖尿の気があるから」

独孤氏はゆっくりとうなずくと、何やら独り言を言った。シヒョンは、独孤氏が悪態でもついたのかと思い、カッとなって確かめた。

「いま何と言ったんですか？」

「そうか……やっぱりオーナーが……。だから私にこれを勧めたんだ……」

「え？」

「糖尿……ホームレスには……多いんです……」

「何ですって？」

「ホームレスは……食事がなおざりだから……腎臓が悪くなることが多くて……」

「誰がそう言ったの？」

「朝……朝の番組に出てくる専門家が言ってました……。ソウル駅で毎日テレビを見ていて……知ったんです」

「そうですか。健康に気をつけてくださいね」

シヒョンは「口を慎むべし」という今日の誓いを、改めて胸に刻み込んだ。ソンスクさんはおしゃべりだし、独孤氏は口下手で、どちらともろくにコミュニケーションをとれない。シヒョンは心から、話が通じる人と働きたかった。オーナーはなぜ、そんなに寛容なのか。元教師だから？　教会の伝道師だから？　それとも、年をとれば誰にでもそんな力が生まれるものなのか。


　チリン。客が入ってくる音に、シヒョンは独孤氏に目配せした。彼はまた「いら……ませ」とワンテンポ遅れて挨拶してから、コーヒーをすすってカウンターに立った。シヒョンは独孤氏と交代して、鷹（たか）のような目でカウンターの様子をうかがう。ところが、何てこった。客はクレーマーの中のクレーマーだった。この数日間、姿を見せなかったので、虫歯が抜けたあとのようにさっぱりした気分だったのに、よりによって独孤氏の研修時間にやってくるとは……。シヒョンは独孤氏の耳に口を寄せて、低い声で言った。

「ＪＳよ。気をつけて」

「な、何ですか？　……エス？」

「クレーマーよ。クレーマーのことをＪＳって言うって言ったでしょ」

「あ、そうだ、クレーマー……。どこですか？」

「シーッ！　声が大きいわ。あっ……」

まるで聞こえたかのように、クレーマーが平然とした顔でカウンターにやってきた。シヒョンが独孤氏に追加の注意事項を言うより先に、そいつはスナック菓子を何個かカウンターに放り投げた。独孤氏はスマホを持つチンパンジーのような不器用な手つきでバーコードリーダーを手に持ち、スナックの袋の派手なイラストの中から、必死でバーコードを探し始めた。まずい。先にレジ袋が必要かどうかを聞かないと。もう、知らない。シヒョンはなるようになれとばかりに、様子を見守ることにした。やっとバーコードを見つけてリーダーで読み取った独孤氏が、訥々（とつとつ）と金額を言った。

クレーマーはシヒョンにちらっと目をやり、ニヤリと笑った。新人研修中だと気づいたようだ。

「タバコ」

独孤氏がクレーマーを見て首をかしげた。

「……吸わないんですが……」

「タバコをくれ」

「あ、タバコ……何を」

「おい、客に対してその口の利き方はなんだ？　お前、何歳だ？」

「し、知らない」

「はあ、笑わせるな。お前は馬鹿か？」

「いいや……。タバコは何を？」

クレーマーは鼻で笑うと、シヒョンに視線を向けた。そこでシヒョンはタバコのケースに手を伸ばしたが、そいつは手で彼女を制し、独孤氏の顔を正面から見つめて言った。

「馬鹿かどうか確かめてやる。エッセ・チェンジ四ミリ。早く！」

エッセは種類が多く、探すのが大変だ。特にエッセ・チェンジは、ただのチェンジ、チェンジ・アップ、チェンジ・リン、チェンジ・アイス、チェンジ・ヒマラヤなど、とても種類が多くて厄介だ。タバコを吸わないシヒョンはバイトを始めたころ、客が何気なく言ったエッセ・シリーズの銘柄がわからず非常に苦労した記憶がある。クレーマーはふだんダンヒル六ミリを吸っているのに、わざと独孤氏に難しい注文を出した。

ところが、独孤氏はさっとエッセ・チェンジ四ミリを取り出し、バーコードを読み取っているではないか。クレーマーは負けん気が出たのか、今度はクレジットカードを放り投げた。独孤氏は顔色も変えず、カードを拾うと決済し、クレーマーにカードを返した。

「レジ袋は？」

クレーマーが試すように言った。シヒョンはあえて見守っていた。独孤氏は、商品とそいつの顔をかわりばんこに見てから、ニヤッと笑った。

「そ……そのまま持っていけ。レジ袋は……ビニールだから……環境に悪い」

ついに顔をこわばらせたクレーマーは、やるのかと言うように独孤氏に食ってかかった。

「袋もなしに手で持っていけと言うのか。俺の家までは遠いんだ」

「だ、だったら……買え」

「事前に聞くべきだろ。大した値段じゃないのに、またカードを出さなきゃいけないのか？一枚くらいタダでくれ」

「そ……それは……できない」

「何だと。客に不便をかけたら、解決すべきだろう。コンビニエンス・ストアを名乗るなら、客の便宜を図るべきじゃないのか？」

クレーマーが皮肉った。嘲りと脅しが入り交じった口調に、緊張感が漂う。大ごとになりそうだ。顔色を変えたシヒョンが横から口出ししようとしたとき、独孤氏がいきなり両手を打った。

クレーマーとシヒョンが驚いている間に、独孤氏は倉庫に行き、自分のエコバッグを手にして戻ってきた。エコバッグはどこかのボランティア団体のロゴ入りで、すり切れて垢じみている。それをカウンターの脇に置くと、中身を放り出した。ボールペンとノート、賞味期限切れのサンドイッチ。それが中身の全部だった。独孤氏は空になったエコバッグに、クレーマーが買ったスナック菓子を入れ始めた。クレーマーは舌打ちしながら、そんな独孤氏を珍獣でも見るように眺めている。

「おい、何してるんだ？」

「これに入れて……持って行け……」

「そんな汚い袋に商品を入れてどうする」

「汚ければ……洗って使えば……いい」

シヒョンはたまらず口を出した。

「申し訳ありません。この人は新人なので……。レジ袋に入れます」

シヒョンはそう謝ると、商品を入れた独孤氏のエコバッグを手に取った。だが、独孤氏は動じなかった。動揺するシヒョンをよそに、彼は手をぐいと伸ばして、クレーマーの鼻先にエコバッグを突き出した。クレーマーはしばらく独孤氏をにらみつけ、シヒョンは困ったように独孤氏をうかがっていた。

独孤氏の小さな目はほとんど糸のように細くなっていたが、それがいっそう冷気を漂わせていた。口をぐっと結び、その下から突き出た大きな顎は強力な武器のようだった。独孤氏は仁王立ちになり、無言でエコバッグを突き出している。シヒョンはどうしていいかわからず、クレーマーに視線をやった。そいつは飛び出した目玉で独孤氏をじっとにらみつけていたが、独孤氏の動じない姿勢に面食らったようだった。そしてイライラした顔で独孤氏からエコバッグをひったくった。クレーマーは傾いた天秤のようにエコバッグをだらりとぶら下げ、背中を見せてコンビニを出て行った。

男同士のにらみ合いに、シヒョンはいまにも巻き添えを食らうのではないかと冷や冷やした気分だった。一方の独孤氏は、いまの出来事を忘れたかのように、ボールペンを手に「必ずレジ袋を先に……」とノートにメモしている。シヒョンは殺気に満ちた独孤氏の恐ろしい表情を忘れようと、声を落ち着かせて言った。

「す、すいません。とにかくレジ袋を上げなかったのは立派だったわ」

「独孤さん、謝らなくていいわよ。私が……すっかり忘れていて。シヒョンさんから……教わったのに……」

「謝らなくていいわよ。次から忘れないようにすれば……。それと、いくらクレーマーでもお客さんはお客さんだから、喧嘩しないでくださいね」

するると、独孤氏がニヤリと笑顔を見せた。

「ふたりまでなら……大丈夫です」

ふたり相手なら戦えるということか、客がふたりまでなら接客できるという意味なのかわからないが、彼の笑顔からは先ほどの冷たい目の光は消えていた。シヒョンはため息をつきながら、さっき気になったことを思い出した。

「ところで、タバコをどうしてあんなに簡単に探せたの?」

「き、昨日の夜はタバコを買う客が多くて……急いで覚えました。エッセには、エッセ・ワン、エッセ・スペシャル・ゴールド、エッセ・スペシャル・ゴールド一ミリ、エッセ・スペシャル・ゴールド〇・五、エッセ・クラシック、エッセ純〇・五、エッセ純〇・一、エッセ・ゴールデンリーフ、エッセ・ゴールデンリーフ一ミリ……」

独孤氏がまるで九九でもそらんじるように、タバコの種類をスラスラと口にした。驚いて呆然としていたシヒョンは、独孤氏の言葉をさえぎった。

「わかったわ。それを一晩で全部覚えたの？」

「……夜中にやることもなくて……眠くなるし……」

「独孤さんは愛煙家だったんですか？」

「わかりません」

「わからないって？　タバコを吸っていたかどうか、覚えてないの？」

「吸っていたのか、吸ってなかったのか……わからないんです」

「記憶喪失？」

「酒のせいで……頭が……おかしくなったんです」

「じゃあ、どこまで記憶があるんですか？」

「わ、わかりません」

何だって……。シヒョンは、口を慎むことにしたさっきの決意をまた忘れたことを後悔した。けれど、クレーマーを撃退したのは、実に痛快だった。シヒョンは今後、独孤氏がKANUブラックを飲んでも、文句は言うまいと心に決めた。

仕事を上がる時間になってもオーナーが来ないので、シヒョンはメールを打った。どこにいるのか聞くと、こんな返信が来た。「水曜礼拝に行って、いま家に帰ったわ。今日からは独孤氏がひとりで働くから」。シヒョンが「大丈夫ですか？」と再びメールを送ると、「あなたはどう思う?」と聞かれた。

——うーん、そうだなあ……。

シヒョンは少し考えてから、独孤氏を振り返った。彼は陳列棚の空きスペースにブルダック炒め麵を並べながら、「極辛ブルダック、チーズブルダック、カルボ……ナーラブルダック……」と、ブツブツつぶやきながら銘柄を覚えていた。尻を突き出し、口をもごもごさせながら、カップラーメンをきれいに並べていく独孤氏の様子を見て、シヒョンはオーナーに肯定的な返事を送った。

そうして一週間がたった。その日も間違いなく八時に、同じ服を着て同じ中腰の姿勢で、独孤氏は出勤してきた。うすのろ熊助から「うすのろ」が外れた点だけは変わった。動作は依然としてのろいが、しゃべり方はだいぶスムーズになり、それだけでもかなり違って見えた。さらに、機械のように反復していた出勤後のルーチンを、一つひとつ片づけていった。テラスと店内のテーブルを清掃し、陳列棚の空きスペースに商品を補充し、賞味期限の切れた食品を廃棄し、言われていないのに冷蔵ケースの中を布巾で拭いた。

もう新人教育を施す必要はなさそうだ。教えることがない。独孤氏もシヒョンから言われなくても、自分からやるべきことをやっている。それを見ていたシヒョンは、ひとつ彼に確かめてみたいことが出てきた。夜の忙しい時間帯だったが、たまたま客が途切れたのを見計らって、シヒョンと独孤氏はカウンターに立ったまま一緒にのり巻きと牛乳で夕食をとっていた。

「独孤さん、昼間はどこにいるの？」

シヒョンはストローでイチゴ牛乳を飲み終えると、独孤氏に尋ねた。独孤氏はのり巻きを急いで飲み込んでから、彼女のほうを見て言った。

「オーナーが……前貸ししてくれました……。それで……ソウル駅の向かいの……東子洞（トンジャドン）の……チョクパン〔ワンフロアを細かく仕切って貧民に賃貸する小部屋〕に……います」

「じゃあ、昼間はチョクパンで寝て、夜になったら出てくるの？　ご飯もそこで自炊して？」

「チョクパンは……まるで棺桶（かんおけ）です……。横になるだけ……。仕事が終わって部屋に戻って、期限切れのサンドイッチを食べます……。寝て起きたら……ソウル駅でテレビを見て……ここに来ます」

「ソウル駅に行かなきゃいけないの？　そこでホームレスの奴らに捕まったらどうするの？」

「大丈夫……。ソウル駅は……テレビも見ないといけないし、人の姿も見物しないと……」

「独孤さん、話が上手になったわ。もう過去のことも思い出せるんじゃない？　家や家族のこととか仕事のこととか……」

独孤氏は一瞬びくりとしたが、首を振った。それから残りののり巻きを二切れ、一口で頬張ると、ストローを挿した牛乳パックを手にした。彼が勢いよく牛乳を吸う様子が、シヒョンにはなぜか、まるで過去の記憶を懸命に取り戻そうとする姿に見えた。牛乳を飲み終えて舌なめずりする独孤氏を見つめながら、シヒョンがまた尋ねた。

「でも、コンビニの仕事はいいでしょ？」

「全部いいですけど……酒を飲めないのが大変です」

「独孤さん、仕事もできて、寝る場所も食べるものも手に入ったんだから、お酒が飲めないからって不満を言ったらだめよ」

「施設に行けば寝ることもできるし……無料給食所に行けば……食べることもできます……。でも、仕事をすれば酒が飲めません……。頭が痛いです」

「はあ？　お酒を飲むのが癖になっちゃったから、飲まないと頭が痛くなるのよ。だから、飲まないでいれば頭の痛いのも治るわよ。わかった？」

独孤氏はシヒョンに向かって、小さな目でかすかに笑って見せた。シヒョンは人生の先輩である彼に、コンビニの先輩として教えるべきことをすべて教えたと思った。

「もう卒業よ。オーナーがね、独孤さんが仕事を全部マスターしたら、八時じゃなくて十時に出勤するようにって。だから明日からは十時でお願いします」

「ありがとう。おかげで……仕事を覚えられました」

「そんな、お礼なんて」

「本当です……。シヒョンさんは教える……さ、才能があるみたいです……。よく頭に入りました」

「独孤さんはお世辞も上手ね。きっとホームレスになる前は、いい仕事をしてたみたい……。正直言って、私なんかにいろいろ言われて、あほらしいと思ってたんじゃないの？」

「いいえ……。私は……頭が空っぽで……。本当に頭が空っぽなのに、よく教えてくれました。信じられないなら……。インターネットに上げてみてください。そのPOSレジの使用法を……。本当に上手に教えてくれました」

「そんなの、ネットのどこに上げるの？」

「ユ、ユーチューブに……」

「ユーチューブ？　それをなぜ？」

「必要な人たちが……。必要です……」

「いっぱいしゃべったからか、また噛んでるわ。つまり、ユーチューブにPOSレジの使い方をアップするってこと？」

「や、役に立ちます。コンビニも多いし……。アルバイトも多いじゃないですか……。私に教えてくれた……みたいにすれば……」

「独孤さん、私、自分のことだけで大変なのに、どうして人助けのために動画なんか撮らなきゃならないの？　帰ったら授業の予習をして、あとは寝るだけで精いっぱいなんだから」

「私を助けてくれました」

「それは……オーナーから指示されたから」

「オーナーの指示ですが……上手に教えてくれたでしょう？」

瞬間、シヒョンはハッと思った。とにもかくにも、自分はこの人を本当に助けてあげたのだ、と。自分はそれを誇りに思ってもいいのだ。

「それに、ユ……ユーチューブは……お金になるそうです。テレビで言ってました」

独孤さんが目を輝かせながらシヒョンに言った。ふだんなら笑い飛ばすところだが、彼女はしばらく何か考えていた。そして、長くログインしていなかった自分のユーチューブのIDとパスワードをがんばって思い出そうとした。

「こんにちは。コンビニALWAYSのPOSレジ講座、第二回の時間です」

スマホでPOSレジのモニターを撮影しながら、シヒョンはネット通販で買った二万六千五百ウォンのマイクに向かって、落ち着いた声で言った。

「先週はPOSレジの構成と基本的な使い方を学びました。今日は併用決済と返品、交通系ICカードへのチャージ、ALWAYSポイントのチャージなど、第二段階の内容を学んでいきます。では、まず併用決済です。お客さんが商品を選んでカウンターに持ってきます。ところが、現金とクレジットカードの併用払いをしたいと言います。そうしたら、あわてずにこうすれば大丈夫です」

彼女は、事前にPOSレジの横に準備しておいたチョコレートをスマホに映しながら、撮影を続ける。

「まず商品のバーコードを読み取り、価格を確認します。三千二百ウォンですね。そこで、お客さんが現金で三千ウォン出して、残りの二百ウォンはカードで決済すると言ったとします。小銭が増えるのが嫌で、こんなふうに頼んでくるお客さんがたまにいるんです。そしたら、POSレジのディスプレイの受領金額のところに二百ウォンと入れてください。これがカード決済金額です。次にカードを預かって決済ボタンを押します。すると二百ウォンがカード決済されます。今度は残りの三千ウォンです。それは現金で受け取り、決済ボタンを押すと完了になります。とても簡単ですね」

スマホでの撮影を終え、しばらく息を整えたシヒョンは、動画の内容をチェックした。自分の手とPOSレジ、商品だけが映った画面に、低音の彼女の声が併用決済の方法を順序よく説明していた。最初に独孤氏を教えたときのように、ゆっくりと、細かなところまで説明しているので、機械オンチにもわかりやすそうだ。彼女も機械オンチなので、アルバイトを始めた当初はPOSレジの使い方になかなか慣れなかった。いまではPOSレジを使うのは朝飯前であり、その使い方を撮影することも期限切れの弁当を片づけるのと同じくらい簡単だった。

シヒョンは声の調子を整えてから、再び撮影を始めた。

「次は返品について見ていきましょう。返品は、まず領収書業務をクリックします……」

想像以上の反響があった。もちろん、ユーチューブにはさまざまなコンビニのPOSレジ使用法の動画がアップされている。きれいな顔とPOSレジを交互に映しながら、レジの使い方を教えているのか美貌を自慢しているのかよくわからない動画や、派手な映像と字幕と音楽を使い、まるで芸能番組のように編集したものもあった。それに比べると、シヒョンの動画はミニマリズムと言ってもいいくらい単純で地味だったが、かえってそれが実用的に使い方を覚えたい人たちの心を捉えたようだった。何より、シヒョンはコンビニの新人バイトたちの質問に一つひとつリプライをつけてあげた。

視聴者たちは、シヒョンのPOSレジ学習動画のスローテンポな点がいいと感想を述べた。まるで小学生に教えるように、ゆっくりと使い方を解説してくれるのでわかりやすいのだという。彼女の落ち着いた低音も押しつけがましいところがなく、安心して見られるというコメントもあった。そんなコメントを読むたび、シヒョンは思わずひとりで声を出してみた。聞くだけで眠くなりそうな自分の声に、人を安心させる効果があるというのが不思議だった。

独孤氏は依然として一時間早く来て、コンビニの周囲を掃除し、テラスのテーブルを整理してから、シヒョンと引き継ぎをした。彼は完全に深夜シフトの仕事に慣れ、一カ月前までソウル駅を根城にするホームレスだったと言っても、誰も信じないほど変貌した。初月給で買った白い厚手のジャンパーを着た彼は、恐ろしいヒグマの姿からコーラのCMに出てくる白熊に変身し、その図体と同じほど大きな信頼感をオーナーとシヒョンに与える同僚となった。昨日だって、もし彼がいなければクリスマスツリーをあれほど早く組み立てて飾ることはできなかっただろう。何よりもよかったのは、あのクレーマーの中のクレーマーが独孤氏とやり合って以来、店に姿を見せなくなったことだ。弱い相手にはケチをつけ、それが通じない人間に出くわすや尻尾を巻いて逃げるところも、実にクレーマーらしいざまだった。

ただ、ソンスクさんだけが依然として独孤氏を目の上のたんこぶ扱いしていた。彼女は出勤したシヒョンに独孤氏の悪口を言って帰るのが日課になった。もともと癇癪持ちの彼女は、ついにその鬱憤晴らしの対象を見つけたようだ。だが、独孤氏のほうは気にも留めていないようだった。一度、ソンスクさんのことでストレスを感じないかと尋ねると、独孤氏は首を振って小さく笑った。

「ストレスは……あれのほうが」

「え？」

「あの冷蔵ケースにある酒……。すぐそばにあるので……」

「お酒は二度と飲んじゃダメよ！　絶対に！」

思わず大声を上げてしまい、ばつの悪そうな顔をするシヒョンの気持ちを察したのか、独孤氏はうなずいて同意してくれた。

「ともかく対策を……立てようと思います」

独孤氏がそう言ってニヤリと笑ったので、シヒョンはホッと胸をなで下ろした。彼女はいまや、独孤氏が飲んで減ったKANUブラックのスティックを、自分から進んで補充してあげるようになった。彼を通じて、誰かを助けることがやりがいのある経験であり、自分の中にもそうした力が隠れていることに気づいたのだ。彼女は昨日もユーチューブの動画を撮りながら、独孤氏のことを思った。彼に教えたときのように、落ち着いて、ゆっくりとしゃべり、動いた。ひょっとすると、ホームレスのような人たちを助ける方法も、そんなふうに少しゆっくり近づくことから始まるのかも知れない。考えてみると、社会とのつながりを少しも感じることができなかった自発的アウトサイダーである自分が、何か外の世界とのつながりを見出せた点で、彼女もまた独孤氏に助けられたわけだ。

ユーチューブと連動したＳＮＳを通じて、シヒョンに見知らぬ相手からのメールが舞い込んだのは、クリスマスイブの前日だった。その相手は、メールで自分をＡＬＷＡＹＳのチェーン店を二店舗経営している女性だと明かし、一緒に働きたいと言って自分の電話番号を記していた。

——何だろう？　ヘッドハンティングかな？

でも、ただのコンビニのバイトをヘッドハンティングするなんて、ありなのか？　それに人材を引き抜くにしても、どんな理由でどんな条件を提示するのか。時給を千ウォン上げてくれるとでも？　それとも兼業しろと言うのか？　爆竹がはじけたように、脳内に次から次へと湧いてくる疑問を抑えるには、実際に電話してみるしかない。臆病なシヒョンは、小さな期待と大きな好奇心を胸に、メールの主の電話番号を押した。

中年女性の落ち着いた声が、電話の向こうから聞こえてきた。女性はまず、ユーチューブでシヒョンのＰＯＳレジ講座を見たことを告げ、自分は銅雀区でコンビニを二店舗経営している者だが、近くもう一店舗開くので専従者が必要だという。つまり、シヒョンにそのコンビニの店長として働いて欲しいという提案だった。面食らったシヒョンは、どう答えていいかわからず口ごもった。すると相手は、一度店に来て直接会った上で、信頼できれば一緒に働いたらどうかと提案してきた。驚いたことに、コンビニはシヒョンの自宅のすぐそばだった。そこで、明日仕事が終わったら店に行くと答えた。

家から地下鉄で一駅手前の街にあるコンビニだった。そのオーナーはソンスクさんと同じく五十代後半の女性だったが、話しぶりと印象はソンスクさんとは正反対だった。女性は落ち着いた口調と優しい笑顔で、コンビニの事業を始めてすでに二店舗経営しており、新たにもう一店舗出店するので、信頼できる店長が必要なのだと強調した。

「どうして私にそんな提案を？」

シヒョンは慎重だった。これまでこんな提案どころか、人から褒められたこともほとんどなかったからだ。

「ユーチューブの動画に感心したからよ。あなたの言葉づかいや教え方を見ていて、自分の能力を見せびらかそうというんじゃなくて、学ぶ側の立場をよく考えていることがわかったから」

「ほんとですか？」

「先月採用したアルバイトに、あなたの動画を見て勉強するように言ったわ。だから、すでに助けてもらったことになるわね。これからは動画じゃなくて、直接うちの店で新人教育をしたらどうかしら。新しい店を運営しながら、ときどき出張教育をしてくれたら助かるわ。もちろん出張費は払うわよ」

シヒョンは震える心を相手に悟られないよう、思わず唇をぎゅっと噛みしめた。店長で正社員だ。さらに給料を聞いて、思わず口をぽかんと開けた。その上、新規開店する店はシヒョンの家からわずか五分の距離だった。コンビニのアルバイトとして家族や町内の人に会うのは気が引けたが、店長としてなら肩身の狭い思いはしないですみそうだ。

彼女は提案を受け入れることにした。同業種の中で転職することになったのだ。

歩いて家に帰る道は、クリスマスイブの活気に満ちていた。路地はカップルと紅白の飾りつけでいっぱいだ。今年も彼氏のいないクリスマスがやって来るが、シヒョンは少しも寒くなかった。

新しい雇用主からは、十日後に新店舗をオープンするから急いで欲しいと頼まれた。新年を新しい職場で迎えることになる。シヒョンは心配とすまなさが入り交じった気持ちで、オーナーが来るのを待った。いつもオーナーは、夕方になると家に帰ってきたような顔で店にやって来て、彼女にその日の様子を聞くのが習慣のようになっていた。だが、今後はシヒョンではないほかの人から報告を受けることになるのだ。そう思うと、ますます申し訳ない気持ちになった。そこへオーナーが、白い紙袋を手にやってきた。

「たい焼きを買ってきたわよ。一緒に食べようと思って」

白い紙袋の中には、たい焼きがかわいく並んでいる。シヒョンは、オーナーの心のようにホカホカするたい焼きを一個つまみ、決心したように頭から齧った。そして、オーナーに一部始終を打ち明けた。オーナーはたい焼きを食べかけた手を止めて、シヒョンの言葉に聞き入った。すべてを聞き終わると、彼女はシヒョンを見ながら、たい焼きをパクリと頬張った。

「よかったわね」

「申し訳ありません。急にやめることになって……」

「そんなことないわ。あなたはここが長いから、このままだと最後までうちで責任を持たないといけないのかと心配してたの。ほんと、よかったわ」

「強がり言ってるんじゃないですか？」

「そう聞こえる？」

「はい」

「じゃあ、本当のことを言うわ。そうでなくても、あなたにやめてもらおうと思っていたの。あなたも知っての通り、うちの店は売上が落ちてるでしょ。それにソンスクさんも独孤氏も、もっと働きたいと言うから……。あなたの勤務時間を私とソンスクさんと独孤氏の三人で分けて、人件費を減らすつもりだったのよ」

「えぇ？」

「売上が減ったら、人減らししなきゃいけないでしょ。でも、ソンスクさんも独孤氏もこの店が生活の唯一の頼りだから、切るわけにいかないじゃない。だけどシヒョンさんは、ともかく家でご飯も食べさせてもらえるし、試験も近いし。これを機に勉強に専念するようにという口実で、やめてもらおうと思ってたのよ」

「ええ？　冗談でしょ？」

「本当よ」

「冗談だと言ってくださいよ。ただでさえ名残惜しいのに」

「名残惜しくて後ろ髪を引かれるようなら、あとも見ずに出て行かなきゃ。それでほかのところに行ったら、ここが恋しくなるでしょ。恋しかったら、ありがたみも増すじゃない。そうでしょ？」

「言われなくてもありがたく思ってますよ！」

シヒョンは、目元に涙の粒が結ぼれるのを感じた。老練なオーナーは、笑顔でたい焼きをまた一口頬張った。シヒョンも涙をこらえて、たい焼きを齧った。甘いあんこの食感が、彼女の舌をくすぐった。

おにぎりの効用

オ・ソンスク。彼女にはとうてい理解できない男が三人いる。

ひとり目は夫。三十年も一緒に暮らしていたのに、この男の明日は、まったく予想できなかった。安定した中小企業の課長の椅子を放り出して退職したときもそうだったし、紆余曲折の末に店を開いたものの、何年かして突然家出したときもそうだった、彼はいつも頑固一徹で、意思疎通のできない人間だった。数年前に病気になって帰ってきたとき、なぜそんなに身勝手なのかと問い詰めたが、彼は答えなかった。癇癪を起こしたソンスクは、罰でも与えるように毎日質問を続けた。結局、答えるのが嫌だったのか、夫はまた家を出ていった。彼女は答えを得られず、いまや生死すらわからない夫のことを永遠に理解することも、理解する必要もなくなった。

ふたり目は息子。ひとり息子を女手ひとつで育てたため、目に入れても痛くないほどかわいがっていたが、血は争えないのか、大人になるにつれて夫に似て理解できないところが増えてきた。息子が大学を卒業してストレートで大企業に就職したときは、苦労して育てた甲斐があったと喜んだ。ところが、誰もがうらやむ職場を一年二カ月でやめてしまった。そのときから不吉な予感がしていたが、いきなり株式投資を始め、そこそこ貯めていた有り金を使い果たした。次は映画監督になると言ってどこかの専門学校か何かに通い、どこの馬の骨とも知れない輩（やから）と遊ぶようになった。そうこうするうちに借金をして、インディペンデント映画なるものを撮るという荒唐無稽なことをやりだした。だが、それで独立（インディペンデンス）するどころか中途で挫折すると、しばらくうつ病になって病院の世話にまでなった。

誰もがうらやむ安定した人生が開かれたのに、どうして株だの映画作りだのという不安定で危険きわまりないことに手を出すのか、彼女にはまったく理解できなかった。結局、ソンスクの切々たる頼みで、息子は馬鹿げたことから手を引き、遅ればせながら外交官試験の準備中だった。それでも息子は、つねに暗く重苦しい顔つきで、いつまたうつ病が再発するか心配になった。そのたびにソンスクは心の中で叫んだ。

——このどら息子め、お日様の下でセメント袋でも背負って汗を流せば、うつ病なんぞになる暇などあるか。

夫と息子という不可解なふたりの男のせいで、ソンスクの人生はただでさえ難儀だったが、今度は現在進行形の問題だらけの人物が、大きなクエスチョンマークのような頭を彼女の人生に突っ込みつつあった。すなわち先月からコンビニの深夜バイトとして登場した、うすのろ熊助こと独孤（トッコ）氏だった。彼がホームレスだった事実をあとから知ったソンスクは仰天したが、そのときはオーナーが深夜の業務できつそうだったし、自分も力になれなかったため、どうしようもなかった。コンビニを維持するためにハムスターの手も借りなくてはならない時期だったため、反対する余地はなかった。

幸い、熊助は大きな問題を起こさず、コンビニの夜を守ってくれた。心配したような臭いもあまりなく、服装も特に乱れてはいなかった。オーナーは得意げに、前貸ししてあげたお金で部屋を借り、服を買って散髪したら、見違えるようになったと言った。実に麗しい話ではないか。人間肯定の化身であり、教育者として不良学生の啓蒙に一生を捧げてきたオーナーとは違い、ソンスクには単純明快な一個の金言だけが頭にあった。それは、人は決して変わらないということ。専門用語で言うなら、「雑巾は洗っても雑巾」だということだ。彼女は過去に居酒屋を経営しながら、さまざまな人たちと仕事をし、ひどいクレーマーたちを相手にしてきた。レジの現金を持ち逃げし、警察署で親とともに再会した二十歳のアルバイトも、酒に酔って器物を破損したあと、手を合わせて頭を下げた還暦の常連客も、許してやるが早いか、再び厚かましくなって彼女の悪口を言い触らした。だからソンスクは、人間よりも犬を信じることにした。飼い犬のチビ太とクロだけが、彼女に忠誠を尽くし、彼女だけを見つめてくれた。

　だから彼女は、元ホームレスの熊助が檀君（タングン）神話に登場する熊のように、コンビニに二十日間こもってロッテのニンニクハムとヨモギドリンクだけを口にして過ごしたとしても、人間になれるとは信じていなかった〔朝鮮建国神話では、熊が洞穴にこもってニンニクとヨモギだけを食べて祈ると人間の女に変身し、建国の祖である檀君を生んだとされる〕。半開きのまぶたの下に光る邪悪な目と、のそりのそりとした足取り、客が来ようがソンスクが来ようが、ろくに挨拶もできない社会不適応者が、たやすく変わるとは決して思えなかった。

　ところが、またここでも理解できないことが起きたのだった。わずか一週間で、熊助は人間になった。それも真人間に。彼はわずか三日でコンビニの業務全般をマスターし、さらに三日たつと動きがテキパキと敏捷になり、客に対してはもちろん、ソンスクにも目が合うとすぐ頭を下げて挨拶するではないか。挨拶どころか目を合わせることすら脅えていた彼が、いったいどうしてこんなに早く社会に適応できたのか、ソンスクには不思議でならなかった。

独孤氏はソンスクにとって、夫と息子に次いで理解できない三番目の男となった。だが、前のふたりが変化しないことでソンスクを失望させ、理解不能に陥らせたのとは違って、今回は変身とも言える変化を示して理解不能にさせたケースだった。本当にオーナーの小さな援助だけで、こんなにも人間が変わるものなのか。さらに、ホームレスだった独孤氏がこれほど早く人間らしくなったのは、彼の過去とどう関係しているのか。おのずと疑問が湧いたが、オーナーもシヒョンも彼の過去については知らなかった。アルコール性認知症で記憶の大半が消えてしまった彼は、ただ「独孤」という姓か名前かもわからない名で呼ばれるだけだった。

「よく思い出してみたら。そろそろ頭もはっきりしたでしょう」

「わ、わかりません。あまり考えていると……頭が痛くなります」

ソンスクが尋ねるたび、彼は大きな手で顔を覆ってこう答え、彼女をいら立たせた。独孤氏自身、自分の過去をあまり思い出したがらない様子も、やはり疑問だった。頭がはっきりしてくれば、過去に何があり、どんな家族構成で、本来の自分は何者なのか、知りたくなるのが人情ではないか。そうした面でも理解不能な独孤氏を、ソンスクは引き続き熊助として扱うことにした。もちろん、熊は犬ではないから、彼女にとっては信じられない存在に過ぎなかった。

理解することも信じることもできない独孤氏に、ソンスクはよそよそしい態度を取り続けた。だが、オーナーは独孤氏に対して実の弟であるかのように接し、シヒョンもまた、彼と気安く会話しているようだった。シフトの交代時、シヒョンに独孤氏のことを根掘り葉掘り聞くたび、彼女は彼がごく正常な人間だという言葉を繰り返すだけだった。さらに、ホームレスの前に何をしていたのか正確にはわからないが、明らかにひとかどの人物だったのだろうと推理するのだった。

「まさか、あのうすのろ熊助がひとかどの人物だったなんて。会話するのでさえじれったいのに」

「言葉がつかえるのも、だいぶよくなりましたよ。何かで見たんだけど、ずっと話をしないでいると、声帯が乾いてうまくしゃべれなくなるんですって。それにね、私が独孤氏に仕事を教えたとき、最初は頼りない感じだったけど、すぐに仕事を覚えるんです。私はここの仕事を全部覚えるのに四日かかったのに、独孤氏は一日か二日もあれば自分からテキパキと仕事するんですよ。タバコの種類も一日で全部覚えるし……。学習能力があるのは間違いないです」

「シェパードだって学習能力はあるわよ」

「もう、次元が違いますよ。それに、たまに様子を見ていると、何だかカリスマ性があるんです。クレーマーが来たら怖い顔もするし、だから、きっと食堂の経営くらいはしたことがあるんじゃないかしら」

「プッ。せいぜいどこか暴力団の下っ端で、チンピラを何人か従えていたくらいでしょ」

「実は本当にその筋の人じゃないかとも思ったんですけど、違うみたいです。犯罪者の雰囲気はないんですよね」

「刑務所じゃなくても、ソウル駅で暮らしていたのが問題よ」

「ホームレスになったのが罪なんですか？　偏見の目で人を見ないほうがいいですよ」

「偏見が必ずしも悪いわけじゃないわ。この世を生きていくには用心しなくちゃ」

シヒョンは眉をひそめたが、ソンスクは「何も知らないひよっこのくせに」とでも言うように横目でにらむと、会話を終わらせた。ともかく、オーナーも若いバイトも甘すぎるんだ。ソンスクは自分だけでもがんばって職場を守らねばと、心に誓った。


息子の朝食を用意してから八時にコンビニに来ると、カウンターの向こうで独孤氏が立ったままウトウトしていた。すぐにソンスクの登場に気づいた独孤氏は、パチッと目を開けて挨拶をした。ソンスクは挨拶もそこそこに倉庫に入ると、ユニフォームのチョッキを羽織って出てきた。気の利かない独孤氏は、まだカウンターを守っている。ハエを追い払うような手つきで、出てこいと合図すると、やっと彼はあくびをしながらカウンターから出てきた。彼女はレジの前に立ち、レジ内の現金をチェックしながら尋ねた。

「引き継ぎの連絡事項はありますか？」

「特に……ありません」

「確かですか？」

独孤氏は頭をかきながら、少し考えてから答えた。

「この世に……確かなことなどありません」

いったい何を言っているのか……。この世の道理について議論でもしようというのか。ソンスクは鼻で笑うと、レジ金のチェックを終えた。

しばらくすると、独孤氏の理解不能な行動が始まった。彼は八時に勤務が終わったのにもかかわらず、陳列棚の間をうろうろしながら商品の列を整え始めた。何かの強迫的行動なのか、そうやって三十分も腰をかがめて汗を流しながら、商品をきれいに陳列することに精を出している。悪いことじゃない。しかし、どうせ明け方の時間帯なら客はいないから、その間に棚を片づけ、勤務時間が終わったらすぐに帰ったらいいのに。なのに、彼は決まってソンスクがカウンターに立つのを見計らい、のんびり陳列棚の整理をするのだった。それだけではない。棚の整理が終わったら、今度は掃除道具を手に、店の外に出ていく。テラスのテーブルを布巾で拭き、店の入口周辺をほうきで掃く。そしてテラス席のベンチに座り、出勤する人たちを眺めながら、廃棄食品の牛乳とパンで食事をするのだ。

独孤氏はいまだにホームレスの本能を捨てきれず、狭い部屋に帰るのが嫌だからここで時間をつぶしているのだろう。ソンスクはそう結論づけて、気にするのをやめ、自分の仕事に集中した。すると、いつのまにか独孤氏は姿を消し、退屈な一日が流れ始めた。

コンビニを訪れる客は、カウンターの店員が自分を見ているとは思わないだろう。しかし、意外に多くの客が万引きをする。計画的に、あるいは何となく。特にソンスクのように太って鈍そうな中年女性が店に出ているときは、万引きする側も油断していることが多い。ソンスクは長い接客業の経験から、どこか怪しい客をしっかりマークしている。そして、ついさっき入店してきた少年が「意図的に」おにぎり二個を万引きするところを発見した。学校が冬休みに入り、午前中からコンビニに出入りする中高生の姿が目立ったが、その少年はほかの子どもたちとは雰囲気が違っていた。年齢は十五歳くらいか。ソンスクと同じほどの背丈で、どこか暗い目つきとくたびれた服装は、龍山(ヨンサン)駅あたりの元暁路(ウォニョロ)や電気街周辺を集団でたむろする不良少年を連想させた。

少年は陳列棚の間を行き来しながら、ソンスクの様子をそっとうかがった。そして彼女が目を離すふりをするや、すばやくおにぎりを二個、ジャンパーの懐に隠した。その後、再び陳列棚の間をうろついて時間をつぶしてから、カウンターのほうに向かってきた。その短い瞬間、彼女はこの少年にどう接するべきか頭を巡らせた。たかがおにぎり二個のために、ナイフでも隠し持っているかも知れない不良少年とやりあうべきなのか。そんな気もしたが、それ以上に、人から軽く見られたくない彼女の負けん気が頭をもたげた。

「おばさん、グレープフルーツはないの？」

「グレープフルーツ？　そんなものはないわ」

その答えに興味がなさそうに、少年はそそくさと背を向けた。その瞬間を捉えて、ソンスクは少年の腕を捕まえた。不意打ちを食らって驚いた少年は、振り向くと同時に腕を引いた。

「盗んだものを出しなさいよ」

ソンスクがカッと目を見開き、少年をにらみつける。少年はとぼけたような顔で、固まっていた。

「私が誰だと思ってるの。早く!」

「えい……ちくしょう……」

少年はため息とともに悪態を吐きながら、空いている手をジャンパーの懐に突っ込んだ。ナイフでも取り出すのか。ソンスクは一瞬ひやりとしながらも、緊張を抑えるために少年の腕を捕まえた手にさらに力を加えた。

少年はおにぎりを取り出してカウンターに置いたが、一個しかない。ソンスクはあきれ顔で、あごで指図した。

「全部出しなさい。警察にしょっ引かれる前に。さあ!」

ソンスクは愛犬のクロを叱るときのように、ドスの利いた低い声で言った。

そのときだった。再びジャンパーに手を突っ込んだ少年は、稲妻のような速さでおにぎりを取り出すと、彼女の顔目がけて投げつけた。グシャッ。飛んできたおにぎりを額に受けて、目の前が真っ暗になったソンスクは、思わず少年の腕を放した。

「くそったれ!」少年はそう叫んで、顔を覆う彼女をあとに、コンビニから飛び出そうとガラスドアを押した。その瞬間、何者かが熊のような大きな体で行く手をふさいだ。独孤氏だった。

「おい、〝グレフル〟」

ドアを開けた独孤氏が、少年に向かって笑顔で言った。少年は困ったような表情であとずさりした。独孤氏はゆっくりと店内に入ると、まるで預けておいた荷物でも受け取るように少年の肩を片腕で抱きかかえ、ソンスクのほうに向かってくる。少年はなすすべなく独孤氏に引きずられて、カウンターの前へと進み出た。彼女はやっと気を落ち着かせて、カウンターの前に立った。

「こいつが……金を払い忘れた品物が……あるでしょう？」

「忘れたんじゃないわ！　早く警察に突き出しましょう！」

ソンスクは、独孤氏の腕の中でうなだれる少年に聞こえよがしに叫んだ。だが、独孤氏は少年をぎゅっと腕で抱えたまま、首を横に振るばかりだ。しゃくに障ったソンスクは、責めるような口調で独孤氏に尋ねた。

「どうして？　知ってる子なの？」

「こいつはグレフルといって……。毎日のように、売ってもいないグレープフルーツを買いにくるんです……。いつもは、私のいるときに来るんですが……今日はちょっと遅れたみたいです。おい、グレフル。お前……今日は腹時計が……遅れてたのか？　それとも……寝坊したのか？」

独孤氏は友達にでも語りかけるように少年に尋ねたが、少年はとぼけた顔で口を尖らせ、黙ったままだ。いったい、どういうことだろうか。ひょっとすると、こいつは独孤氏のいる時間に、毎日おにぎりを万引きしていたのでは？　いいや、レジ金はいつもぴったり合っていた。だとしたら、この熊助が少年におにぎりを買ってやっていたのか？　ソンスクは突如現れて少年を捕まえた独孤氏をあっぱれに思ったが、いつしかその気持ちが消え去るとともに、怒りが込み上げてきた。

「これまで、この子に万引きされたことがあるんでしょ？　正直に言って！」

「ありません」

「そんなはずないわ。お金も払わず逃げたんだから。それに、私におにぎりを投げつけたのよ!!」

　すると独孤氏は少年に向き直り、姿勢を正させた。しばし少年を見下ろしていた彼は、ソンスクの足元に視線を落とすと、しゃがんでおにぎりを拾い上げた。

「お前が……やったのか？」

「……はい」

「こんなことしたら……だめだぞ」

「わかりました」

　独孤氏と少年の落ち着いたやりとりを聞いていたソンスクは、いっそうしゃくに障った。被害者は自分なのに、なぜこのふたりは勝手に仲直りしているのか！

　舌打ちしたソンスクを見て、独孤氏がおにぎりを差し出した。どういうつもり？

「代金を」

　ソンスクは鼻で笑った。だが、おにぎりを差し出す独孤氏の真面目な表情に、彼女もなぜか緊張して真顔になった。彼女はためらいながらもバーコードリーダーを手に取り、おにぎり二個分をレジ打ちした。独孤氏はポケットに手を突っ込むと、しわくちゃの五千ウォン札を一枚取り出し、彼女に手渡した。虫でもつまむように札を受け取ったソンスクは、それをレジに放り込んでお釣りを渡した。

それでも独孤氏は、おにぎりを持った手をソンスクの前から引っ込めない。

「捨てたら？」

「精算が……まだ終わっていません……。これを、投げてください」

そう言うと、顎で少年を指した。この人は、さっき少年にされたのと同じことをやり返せとでも言いたいのか。ソンスクはあきれてしまった。独孤氏の真剣な表情も表情なら、その後ろに立って、まるで執行を待つ死刑囚のようにしょげている少年を見ると、言葉が出なかった。

「さあ」

今度は独孤氏が自分を促した。ソンスクは、ハッと我に返った。この流れを切らねばならない。

「片づけてくださいな！　私におにぎりを投げろって言うの？　子どもじゃあるまいし。持っていってふたりで食べるなり捨てるなり、勝手にしてちょうだい！」

ソンスクが声を張り上げてにらみつけると、独孤氏が笑顔を見せた。何を笑っているの？　あきれていると、独孤氏は少年の肩をつかみ、ソンスクの前に立たせた。

「許して……くださったんだぞ。いまからでも……謝るんだ」

少年はうなだれた頭を一層深く下げた。ソンスクの目に、少年のつむじがはっきり見えた。

「ごめんなさい」

顔を上げた少年が蚊の鳴くような声で言うと、ソンスクはもう顔も見たくないというように手を横に振った。独孤氏はまるで息子に付き添う父親のように、少年の肩を手で抱いたまま店を出て行った。そしてふたりはテラスに座り、仲よくおにぎりのフィルムを外し出した。

ソンスクは、しばらくふたりが笑顔でおにぎりを食べている姿を眺めていた。いま、何が起こったのだろうか。少年が盗みを働き、それを防ごうとした自分は、額におにぎりをぶつけられた。逃げようとする少年を、タイミングよく現れた独孤氏が捕まえ、万引きした品の代金を肩代わりし、少年に謝罪させた。

被害者は、万引き犯からおにぎりを投げつけられた自分のはずだ。ところが、独孤氏がたちまち事態を丸く収めたせいで、怒るわけにもいかなくなった。ふだんのソンスクなら、こんなときには腹が立って周囲に当たり散らすところだ。なのに、不思議にも怒りが収まり、特に言いたいこともなくなった。

彼女はただ、独孤氏と〝グレフル〟が貧しい父子のように、三角の形をした朝食をとる様子を眺めるばかりだった。不思議な気分だった。赦し、安心感、奇妙な興奮。そんな気分に、ソンスクはうきうきしてきた。自分もこのヘンテコな騒動の三角形の一辺を成していることが妙に面白く感じられ、自分もおにぎりを手にふたりのところに行こうかと思うほどだった。

きっと独孤氏はずっと、グレフルと呼ばれる少年の面倒を見てきたに違いない。だからあの不良も素直に彼の言うことを聞くのだろう……。まだ額がジンジンするものの、ソンスクはこれまで誰かを赦したことのない自分に生じた変化が、新鮮に感じられた。
とにかく、気分がよくなった。

それ以来、不思議なことに独孤氏に対して抱いていた理解不能でじれったい気分が消え、不思議な安心感が芽生えてきた。そして、それはソンスクだけのものではなかったのか、コンビニの朝の時間は少しずつ太陽の向きが変わるように、雰囲気も変わっていった。

コンビニは高いからと近所の雑貨屋やスーパーに行っていた町内のおばあさんたちが、隣の家に遊びに来るような調子でガラスドアを開け、店内をうろつくようになった。おばあさんたちは店内の掃除をしている独孤氏の背中をトントンと叩いてはあれこれ質問し、彼はおばあさんたちを案内して陳列棚の間を行き来しながら、お得な割引商品を教えてあげた。

「これとこれを……買えば、ほ、本当に安く……なりますよ」

「あら、そう。こうやって買えばスーパーより安いんだね」

「コンビニは高いばかりじゃないんだって。このお兄さん、いろいろ教えてくれるからほんと助かるわよ」

「老眼だと、こんな小さい字は読めないからね。ひとつ買えばひとつタダになるだなんて、わからないもの」

独孤氏はおばあさんたちが選んだ商品を買い物かごごと預かって、ソンスクの前に降ろし、歯を見せて笑った。その様子は、まるでゴールデンレトリバーがボールを拾ってきておやつをねだる姿を連想させた。ところが、さらに彼は、ソンスクが会計を終えた買い物かごいっぱいの商品を持ち、そのままおばあさんたちと一緒に表に出て行くではないか。しばらくして空の買い物かごを持って戻ってきた彼に理由を聞くと、おばあさんが持って帰るには重そうだったので、家まで運んであげたのだと言う。まるで最先端のデリバリーシステムだ。ソンスクはあきれたが、それ以来、独孤氏の敬老デリバリーサービスのおかげで、おばあさんの常連客が増え、午前シフトの売上もかなり増えたのだった。学校が冬休みに入ると、おばあさんたちは家で面倒を見ている孫たちを、買い物かごのように手にぶら下げてコンビニに通った。孫たちはスナック菓子や飲み物のコーナーで、おばあさんたちの財布を開かせる才能を発揮した。

「午前の売上が増えたんだけど、どうしてかしら?」

オーナーの言葉に、ソンスクは自分がいかに熱心に働いているのか、まくし立てた。独孤氏が町内のおばあさんたちとその孫をうまく店に呼び込んでいる事実は、こっそり伏せたまま、すべてを自分の手柄にしたのだ。もちろん、彼女にも良心があるので、それ以来というもの独孤氏を見ると先に声をかけて、やさしく接するようになった。

「独孤さん、いまもあの子におにぎりをあげてるの? 私がいるときには姿を見せないけど」

「もう……来てません。家に帰ると言ってました」

「それを信じてるの? 最近は半地下の安アパートで、家出少年が集まって暮らしているとかいうけど……」

「行ってみたけど……いませんでした」

「どこに？」

「半地下です……。グレフルがほかの子どもたちと一緒に住んでいた場所に」

「え？　どうしてそこに？」

「心配だったので……。ところが部屋を引き払って……みんな、いなくなっていました」

「独孤さん、子どもたちのこと考えるのはいいけど、独孤さんのほうがちゃんとした家を探さなくちゃ」

「私は……家は必要ありません。だから……ホームレスというんですよ」

「もうホームレスじゃないでしょ。立派に働いているんだし」

「私は……まだまだです」

「まだまだって、どこが？」

「ともかく……まだまだです……」

「何を謙遜することがあるの？　私、これまで誤解していて申し訳ないと思ってるの。知ってるでしょ？」

「私が……いや、私のほうこそ……これまで誤解させて……申し訳ありません」

「とにかく、チョクパン暮らしはおしまいにして、どこかワンルームでも探したら？　ちゃんと寝るところがないと」

「お気遣い……ありがとうございます」

彼は主人の言いつけを聞く大きな犬のように深くうなずくと、のそりのそりと店を出て行った。この世に勤務時間を四時間もオーバーして働くアルバイトがどこにいるだろうか。だからコンビニの売上も上がり、ソンスク自身も働きやすくなったのだから、彼女が独孤氏を信頼するのも当然だった。熊のようだった彼が犬に見え始めたのも、たぶんそのころからだっただろう。

年末を前にして、オーナーはシヒョンが同じコンビニチェーンのほかの店にスカウトされていくからと、業務時間の調整を提案してきた。スカウトだって？　独孤氏は無料のデリバリーをするわ、シヒョンはスカウトされるわ、ここのアルバイトは実に多士済々だ。ソンスクは自分が柱にならなければという思いから、勤務時間を増やして欲しいというオーナーの提案を快く承諾した。そうしてシヒョンの担当していたシフトを独孤氏とオーナーと三人で分担し、いつもより二時間多く働いて帰ることになった。

新年になり勤務時間が増えると、元気を出そうとがんばったものの、ひとつ年をとったせいか、彼女は急に疲労感に襲われた。家庭は家庭で、さらに壊れつつあった。ソンスクが二時間遅く帰るようになると、息子はひとりでラーメンをつくって食べ、後片づけもしないで散らかしっぱなしだった。勉強に集中しているからだと理解しようにも、部屋から漏れるオンラインゲームのやかましい音に、彼女の心はますます惨めになった。

つまり息子は、ソンスクが家を空けた分だけ家を散らかすだけで、とても人生の役に立つことはしていなかった。親孝行や家事をして欲しいとまでは望まない。ただ、自分の面倒くらいは自分で見てくれたらいいのに……。ところが新年を迎えて、母親である自分は仕事が増えて大変だというのに、息子は三十歳になっても子どものままだった。中学、高校と模範生で、あまり遊べなかったことが悔しいとでも言いたいのか、不良少年として人生をやり直したいような感じすらした。三十歳の受験生が、インターネットカフェで殺人ゲームに夢中になった少年のようなまねをしているとは。まったく気が滅入り、腹立たしかった。

怒りを抑えきれない彼女は、帰宅すると息子の部屋をノックしたが、ゲームの騒音でノックはまったく役に立たなかった。そこでドアノブを引いてみたが、やはりカギがかかっている。その瞬間、そのドアノブがまるで必要なときにだけ母親を呼ぶ息子の冷たい手のように感じられた。頭にきた彼女は、壊れんばかりにドアを叩いた。

「開けなさい!! ちょっと話があるの!!」

ゲームの騒音よりもドアを叩く音と叫び声のデシベル値のほうが上回ると、ようやく息子はドアを開けて、無愛想な顔でソンスクを見下ろした。

「お母さんが言いたいことはわかっているから、言わなくていいよ」

たったいまゲームの中で鳴り響いていた銃声のような口調で、息子はそう言い放った。顔は脂ぎってベタつき、突き出した腹の肉は半ズボンの上にはみ出していた。真冬なのに半ズボン姿だなんて……。暖房のボイラーを焚き、家の中にこもってばかりの、あきれ果てた姿だった。紺のスーツに端正な髪型で大企業の新入社員として初出勤したときの姿は見る影もなく、家の外どころか部屋の外にも出てこない引きこもりに成り果てたのだ。

あきれたような母の視線を無視して、息子が部屋の中に戻ろうとしたとき、ソンスクは思わず、爪がめり込むほどの強さで息子の腕を捕まえた。半袖のTシャツに隠れた二の腕が痛かったのか、息子は一瞬、母をじろりとにらんだ。だが、ソンスクは今日こそケリをつけてやるという思いから、息子の腕をさらに強く握りしめた。

「放してよ。勉強しないと」

「ウソつきなさい！　いったい何をしてるの？　え？」

「お母さんが外交官試験を受けろと言ったでしょ！　勉強中に休憩してゲームしてるだけなのに、大騒ぎして。僕は子どもじゃないよ。これまでだって勉強して名門大学に行ったし、大企業にも入ったし。勉強くらい自分でできるから、静かにしてて！」

「何言ってるの！　だったらちゃんとやったらどう？　だいたい、その格好は何なの？　部屋にこもってゲームばかりして、毎日ラーメンばかり食べて、そんなことでいいと思ってるの？　どこか散歩でもしてくるか、図書館にでも行くかしたらどうなの？」

「もう、うるさいなあ……。小言は聞き飽きたよ!!」

息子は一言叫ぶと、乱暴にソンスクの腕を振りほどいて部屋の中に入ってしまった。バタン、とドアの閉まる音に続き、ガチャリとロックのボタンを押す音が聞こえると、ソンスクの心の奥からもボタンが押される音がした。ソンスクは再び壊れそうな勢いでドアを叩いた。頭がどうかしたのかというような目で、自分をじろりとにらんだ息子の視線に応えるかのように、一心不乱にドアを叩いた。だが、息子からの答えは、さらに大きくなったゲームの音だけだった。いっそう激しく聞こえる銃声に、彼女の全身はハチの巣にされたようだった。

ドアを叩く手が痛くなると、彼女は額をドアにぶつけ始めた。ゴン、ゴンゴン、ゴンゴン。額がヒリヒリしてきたころ、やっと諦めてドアに背を向けた。涙が流れ、胸が痛くなったが、苦しみを分かち合うべき夫はいなかった。これまでさんざん息子自慢をしてきた手前、情けない姿になった息子の愚痴をこぼせる友達もいなかった。息子が大企業に就職したとき、彼女を羨んでいた友人たちの陰口が、遠くから耳にこだまするようだった。

泣き疲れて眠りこけた彼女は、いつも通り七時に目が覚めた。まだ息子の部屋からゲームの騒音が漏れてくるのが気味悪かった。彼女はコートだけ引っかけて、いつもの息子の朝食作りも差し置いて、逃げるように家を出た。正直、家と息子を捨ててどこかに消えたい気分だ。だが、彼女の居場所は、職場であるコンビニだけだった。

ドアを開けて店に入ると、カウンターに独孤氏の姿がなかった。店内を見回すと、彼は新たに陳列したカップラーメンの列をそろえるのに余念がなかった。そこまでする必要はないと言ったのに、彼は強迫症の患者のように、丹精込めて商品を一個一個並べている。情けない息子の姿とは対照的だった。うちの息子は、やっとホームレス生活から抜け出した中年男以下なのだ――そんなことを思ったのは、これが初めてだった。すると、自分が余計に惨めに感じられた。

「おはようございます」

商品を並べる手を休めず、独孤氏が挨拶をした。ソンスクはその瞬間、涙がこぼれそうになって、言葉が出なかった。早足で倉庫に入り、ユニフォームのチョッキに着替えてからも、涙は止まらなかった。我が子があのホームレスと大差のない男にも劣るだなんて……。いいや、独孤氏はいまや堅実な社会人ではないか。たどたどしかった口調も、かなり自然になった。それに引き換え、我が息子は引きこもりのゲーム中毒、はぐれ者の負け犬であり、お先真っ暗だ。あの父にしてこの子あり、か。もしソンスクが死んだら、息子は人並みの暮らしもできず、ブラブラして本当にホームレスに転落するかも知れない。そんな思いで頭がいっぱいになり、彼女はそのまましゃがみ込んで泣き出してしまった。

ふと気がつくと、独孤氏が倉庫のドアを開けて、ソンスクを見下ろしていた。

独孤氏は静かに近づくと、ソンスクに手を差し伸べた。その手を取って立ち上がったソンスクの前に、ティッシュの束が突き出された。彼からもらったティッシュで、ソンスクは涙と鼻水、そしてよだれを拭った。にもかかわらず、胸の底から何かがしきりに込み上げてくるようで、深呼吸をして息を整えた。

独孤氏のあとについて倉庫を出ると、明るい朝の光がコンビニの大きな窓から差し込んでいた。独孤氏がドリンクのコーナーに行って、トウモロコシひげ茶を一本持ってきた。

「気分がむしゃくしゃしたら、トウモロコシ……トウモロコシひげ茶がいいですよ」

何のことかと首をひねっているソンスクに、独孤氏がトウモロコシひげ茶のキャップを開けて手渡した。目の前に置かれた好意の印をじっと見つめていたソンスクだったが、結局それを受け取って口をつけた。とにかく、気持ちを落ち着かせなくちゃ。彼女はトウモロコシひげ茶を真夏の生ビールのようにゴクゴクと飲んだ。

喉の渇きがおさまると、ソンスクは自分を抑えきれずにしゃべり始めた。独孤氏はそれを待っていたかのように、彼女の話に耳を傾けた。カウンターに立ったまま、ソンスクは涙を拭きながら、情けない姿に成り果てた息子の愚痴を、一気にまくし立てた。向かい側に立った独孤氏は、ひたすらうなずきながら、彼女の鬱憤混じりの嘆き節に耳を傾けた。

「全然わからないわ。いったいどうして人生をぶち壊すの？　安定した仕事をやめて、変なことに首を突っ込んで。株だの映画制作だの、博打（ばくち）みたいなものでしょ。どこでどう間違えたのか」

「でも……まだ若いですよ」

「もう三十よ、三十！　人間としての役にも立たない、三十歳の失業者だなんて」

「ところで、息子さんと話は……してみましたか？」

「私の話なんか耳も貸さないわ。うんざりした顔で、私を避けるの。何度も捕まえて話をしたんだけど、無視して逃げるだけ。私のことを家政婦か下宿屋のおばさんとでも思ってるみたい」

「まず、息子さんの話を……聞いてみたらどうでしょう。いま話を聞くと、息子さんが話を聞かないといいますが……ソンスクさんも息子さんの話を……聞いていないようです」

「何ですって？」

「いま、私の話を聞いているように……息子さんの話も聞いてあげてください。なぜ……会社をやめたのか……なぜ株をやったのか……なぜ映画を撮ろうとしたのか……そんなことを」

「聞いてどうするの！　全部やりたいようにやって失敗したのに。いまじゃ私に話もしないんだから！」

「それでも、話をしたことは……あるんでしょう？」

「ふう……もう三年も前よ。会社をやめると言うから、頭にきて叱りつけたの。せっかくいい会社に入ったのに、なぜやめるなんて言うのかって。そうでしょ？」

「で、なぜやめたか……わかりましたか？」

「わからないわ」

「もう一度、聞いてみたら……。なぜ……やめたのか。何が……つらかったのか。息子さんだけが知っているでしょう。ソンスクさんも息子さんのことだから……知るべきです」

「聞いてやったら本当にやめるかも知れないと思って、頭ごなしに叱ってやったのよ。理由を聞いてもハッキリ言わないし。だから、とにかく我慢しろって言ったの。そしたら、ただ大声を張り上げるばかり。あの子の父親がいきなり家出したときと同じ」

　ソンスクは息せき切って自分の胸の内を打ち明けた。同時に、目元が濡れてくるのを感じ、独孤氏にそれがどう映るかが気になって、涙をこらえた。独孤氏は頬をびくりとさせながら、しばらく考え込んでいたが、ふとソンスクに向かって微笑みかけた。

「怖かったんだな。息子さん……。お父さんみたいになるのかと思って」

　ソンスクは涙をピタリと止めて、思わずうなずいた。

「それは私の台詞よ。息子は父親みたいにならないと思っていたのに……。育て方を間違えたのかしら……。私なりに最善を尽くしたのに、息子は何もわかってくれなくて……毎日、部屋でゲームばかり……。ううっ」

独孤氏が再びティッシュの束をソンスクに渡した。彼女がそれで涙を拭っていると、客が入ってきた。独孤氏は倉庫に向かい、ソンスクは身支度して、客を迎えるためにカウンターに立った。

客が帰ると、独孤氏は再びソンスクの前に立った。やっと少し落ち着いたのか、ソンスクはこわばった微笑を浮かべた。

「しゃべりすぎたみたい。あんまりつらくって……。誰にも話せないし……。独孤さんに聞いてもらって、ちょっと気が晴れたわ。ありがとう」

「それです」

「何が？」

「聞いてもらえば、気が晴れます」

ソンスクは目を丸くして、自分の前に立つ男の話に耳を傾けた。

「息子さんの話も、聞いてあげてください。そうすれば……気が晴れるでしょう。少しでも」

ソンスクはそのとき初めて、自分が息子の話をまともに聞いてやらなかったことに気づいた。つねに息子が自分の思い通りに生きることだけを望み、模範生だった息子にどんな悩みと問題があって母が敷いたレールから外れたのか、聞いてやらなかった。つねに息子の脱線をなじるのに忙しく、その理由などは聞いている余裕がなかった。

「これ……」

そのとき、独孤氏が何かをカウンターの上に置いた。おにぎりが三個。二個買うと一個おまけがつく、2＋1（ツー・プラス・ワン）のセットだった。首をかしげて見つめるソンスクに、独孤氏が歯を見せて笑った。

「息子さんに」

「うちの子に？　どうして？」

「グレフルが言ってました……。おにぎり……ゲームしながら……食べるのにちょうどいいそうです。息子さんがゲームするとき……あげてください」

ソンスクは独孤氏が置いたおにぎりをじっと見つめていた。息子は前からおにぎりが好きだった。ソンスクがコンビニの仕事を始めたころは、廃棄するおにぎりを持ってきてくれと頼むほどだった。だが、いつからかソンスクはおにぎりを持ち帰らなくなった。息子が部屋にこもってゲームしながら、それを食べる姿を見たくなかったからだ。

黙ったままおにぎりを見下ろしているソンスクの耳に、独孤氏のつぶやきが聞こえてきた。

「だけど、おにぎりだけじゃ……だめです。手紙も……一緒にあげてください」

ソンスクが顔を上げて、独孤氏を見つめた。独孤氏はソンスクを正面から見ていたが、彼女にはそんな彼が本当にゴールデンレトリバーのように見えた。

「息子さんに……これまで話を聞いてあげなかったけど、これからは聞いてあげるから……話をしてくれと……手紙を書いてください。そして……そこにおにぎりを……載せて」

ソンスクは独孤氏から手渡されたおにぎりをまた見下ろしながら、唇を噛みしめた。独孤氏がズボンのポケットからしわくちゃの千ウォン札を三枚取り出した。

「私が買います。……お会計を」

ソンスクは上司の指示に従うように、独孤氏に言われるまま、おにぎりにバーコードリーダーを当てた。ピッという音とともに「決済が完了しました」という合成音声が聞こえると、彼女の頭の中を複雑に行き来していた不安感も完了したような気分だった。人間よりも犬を信じるソンスクは、利口な大型犬のような独孤氏の言葉に改めてうなずいた。

独孤氏はニコリと歯を見せると、店を出て行った。チリン、とベルが鳴った瞬間、ソンスクの頭の中には条件反射のように、おにぎりの下に置く手紙の内容が浮かんできた。

ワン・プラス・ワン

キョンマンは心の中で、そのコンビニを「スズメの米屋」と呼んでいた。そうだ、今日も米屋だ。スズメはキョンマン自身だ。子どものころ、「スズメの一日」というヒット曲があった。宋昌植（ソン・チャンシク）〔1947～　シンガーソングライター。ヒット曲に「鯨獲り」など〕が朗々と歌うその歌は、庶民をスズメに例えて生活のつらさをなぐさめる内容だった。「新しい国の子ども〔解放後初めて創作された童謡で、解放の喜びを歌っている〕」として「国民学校」〔小学校の名称。一九九六年から初等学校に名称変更〕に通っていた当時も、そんな歌に共感を覚えて口ずさんだものだった。いずれにせよ、当時も学校に行くのが嫌いな劣等生だったが、キョンマンにとって人生とはつらい一日一日の連続でしかなかった。

ひとり酒にロマンがあるとか、ひとり酒がはやりだとか、ともかくいろんなところでひとり酒が話題の単語になりつつあったが、キョンマンにとってそれは帰り道にあるコンビニのテラス席で、冷たい風に吹かれながら引っかける一本の焼酎にほかならなかった。ロマンが何だって言うんだ。冷たい世間の視線さえ受けないですめば、それでいい。それが俺のひとり酒だ。

いつからそのコンビニのテラスが彼のひとり酒の場になったのか、彼も正確には覚えていない。秋が深まったころ、コンビニに立ち寄ってカップラーメンを買って、その場で食べて帰宅するのが習慣になったが、夜食の常で、カップラーメンにおにぎりが追加され、そこにキムチ炒めも追加され、さらには赤いラベルの眞露(ジンロ)焼酎も一本加わって、豪勢な食卓となった。それ以降、キョンマンは米屋を通り過ぎることができないスズメとなって、毎日夜中の〇時前後に五千ウォンで酒と肴(さかな)を買って腹を満たすことになった。真夏に熱いスープを飲むとサッパリするように、寒空の下で引っ掛ける冷たい焼酎は温かかった。さらにコンビニに並ぶ多種多様なカップラーメンとおにぎりは、毎日新しい組み合わせを作ることができるので飽きが来ない。

今夜の組み合わせは「참참참(チャムチャムチャム)」だ。この数カ月のキョンマンのベスト・セレクションだった。참깨라면(チャムケラミョン)〔ゴマラーメン〕、참치김밥(チャムチキンパプ)〔ツナのり巻き〕、それと참이슬(チャミスル)焼酎。これがキョンマンの先発メンバーであり、絶対に後悔しない一日の締めくくりであり、貧者にとってコスパ最高のひとり酒メニューだった。

ところで、今日はコンビニのカウンターに見慣れない男が立っていた。図体が大きく、威圧感を与える目つき。前任者のアンパンマンとは大違いだ。キョンマンが恐る恐るカウンターにチャミスルとゴマラーメン、ツナのり巻きを置くと、男はノロノロとした動きでバーコードリーダーを当てて会計を始めた。

「五千……二百ウォン……です」

訥々としてぶっきらぼうな話しぶりも気に障る。キョンマンはそそくさと会計を済ませて、カウンターの横にある割りばしを手に取り、テラス席に向かった。食べ物をテーブルに置き、バッグに常備している焼酎用の紙コップを取り出した。あとはラーメンを作るだけだ。彼はゴマラーメンのフタを開けながら、チラリと店内をうかがった。何てこった。カウンターに立つ熊のような男と目が合ってしまった。あわてて視線をそらし、スープの小袋を開ける。

再び店内に入ってラーメンのカップにお湯を注ぎながら、キョンマンは先週まで働いていたアンパンマンのことを思った。早期退職してコンビニの深夜バイトをしているように見えたその中年男性は、丸顔にはげ頭がトレードマークだったので、密かにアンパンマンと呼んでいた。アンパンマンは彼にとても親切にしてくれて、カップラーメンを買えば何も言わなくても割りばしを手渡しながら、「どうぞごゆっくり」と声も掛けてくれた。たまに賞味期限がわずかに切れたハムサンドを、「もしよろしければ」と手渡してくれたおじさんのやさしい目も思い出した。まさに生活戦線できつい服務に勤しむ戦友として、同病相憐れむ思いを黙って分かち合った瞬間だった。

とすれば、アンパンマンに代わって、この閑散としたコンビニの夜を牛耳るあの男は誰なのか。ラーメンができるのを待ちながら、キョンマンは推理した。無愛想な態度、接客に不慣れな様子、傲慢なのか眠いのかわからない目つきで、酒を飲むキョンマンを警戒するようにうかがうところまで……。間違いなく、この店のオーナーの風貌だった。キョンマンの一日を地獄へと案内する会社の社長と同じ、コンビニの社長だ。きっと、そうだ。あの男はコンビニの商売が不調なので、アンパンマンの首を切ったのだろう。ところが、これという代案もなく、何日か町内のおばあさんでも雇ってみたものの、それも大して助けにもならなかったのか、オーナー自ら店に出ることになったのだ。ひょっとするとアンパンマンの雇用期間が一年になるから首を切ったのかも知れない。一年雇うと退職金を払わねばならないから。キョンマンの会社に勤務する契約社員がいくら有能でも、十一ヵ月で切られるのと同じことだ。

熊のような男がコンビニのオーナーに見え始めるのと同時に、急に酒が回ってきた。ピリッと辛いゴマラーメンをフウフウしながらすすり、また焼酎を紙コップに注いで口に放り込んだ。有史以来、景気は一度もよくなったことがなく、会社はつねに厳しい。社長は経営難を理由に秋夕〔旧暦八月十五日。先祖に感謝をし一年の豊作を祈る祭日〕のボーナスは出せないと通告してきた直後に、車を買い換えた。路上で隣に寄ってきたら思わずよけてしまいそうな高級外車だった。キョンマンの年俸は凍結されて四年。賃上げ交渉のテーブルに載せるどころか、後輩たちの物笑いの種にされるだけだ。いつ辞めてもおかしくない待遇であるにもかかわらず、退社できない事情のある彼にとって、社長は地獄の親玉にしか見えなかった。

家に帰ったからといって、地獄からログアウトできるわけではない。来年中学に上がる双子にかかる金は並大抵ではなく、パートに出ながら家事をする妻もキョンマンに気遣う余裕はなかった。家庭のぬくもりと安心感、自分の味方であるという同質感は、すでに消えて久しかった。仕事から帰ったら、家で夜食をとりながら焼酎で晩酌するのが日課だったが、それも消えてしまった。子どもに悪影響があるという理由で、妻から家での飲酒を禁止されたのだ。唯一の趣味であるテレビのプロ野球ハイライトも、チャンネル権を奪われて見られなくなった。過労で家庭を顧みられず、だからといって給料も増えないので、家に居場所がない状況が続くうち、妻も疲れ、キョンマンも家族に優しく接することができなかった。そうやって妻にとっては存在感のない夫として、双子の子どもにとっては面白くない父親として、逆転の手がかりもないまま老いていくしかなかった。いや、もし首を切られて再就職もできなければ、その座も危うくなるだろう。これがどんでん返しの末にバッドエンドで終わる自分の人生なのか……。

どこで間違えたのか。真面目一筋だった四十四年の人生だった。そこそこの大学を卒業して、製薬会社の営業という難しい仕事を手始めに、保険、自動車、印刷用紙、医療機器に至るまで、脇目も振らずに営業一本槍で経験を積んできた。もともと自分は「土のスプーン」をくわえて生まれてきた庶民階級の息子であり、特に見るべき才能もないのを知っていたので、誠実さと人当たりのよさだけを武器に闘ってきた。取引先で出会った四歳下の妻と結婚し、双子をもうけたときは、「土のスプーン」の舌触りも悪くないと思った。「金のスプーン」をくわえて生まれてきた富裕層の奴らよりも、価値ある人生だと自負していた時代もあったのだ。

だが、時間はその違いを思い知らせてくれた。スタートラインから前に出ていた奴らは、年々余裕ができて、能力と資産を蓄積することができた。一方、いまやキョンマンは弾薬が切れて丸腰で突撃しなくてはならない、塹壕の中の兵士になったような心境だった。いくら稼いでも支出は増える反面、体力は年々衰えていく。唯一の長所だった誠実さと人当たりのよさの土台は体力にあるのに、肝心の体力の衰えとともに、誠実さと人当たりのよさは無能力と卑屈さへと変わってしまった。体力は精神力まで支配するようになり、メンタルがどん底に落ちる日が増え、それは社長や同僚からの無視へとつながった。

苦い思いに浸りながら焼酎を舐めていると、酒はいつしかコップ半分しか残っていなかった。ゴマラーメンの具のフリーズドライの卵がまだふやけないうちに、焼酎が空になるとは、まったく困った状況だ。だが、もう一本飲んだら明日は耐えられる自信がない。若いころは寝る前に三、四本飲んでも、二日酔いなどとは無縁で出勤できたが、いまでは一本以上飲むと朝の地下鉄ならぬ地獄鉄の中で前の座席に吐いてしまいそうだった。

回復力（レジリエンス）、と言ったっけ？　そいつがなくなったんだ。若いころはミスをしても挽回（ばんかい）する力があり、二日酔いになっても熱いシャワーを浴びればすっきりした。ところが、いまやそんな回復力がゲームのエネルギーゲージが底を突くように、彼の人生から急速に消えつつあった。キョンマンはツナのり巻きの最後の一切れをゴクリと飲み込んでから、ゴマラーメンをすすった。コップに半分残った焼酎も飲み干した。そうやって一日の唯一の自由な時間からログアウトし、テーブルを片づけた。

翌日の夜も熊男は無愛想に突っ立ったまま、キョンマンの夜食の会計を済ませた。今日は割りばしをすぐ渡してくれたのを見ると、一日でコンビニの仕事に慣れたようだ。学習能力はありそうだ。だからこそ、アンパンマンと似たような年齢でコンビニのオーナーになれたのだろう。みんなが早期退職するような年ですでに資産を築いた彼は、コンビニを何店舗か巡回しながら、たまに暇つぶしを兼ねてアルバイトの代役を務める、のんびりした人生を送っているのだ。

キョンマンは羨望と無力感を同時に抱きつつ、テーブルでその日の唯一の楽しみを平らげた。男は依然としてキョンマンの様子をうかがっている。彼はキョンマンのことをどう見ているのだろうか。負け犬人生を送る不遇な小市民一家の長だとでも思っているのだろう。だが、ともかくキョンマンは客だ。毎日五千ウォンを使って、食後のテーブルもきれいに片づけて帰る模範的な客なのだ。キョンマンはオーナーの男の視線が気になったが、せめてここでは、絶対に自分の居場所を奪われてなるものかと心に誓った。

そうして一カ月がたち、二〇一九年も終わりに近づきつつあった。ちくしょう。今年も昇進どころか、減給されないだけでもましな一年だった。来年には中学に上がる双子のことを思うと、いまから気が重い。妻は子どもたちが中学に入ったらさらに塾の費用がかさむと、慎重に口に出した。キョンマンは妻の言葉にうなずきながらも、息詰まる思いだった。息苦しくて頭がどうにかなりそうになると、この寒空の下、テラス席で飲む焼酎だけが彼の消化剤になってくれた。

男がキョンマンの前に来て座ったのは、いつからかよくわからない。疲れと酔いに寒さが合わさって身を縮めていたため、ウトウトしてしまったのか。目を開けるとオーナーが白いジャンパーを着込んで、白熊のように彼の前に座って白い息を吐いていた。

「お客さん、こんなところで……寝ていては……凍え死んでしまいます」

まるでキョンマンをホームレス扱いするような物言いだ。キョンマンは頭にきたが、男の体格とオーナーという権威に気おされて、残りの焼酎をコップに注ぐしかなかった。

「酒を……飲んでも、寒さは……消えませんよ」

オーナーは途切れ途切れにしゃべる癖があった。キョンマンのことを見下しているのか、ブルジョアの余裕をかましているのかわからないが、とにかく気に入らなかった。気分を害したキョンマンは、また焼酎の杯を空けた。

「飲めば温まりますよ。これだけ飲んだら帰るから、放っといてください」

キョンマンは小さな抵抗をするように言い捨てると、焼酎の瓶を手に取った。ところが、酒がない！　思わず舌打ちし、決まり悪さが込み上げてきた。だからといって、もう一本飲むわけにもいかないし……。しゃくに障った。何より、この男の前でしょげている様子を見せたくはない。そのときだった。男が「ちょっと待ってください」という言葉を残して立ち上がり、店内に入っていった。何だろうか？

まもなく男は、コーヒーLサイズ用の紙コップをふたつ持って戻ってきた。目を丸くしているキョンマンの前に、男が紙コップをひとつ置いた。よく見ると、淡い黄色の液体に氷がふたつ浮かんでおり、何だかグラスに注いだウイスキーを思わせた。いや、ウイスキーに間違いない。なぜだ？　毒でも入っているのか？　キョンマンは警戒の目で男を見つめた。男は飲めというように顎をしゃくり、自分が手にしている紙コップを口に運んで一口飲んだ。洋酒を味わう余裕のポーズを見せつけようというのか。製薬会社の営業をしていたころ、接待で行ったルームサロン〔高級クラブ〕で、ウイスキーとビールを混ぜた「爆弾酒」を麦茶のようにがぶ飲みしていた医師や教授といった人種を見るような気分だった。

キョンマンが黙っていると、男は再びコップを手にして、氷だけ残して飲み干した。カーッ。唇を拭う彼の満足げな表情に、キョンマンも意地になってコップを持ち、一気に杯を空けた。冷たい液体が食道から胸まで凍らせるように下っていく。ところが、洋酒ならば当然に胸の奥から込み上げるべき熱い感覚がなく、代わりに冷たい寒気だけが上ってきた。何だ？

「さっぱりするでしょう？」

「いったい、何ですか？　これは」

「トウモロコシ……ひげ茶です。気持ちがむしゃくしゃしたときは……これが一番です」

氷入りのトウモロコシひげ茶だと？　キョンマンはあきれてしまい、どう反応していいかわからなかった。

「トウモロコシひげ茶は……その色のおかげで……酒を飲んでいる気分にもなれるし……さっぱりしていいです」

何だと？　こいつは変人なのか？　それとも自分をからかっているのだろうか。だが、好意で勧めてきた飲み物が酒ではないからといって、腹を立てるわけにもいかない。キョンマンは仕方なくうなずくと、テーブルの上を片づけるために立ち上がった。

「私も……毎日飲んでました」

立ち上がったキョンマンに、男が低い声でつぶやくように言った。キョンマンは動きを止め、男の存在感に気おされるようにイスに座り直した。

「毎日、酒を飲んでいると……舌が馬鹿になるんです。体も、頭も。だから……」

言葉を途中で切ったまま、自分をじっと見つめる男の目つきが鋭くなった。キョンマンは面食らった。酒を飲んだのは自分なのに、酔っているのはこの男のようだ。キョンマンはもう帰ろうとして、早口で言った。

「だから何ですか？　もうここに来るなというんですか？」

男はニヤリとすると、ポケットに手を入れた。何だ？　ナイフでも抜くのか？　緊張したキョンマンの前に、男はトウモロコシひげ茶を一本取り出すと、スッと差し出した。

「トウモロコシひげ茶を……飲みなさい。もう一本……どうぞ」

男は気の置けない飲み仲間に対するように、ペットボトルを開けて、氷だけになったふたつのコップを再び満たした。まさか……と思ったが、男は紙コップを掲げて乾杯を求めた。いったい何を考えているんだ、と思いながらも、接待していたときの癖が職業病のように出てしまい、男のコップより少し低い位置でコップをぶつけた［韓国では乾杯のとき、目上の者のグラスより少し低い位置でグラスを合わせる習慣がある］。そして一気に飲み干す。カーッ。寒い。

「私も以前……こんな色の酒を……たくさん飲んでました」

男がコップを置いて言った。そりゃ、そうだろう。洋酒もたくさん飲み、金もたくさん稼ぎ、いまは健康を気づかいながら悠々自適の第二の人生を送るオーナーさんなんだから。

「ところで……これからはお茶だけにしませんか。酒は……なくても死にません」

「私に酒をやめろと言うんですか？」

男は表情を変えずにうなずいた。キョンマンはカッとなった。

「だったら、いっそ店に来るなと言ったらどうですか。酒をやめろとかどうとか、どうして口出しされなくちゃいけないんですか？」

「お力になりたくて……。私が毎日、トウモロコシひげ茶を……氷を入れて出してあげます。ラーメンにのり巻きに……これを飲みなさい。そうすれば酒のことは……忘れますから」

「ここでひとり酒をするのが、営業妨害にでもなるんですか？　私がゴミを散らかしましたか？　毎日、きれいに片づけて帰ってますよ。力になりたいって、いったい何を？　ただ来るなって言えばいいでしょう！」

　キョンマンは席を立って、あとも見ずに歩き出した。テーブルは戯言をほざくオーナー野郎が自分で片づけるだろう。もう縁の切れた取引先みたいなもんだ。よく見られようと神経を使うこともない。寒いのは酒が醒めたせいか、冬の深夜の寒気のせいか、どちらかよくわからないまま、キョンマンはなじみの〝スズメの米屋〟がなくなった無念さを忘れようと、歩みを速めた。

　その年の年末は飲み会が続いたせいで、キョンマンは一日おきに酔って帰宅した。当然、コンビニでのひとり酒のことなど忘れ、地下鉄の駅から家まで最短距離の道にあるそのコンビニの前を通り過ぎるときも、酔いの回った目で一瞥するだけだった。自分が行かなくなっていっそう寂しくなったコンビニのテラス席を、ザマを見ろというように眺めながら通り過ぎた。

　二〇二〇年の新年が明けた。人々はまるで去年を汚れた服のように洗濯機の脇に投げ捨てて、新しい服を着たように振る舞った。妻も中学生になる双子も、新年をお祝い気分で迎えた。双子はキョンマンの肩まで背が伸び、いずれキョンマンが一家で一番背が低くなる運命だった（結婚前は同じ一六八センチだった妻の背丈は変わらず、彼は腰が曲がったのか、最近の健康診断で一六六センチになってしまった）。

問題は身長だけではなかった。新年を迎えてひとつ年をとると、彼の自尊心は崩れ落ちていった。すべては会社での屈辱と家庭での疎外感のせいだ。会社と取引先で受ける自尊心への傷は、終業時間が過ぎれば回復すると思われたが、家における存在感のなさは、どうにもならなかった。退社と家出を同時にしたら？　ホームレスになってしまうだろう。キョンマンは今年は必ず、自分を冷遇する会社をやめて、新しい職場を探すのが目標だった。妻は心配するだろうが、給料は少なくても、もう少し人間的待遇を受けられる仕事をしたかった。だが、稼ぎが減れば、もはや家で人間的待遇を受けるのは難しいだろう。ゆえにキョンマンにとっては、新年も年末と変わらない、ただの冬に過ぎなかった。だって、そうじゃないか。二〇一九年十二月も二〇二〇年一月も、寒いのは同じだ。彼は正月気分で浮かれている人々にあきれ、新年の商戦に熱中している街の風景に眉をひそめた。

酒が恋しかった。しかし、新年を迎えて三人しかいない飲み友達のうちふたりは禁酒を宣言し、もうひとりは故郷に帰って農業を始めた。新年会も時代の空気とともに変化した。忘年会で飲んだから、新年会は簡単にランチにしよう、といった雰囲気だった。まるで自分だけが世界中から仲間はずれにされているようだ。家族からはそれとなく、会社ではあからさまに、そして世間からは全面的に……。これがキョンマンの血がアルコールを求める理由だった。

仲間はずれに似合うのは、やはりひとり酒だ。だが、居酒屋で盛大にひとり酒をやるには、小遣いも気持ちの余裕も足りなかった。結局、職場からの帰り道にひとり酒ができるコンビニを探さねばならなかった。ところが、家の近所で冬にもテラス席を設けているコンビニはそこだけだった。トウモロコシひげ茶を酒のように飲む、変テコな白熊がいるあの店だ。変テコな白熊だからか、オーナーは深夜シフトのバイトを雇わず、ずっと自分で夜中の店に立っていた。ちくしょうめ。オーナーなら雇用を守るべきだろう。こんなだから、トリクルダウン効果が出ないんだ。そんなことをぶつぶつ言いながら、コンビニの前を通り過ぎようとしていたキョンマンは一瞬足を止めた。

あろうことか、コンビニのテラス席のテーブルにゴマラーメンのカップが置かれている。

チャム・チャム・チャム・チャム。

チャム・チャム・チャム・チャムが恋しくなった。それだけがこの憂鬱な、変わりばえしない新年の自分をなぐさめてくれそうだった。チャム・チャム・チャムが、彼にとっての新年を開いてくれそうだった。とても我慢できそうにない。これ見よがしに置かれたゴマラーメンは、白熊が鮭をおびき寄せるためのエサかも知れない。だが、キョンマンは通り過ぎることはできなかった。チャム・チャム・チャムのひとり酒セットに白熊が飛びかかってきたとしても、そいつの頭をトウモロコシのひげのようにしてやる力がみなぎってくるようだった。

「あ……、お久しぶりです」

相変わらず、のんびりした奴だ。レジを打って礼を言う白熊オーナーに目礼してから、キョンマンはさっさと外に出た。寒さも何のその、彼は手早くカップ麺にお湯を注ぎ、おにぎりのフィルムを外して、焼酎のキャップを開けた。ところが、ちくしょうめ、コップがない。カバンにいつも入れてあった焼酎用の紙コップの束を片づけてしまったからだ。紙コップを新たに買うのも馬鹿馬鹿しいし、だからといって借りるのも白熊に弱みを握られるような気分だった。そうだ、そのまま飲めばいい。焼酎など、ラッパ飲みでかまわないだろう。

そのとき、男が外に出てきた。努めて平然を装っていたキョンマンは、男が手に扇風機を持っているのを見て、首をかしげた。よく見ると、それは扇風機ではなく、温風ヒーターだった。白熊オーナーはどこから引っ張り出してきたのかわからない電源タップに温風ヒーターのコードを差し、それをキョンマンの席の横に置くとスイッチを入れた。

びっくりしているキョンマンに向かって手を伸ばし、温風にあたれというような格好をしていたオーナーが、テーブルをじっと見つめた。そして再び店内に入っていった。キョンマンは面食らいながらも、ホカホカと吹きつける温風のおかげで、こわばった顔が緩み始めた。冷たい冬の風で凍えたのか、久しぶりにここに来て決まりが悪いからか、キョンマンの硬かった表情はたちまち柔らかくなった。

「コップ……これしかありません」

再び出てきた白熊は、以前にトウモロコシひげ茶を注いだ大きな紙コップをキョンマンに差し出した。キョンマンは黙ってコップを受け取ると、それをテーブルに置きながら思案した。何か言わなくては。

「ありがとうございます」

「ど、どういたしまして」

「コップと……それに温風ヒーターも」

「最近、姿が見えなかったので……無駄にならなくてよかった」

「え？　温風ヒーターのことですか？」

「うちの店をいつもご愛用されていたでしょう……。でも、寒くなったら……もう来てもらえなくなるかと思って、買ったんです……。ともかく、また来てくれてよかったです」

白熊男は、温風ヒーターよりも温かい言葉をぶっきらぼうに吐き出して消えた。キョンマンはラーメンがのびるのも忘れて、しばらく焼酎ばかりを飲んでいた。

暖かかった。

焼酎も、その焼酎を注いだコップも。男がキョンマンのために特別に用意してくれた温風を吐き出す機械も。キョンマンは孤独だったが、ここでだけは孤独ではなかった。この不便なコンビニが、一瞬にして自分だけの空間として戻ってきた。キョンマンはＶＩＰとしてカムバックした気分だった。

あっという間にチャム・チャム・チャムを平らげたキョンマンは、もっと温風にあたっていたかったが、もう席を立たねばならなかった。ところが、オーナーがまるで料金でも請求するように、再びキョンマンの前に姿を現した。片手には氷が入っていると思われる紙コップ、もう一方の手にはトウモロコシひげ茶を持って。オー・マイ・ガーッ！

ともかく、相手は自分より十歳は年上に見える、目上の存在だ。得意先との営業の要領で、杯を受けて飲んだら席を立てば、それでいいだろう。キョンマンはオーナーが注いでくれるトウモロコシひげ茶を、両手で捧げ持ったコップに受けた。

「大変でしょう？」

トウモロコシひげ茶で乾杯をすると、オーナーが白々しいセリフを言った。キョンマンは黙ってうなずいた。だが、男は大きな手で何度か顎をさすると、さらに質問を続けた。

「いつも遅いようですが……何の仕事をしているんですか？」

ふん、ちょっと親切を施したくらいで、個人情報を探ろうというのか？

「営業です」

「営業……何を……売るんですか？」

何を売ろうが、お前さんが買ってくれるわけじゃあるまいに。

「医療機器です」

「医療機器というと……びょ、病院に納品するものですか？」

何だと？　病院でも経営しているのか？

「はい」

「病院なら……苦労がおおいでしょう……。家族を養っているんでしょう？　一目で……家長としての重みが……感じられます」

今度は私生活か。このおっさん、一線を越えてるな。家長の重み？　こいつの体重のほうが知りたいくらいだ。

「オーナーもご家族がおありでしょう。生きていくのはみんな大変ですよ」

「こんなに帰りが遅いと……子どもの顔も見られないですね。娘さんが……いるんでしょ？」

何だ、こいつは占い師か？　いいや、息子か娘か、二つに一つなんだし。

「娘がふたりです」

「いいですね。娘が……一番いいです」

男が肉厚の熊の足の裏のような手で、自分の顔をこすった。なぜかその姿がどこか侘（わび）しく見えて、キョンマンは自分のひねくれた態度をほぐしはじめた。彼は条件反射のように財布を取り出した。財布の中の写真には、小学校に入学したばかりのころの双子の娘が写っており、デカルコマニー〔絵の具を塗った紙を半分に折って左右対称の模様をつくる技法〕のように歯を見せて笑っていた。帰宅が遅いため、実物よりもよく見ている娘たちの六年前の姿だ。

キョンマンが財布を出して写真を見せると、男はまるで不思議な宝物でも発見した人のように、写真のなかの娘たちを穴の空くほど見つめた。

「ふたりとも、本当にかわいくて……どちらがどちらか……わからないですね」

「双子ですから」

「そ、そうですか……。こんなかわいい娘さんのためにこうして……がんばって働いているんですね」

「親なら誰でもそうじゃないですか？」

「親だから……大変でしょう？」

「ええ、大変です」

誘導尋問だと知りながら、引っかかったような気分だった。ところが、まるで堤防が決壊したように、キョンマンの口にモーターでも取りつけられたように、次から次へと言葉が飛び出した。もうすぐ中学に入学する娘たちが父親とあまり話をしないということから、妻がそれとなく自分をいびること、職場で無視されて次第に肩身が狭くなっていること、得意先で侮辱されていることまで……。キョンマンは何かに憑かれたように、神父に罪を告白でもするように、唾を飛ばしながら男にまくし立てた。

男は再び、トウモロコシひげ茶をコップに注ぐ。喉が渇いたキョンマンは、お茶をゴクゴクと飲み干した。とりあえず気分がサッパリしたが、続けて二日酔いのような恥ずかしさが込み上げてきた。

「だったら、会社を……やめるのも簡単ではないし……家族との時間も……足りませんね」

「……つらさをなぐさめる方法もないですしね」

「だから……帰り道にここで酒を……飲んでるんですね」

「はい」

「じゃあ……トウモロコシひげ茶を飲みなさい」

「え？」

「酒をやめて、トウモロコシひげ茶を……飲むといいです。さっき奥さんが家で酒を……禁止したと言ったでしょ？　トウモロコシひげ茶を飲めば……奥さんを怖がらずに家で夜食を食べられますよ。か、家族といっしょに」

「何ですって？」

「私も酒をやめて、に……二カ月になります。これの……おかげです」

男はまるで自分の発明品を自慢するかのように言って、トウモロコシひげ茶をまた注ごうとした。キョンマンはさっと立ち上がり、カバンを手に持った。

「ごちそうさまでした」

ペコリと頭を下げてその場から立ち去るキョンマンの背中に、男が終止符を打つように声を掛けた。

「酒を飲まなければ、翌日……すっきりと一日が始まって……仕事の能率も上がります」

そうだ、能率が上がり、月給も上がり、出世もできて、万々歳だ。それを知らないとでも思っているのか。トウモロコシひげ茶の風呂に入って、ベッドに倒れ込めとでも言うのか。


男と面倒でとりとめのない会話をして以来、キョンマンは白熊のコンビニを避けるために、遠回りして帰ることにした。階段を十段上り、雪が残る日陰の横町を通り過ぎなくてはならないが、あの説教臭いオヤジの分厚い面の皮を見るよりましだ。不潔だし、ケチ臭いし、二度とあのコンビニでひとり酒などやるまいと、キョンマンは心に誓った。

奇妙なのは、男のコンビニに行かなくなると、ひとり酒を楽しむ場所が完全になくなったという点だ。安い飲み屋に何軒か行ってみたが、やはり金がかかる。また、近所のほかのコンビニは、春になるまで屋外にテラス席を設けることはないだろう。

くそったれ。「病むより死ぬがまし」というが、こうなったら酒など飲まずに家に帰ろう。キョンマンはそう考えた。キョンマンが十一時前に酒気を帯びずに帰るようになると、最初は不思議に思っていた妻と娘たちも、酒断ちするという父親の新年の誓いを応援すると言って予想外の声援を送ってきた。誓いだと？　新年なので家族たちは誤解したようだが、ともかく久しぶりに家族の声援を耳にして気分がよかった。ものはついでだ。本当に禁酒しようと決心した。すると、さらに早く帰りたくなり、ひとり酒を飲みたい気持ちも消えた。

家に帰って、野球中継の代わりに妻と娘たちが見ているテレビ番組を一緒になって見ると、意外に面白い番組が多いことに気づいた。特に水曜日は何を差し置いても早く帰って、娘たちと一緒に『ご飯食べさせて』〔二〇一六年から二〇二〇年まで韓国ＪＴＢＣで放映されたリアリティー番組。出演者が一般人の家を突然訪問して夕食を食べさせてもらう〕を見ることにした。長女が「なぜ青坡洞（チョンパドン）には『ご飯食べさせて』のロケに来ないの？　カン・ホドンがサンタクロースの格好でうちに来てくれたらいいのに」と言うと、五分遅れで生まれた次女は、「私はイ・ギョンギュのほうが好き」と言って、ドン・キホーテの格好をしたイ・ギョンギュの写真が載っているドン・チキンの広告チラシを振って見せた。そんな日は、妻もチキンのデリバリーを頼むのを許してくれ、父親が早く帰ったらチキンを食べられると知ると、娘たちも喜んだ。

何がうれしいのだろうか？　チキンが？　父親が？　何だっていい。一緒にチキンを齧れば、それが家族だった。

旧正月の連休に実家に行ったときも、キョンマンは酒に口をつけなかった。親戚が集まると、いつも酔って花札を引いては兄弟げんかしていた父と叔父たちは、そんなキョンマンを小物扱いしたが、妻と母親は温かい目で彼を見つめてくれた。

連休が終わって数日もたたない深夜の帰り道、キョンマンは無意識にあのコンビニのある道を選んでいた。もうあのコンビニの前を通ってもひとり酒が恋しくならず、それを意識することもないほど自然な足取りだった。それでもあの白熊オーナーがまだアルバイトを見つけられず、深夜シフトに立っているのか気になったので、コンビニに目が行くのを抑えられなかった。

コンビニのカウンターは無人だった。ただ、テラス席のテーブルにポツンと置かれたトウモロコシひげ茶から、白熊の存在が感じられた。何とまあ、面白い男だ。一カ月前にゴマラーメンのカップにつられてコンビニに向かったように、キョンマンは今回もトウモロコシひげ茶につられてコンビニに足を向けざるをえなかった。

キョンマンはテラス席のテーブルに置かれたトウモロコシひげ茶を黙って見ていたが、それを手に取って店内に入った。

チリン。

コンビニの中は人っ子ひとりおらず、真空状態のような静けさだった。キョンマンはトウモロコシひげ茶を飲みたくてたまらなくなったが、カウンターには白熊もバイトもいない。やっぱり、実に不便なコンビニだ。

そのときだった。冬眠から覚めて洞穴から出てきたかのように、白熊男が伸びをしながら、その大きな図体を倉庫から現した。彼はキョンマンを見てニッコリ笑みを浮かべ、カウンターに近づいてきた。キョンマンは気まずい微笑を返し、何を言おうかと考えた。

「お元気でしたか？」

「あ……、ええ。変わりは……ないですか？」

「はい、おかげさまで」

ぎこちない沈黙が流れた。キョンマンは思い出したように、トウモロコシひげ茶をカウンターに置いた。

「いくらですか？」

「無料です」

「どうして？」

「おたくに差し上げようと……置いてあったんです」

「ですから、なぜですか？」

「あ……、前にお話ししたように……トウモロコシひげ茶は酒と同じくらい中毒性があって……毎日二、三本飲んでもらえると……うちの店の売上が増えます。つまり……お、おとり商品なんです」

男がたどたどしく言った。信じられない言葉だが、信じることにした。

「ありがとうございます」

キョンマンが頭を下げた。

「代わりにあれを……買ってください」

キョンマンは男が指差すほうを見た。カウンターのすぐ横にロアカーのチョコレートが陳列されていた。

「はい、それです。ワン・プラス・ワン商品です」

やはりロアカー・チョコの横には「1＋1」と書かれた貼り紙がつけられていた。男が言うままにロアカーを二個、手に取ってカウンターに置いた。

「青坡洞で一番かわいい……そのう……双子のかわいい子たちの……好物なんです」

男はレジを打ちながら例のそっけない表情で言ったが、キョンマンは心臓がどきりとした。

彼はクレジットカードを差し出すと、生唾を呑み込んだ。

「その子たち、このチョコレートが大好きだったんですが……いつからか買わなくなって……チョ、チョコレート牛乳のワン・プラス・ワンばかり買うようになりました。それで……聞いたんです。チョコレートは……飽きたのかって」

「……何と答えました？」

「お姉さんか妹か、ともかく……娘さんの片方がこう言ったんです。もう……ワン・プラス・ワンじゃないからって」

「……」

男から返されたカードをキョンマンはかろうじて受け取ったが、何も言えなかった。

「だから私……聞いてみたんです。おい、これ……た、大して高くないぞって。お母さんに買ってくれと……言ったらって。そしたら……子どもたち、何と……言ったと思いますか？」

男の非常にゆっくりとした言葉に、キョンマンは息が止まりそうだった。

「何と言ったんですか？」

「お母さんに……こう言われたそうです。お父さんが苦労して稼いだお金だから……大事に使わなきゃいけないって……。コンビニに行ったら……ワン・プラス・ワンの商品を買いなさいって。本当につましくて……実にいい子に……育ちましたね」

「……」

「昨日からこの商品がまた……ワン・プラス・ワンになったので、今日はお父さんが買っていけば……いいし、明日からは娘さんたちに……買いに来るように言ってください」

キョンマンの目から涙があふれ出すのを見た男は、ひとつ笑顔を浮かべるとカウンターの天板をトントンと叩いた。キョンマンはコートの袖で涙を拭い、男に無言で挨拶してから財布を開き、カードを戻した。

財布の中で娘たちがワン・プラス・ワンで笑っていた。

不便なコンビニ

人生は問題と解決の連続だ。チョン・インギョンはスーツケースを引くには向かない古い歩道を、苦労しながら歩いて行った。スーツケースはゴロゴロと音を立て、彼女はキョロキョロと辺りを見回した。今日の彼女が解決すべき優先課題は、冬を越すためのすみかを探すこと。幸い、すみかは決まっていた。ところが、方向オンチの彼女にとって、ソウルの古い路地を歩き回って家を探すのは、決して簡単ではなかった。南営駅からマップアプリを使って青坡教会まではなんとかたどり着けたが、そこから教会の裏道に入る横町で、インギョンのアイフォンはシャットダウンしてしまった。ウィンター・イズ・カミング！　冬になると、古いアイフォンは必ず予告なしに年末のストライキに入るのだ。それによって、ただでさえ難しい道探しはその難易度を増し、インギョンは最後の手段である電話で道を聞くこともできない状態に陥った。えい、くそった……。彼女は思わず口から飛び出す悪態を抑えて、助けを求められる場所を探さねばならなかった。

路地と路地の間の小さな三叉路にあるコンビニを見つけたインギョンは、最後の力を振り絞ってスーツケースを引っ張り、そこにゴールインした。コンビニエンス・ストアだったら、多少の便宜は図ってくれるのではないか。彼女はスーツケースを入口の近くに置くと、目の前に見える商品棚から四角形のチョコレートを手に取った。振り向くとすぐにレジがあり、背の高い二十代の女性アルバイトがカウンターに立ったままインギョンの行動を見守っていた。
チョコレートの会計を済ませたインギョンは、すぐに包み紙を破って一口齧った。不足した糖分が補充されると、スーツケースを引きずって疲れ切った腕と足の震えも鎮まるようだった。インギョンはアルバイトが自分の様子をうかがっていることを知りつつも、ムシャムシャとチョコレートを丸ごとひとつ食べてしまった。そしてガムを噛むように、口の中に残ったチョコレートをクチャクチャとやりながら、アルバイトにふてぶてしく声を掛けた。

「電話を貸してもらえますか?」

アルバイトが承諾すると、インギョンは目礼とともに急いでスーツケースを横倒しにして開けた。幸い、スーツケースから取り出した手帳に、電話番号が書き留めてあった。コンビニの有線電話で番号を押すと、しばらくして受話器の向こうから、あどけない女子大生の声が聞こえてきた。インギョンは自分の名を明かし、携帯電話のバッテリーが切れてコンビニから連絡をしているのだと、事のいきさつを説明した。「コンビニですか? もしかしてALWAYSですか?」インギョンがそうだと答えると、彼女はすぐ向かい側のマンションの三階だと言って笑った。インギョンは受話器を置いて、表をうかがった。間もなくマンションの三階の窓が開くと、ヒス先生そっくりの微笑を浮かべた顔が、彼女に向かって手を振った。

インギョンは昨秋を江原道原州（カンウォンドウォンジュ）の朴景利（パク・キョンニ）土地文化館で過ごした。大河小説『土地』を執筆していた故朴景利先生が後輩作家たちのために建てたその文化館は、作家と芸術家たちに執筆室と三度の食事を無料で提供していたが、彼女は作家になって初めてそこに入居することになった。一大決心して入居した土地文化館で、彼女は自分の作家生活を締めくくる計画だった。大学路（テハンノ）〔ソウル市鍾路区（チョンノグ）の通りで、多くの劇場が集中し芸術の街として知られる。もともとソウル大学があったためこの名がある〕の賃貸アパートを引き払い、荷物をすべて実家に送って、スーツケースひとつで原州に向かった。土地文化館は原州市郊外のひっそりした村の森の中にポツンと建っており、あたかも作家たちの隠れ家のようだった。そこでは誰にも邪魔されず、ひとりの時間を持つことができた。アイデアを布団のように畳んだり広げたりして整理するのにちょうどいい散歩道を毎日歩き、健康的なメニューからなる食事を提供してもらった。各自が一個の惑星のような作家たちが、お互いに慎重に公転しながら視線を交わす日常も新鮮だった。ある作家たちは昼食後に卓球を楽しみ、ある作家たちは夕食後にマッコリを手に近くの川辺に集まった。開けっぴろげな性格のインギョンは、ふだんならどのグループであれ合流しただろうが、今度ばかりはひとりの時間を持つことに注力することにした。ここでも書けなければ、断筆する覚悟で来たからだ。ところが、ひとりで時間を過ごしたからといって、執筆が捗る（はかど）わけではなかった。それでも、特に焦ることもない。執筆はつねに捗らないし、書いたからといって、それがいつ舞台で生きるのかもわからないからだ。だから、彼女は時間に耐えるしかなかった。自分が戯曲作家としてやっていけるのかを自問する、そんな時間が秋の紅葉とともに深まりつつあった。

ヒス先生から声をかけられたのは、文化館に入居して三週間ほどたったころだった。中堅作家のヒス先生はインギョンの母親より一回り若いくらいの世代で、光州（クァンジュ）のある大学で文学を教える教授でもあった。大学のサバティカル休暇で国内外の文学館巡りをしていたが、その旅の終点が土地文化館だった。ヒス先生は、そこで独り執筆室に引きこもって作家としての生き残りをかけるインギョンに目を留めたのだった。

「執筆のために執筆室に来るなんて、本当に小説的だわ。戯曲で言ったら不条理劇かしら」

「でも……これしか方法がなくって。自分でも限界を感じていたところだったんです。これまでの愚直な生き方に少し疲れてしまって」

「休んだらいいわ。朴景利先生は生前、こうおっしゃったそうよ。ここにいる作家たちは何も書かずにぶらぶらしているように見えても、それも含めてすべてが執筆行為なんだから、放っておきなさいって。チョンさんも気分転換でもして、作品のことを考えながら過ごしたら？　何となくパソコンに向かっていても、それはただのタイピングで、執筆じゃないでしょ」

「ありがとうございます。私、正式に文章の書き方を勉強したことがないんで、教授のような方から助言していただけると、とても助かります」

「教授なんて言わずに、ただの先生でいいわ。それから、散歩するときはひとりで行かずに、ときどき一緒に行きましょう」

　初めて同行した散歩道で、ヒス先生はインギョンの心をなぐさめてくれた。彼女はそれ以来、いつもヒス先生と散歩に行くようになった。文化館のそばにある延世（ヨンセ）大学キャンパスの湖畔の散策路や、周囲の林道の散歩道を歩き回った。入居期間の終わるころには、一緒に雉岳山（チアクサン）

に登り、頼もしい同伴者を得た気分で、別れが惜しくなった。

執筆室を退室する一週間前、ヒス先生から今後の予定を聞かれた。インギョンは、ここではあまり筆が進まなかったが、たっぷり充電できたので、ソウルに戻ってまた執筆の場所を探すつもりだと答えた。とりあえず執筆活動を続ける気持ちを固められたのが、収穫といえば収穫だった。ソウルで始めた夢をソウルで締めくくりたいという彼女の決意に、ヒス先生はうなずいてくれた。

「執筆室のあてはあるの?」

ヒス先生が尋ねた。インギョンは考試院(コシウォン)〔ベッドと机の置かれた狭い簡易宿泊所。元は受験生のための貸し勉強部屋〕に住むことを考えていた。資金も意志も尽きかけているので、考試院にこもって背水の陣を敷こうと思ったのだ。そこで冬を越しても作品が実らなかったら、きっぱりと故郷の釜山に帰るつもりだ。インギョンはそう答えた。

釜山に行けば、仕事はいろいろある。家業のある釜山南浦洞(ナンポドン)のカントン市場〔富平市場の別名。米軍流出の缶詰(カントン)を扱ったことに由来する。夜市が有名〕で働いてもいいし、友人たちのやっている店も多い。両親からはお見合いを勧められるだろうが、流れに逆らわずに結婚して子どもを産んで暮らしたっていい。

「故郷に帰れば、作家以外なら何でもやれますから」

そう言って、インギョンが恥ずかしそうに笑うと、ヒス先生はぎこちない微笑で応じた。

翌日、ヒス先生から提案があった。もしよければ、考試院以外の場所にしたらどうか、というのだ。「大学生の娘が冬休みに光州の本家に行くの。そしたら淑明女子大前にあるうちのマンションが空くから、そこを執筆室に使ったらどう?」驚きとためらいが交錯するインギョンの表情をうかがいながら、ヒス先生は続けた。「いずれにせよ、三月には娘が戻ってくるから三ヵ月しかないけれど、その間だけでも遠慮せずに執筆に集中してもらえたらいいわ」。自分の空間を無料で貸してくれるというのに、逆にインギョンに頼み込むような口調だった。気が強くて人前で涙を見せないインギョンだったが、ヒス先生の心遣いに思わずこぼれそうになる涙を抑え、お礼の代わりにニッコリと笑顔を見せた。

もう一度、最後の執筆の場になるかも知れない、期限つき作業室が手に入ったわけだ。ソウル生活、作家生活、演劇生活の最後の場所になるかも知れないそこは、龍山区(ヨンサング)青坡洞にある低層マンションの三階だった。

「母から聞いてます。作家のお姉さんが来たら、近所を案内してあげてって。……でも、どうしましょう。私、もう少ししたら彼氏と車で光州に行くことになってて」

「大丈夫よ、私ひとりで歩けるから。冬休みの間、部屋をきれいに使うようにするわね」

「アーハ! やっぱりクールですね。私の母は少しねちっこくて……。俳優をされているからか、作家らしくなくてサッパリしてる感じですね」

「俳優は引退したわ。だから、ねちっこい作家よ」

インギョンが眉間にしわを寄せて頑固そうな表情をして見せると、ヒス先生の娘は雷が落ちたような笑いを爆発させた。きっと、いい人たちが生み育てたから、いい子になるんだわ

――。土地文化館での最後の日、ヒス先生との問答を思い出した。「先生のおかげで、本当に楽しく過ごせました。でも……、どうして私にこんなに親切にしてくれるんですか?」無用な質問だったが、そんな拙いかたちであっても、自分の気持ちを表現したかった。ヒス先生は一瞬、真剣な表情を浮かべてから言った。

「ボブ・ディランは子どものころ、母方のお祖母さんからこう言われたそうよ。幸せとは、何かを目指して歩く道の先にあるものじゃない、道そのものが幸せなんだって。続けて、こう言い聞かされたんだって。誰もがつらい思いをして闘っているんだから、人に会ったら親切にしてあげないといけないよって」*

*『ボブ・ディラン自伝』ボブ・ディラン、ヤン・ウンモ訳、文学世界社、二〇一〇年。

ヒス先生は今回の旅でインギョンに出会ったとき、なぜかボブ・ディランのことが頭に浮かんだのだと言った。その答えに満足したインギョンは、自分もボブ・ディランのファンだと告げた。

ボブ・ディランがノーベル文学賞を受賞した翌年、インギョンも作家になった。歌手であるボブ・ディランが文学賞をとったように、俳優のチョン・インギョンは劇作家になった。だから彼女にとって、その吟遊詩人はとても重要な存在だった。ボブ・ディランのノーベル文学賞受賞が決定したころ、インギョンは先輩の演出家の戯曲を批判したことで攻撃を受けた。文章も書けない俳優の分際で偉そうに、という非難に甘んじるわけにはいかなかった。そこでインギョンは、それまで暇をみて書いていた戯曲を、その年末にある新聞社が公募する新人文学賞に応募し、見事に受賞したのだ。

問題は、その次だった。戯曲作家になると俳優の仕事は減り、自分が書いた戯曲が舞台にかかることもなかった。俳優が戯曲を書くことを敬遠する演出家、俳優が書いた戯曲を真剣に読もうとしないプロデューサーもいた。インギョンは、自分が軽く見られているように感じ、憤慨した。それでしばらくは、一触即発の状態にあったが、事実、しばしば怒りを爆発させ、自分で評判を落としてしまった。

大学路を去ることにしたのは、俳優を引退したことが決定打だった。五年以上にわたり毎年夏に公演を続けてきたその作品の主人公は、つねに彼女が演じていた。二十七歳、結婚式を二日後に控えて家出した「家を出た新婦ピンナ」のキャラクターは、インギョンのペルソナであり、演劇界における彼女の名刺代わりとも言える配役だった。ところが一昨年の春。彼女はプロデューサーから呼び出され、もう一緒にはやれないと通告された。プロデューサーはインギョンの三十七歳という生物学的年齢を挙げて、これまでがんばってきたのは確かだが、そろそろ若手にピンナ役を譲ったらどうかと言った。そこまではまだよかった。インギョンがうなずくと、彼は、次はもっと成熟した役を一緒にやろうとつけ加えた。そこで、インギョンは苦笑いで応じると、ドアをバタンと閉めて出てきた。アパートに戻った彼女は、怒りを鎮めることができなかった。成熟した配役だって？　年をとってこそやれる配役という意味だろうか。インギョンは、「成熟した配役など、犬にでも食われてしまえ！」と叫んだ。そして、その代わりに成熟した作品を書いてやる、と心に誓った。

　それから二年、彼女が書き上げた作品は数編にもならなかった。フォルダーにしまわれた戯曲作品は成熟し損ねて、熟して腐りつつあった。インギョン自身は大学路をさまよう幽霊のように、仲間の作品にスタッフとして参加したり、似合わない「作家」などという肩書をぶら下げて飲み会に顔を出したりしていた。いきなり文学賞を受賞して劇作家にはなったものの、鍛え方の足りない筆力は、作家として独り立ちする武器にはならなかった。筆力を鍛えようと書きに書いたが、作品はボツになって突き返されるのが常だった。苦あれば楽ありで、今年の夏にはある先輩の劇団でデビュー作を上演してくれることになった。ところが舞台にかけられた彼女の最初の作品は、興行成績も、評価も、インギョン自身にとっても、惨憺たる記憶として残っただけだった。

　人生は問題解決の連続だと信じて、これまで問題解決師として発揮されてきた彼女の能力も、使い果たしてしまったようだった。俳優になろうと思い立って上京したときの貯金は十年間でほとんど使い果たし、アパートの敷金にも足りなかった。インギョンは、演劇という自分の長い夢に黒い幕が下ろされるのを感じた。彼女が立てる舞台はなくなり、彼女がつくる舞台は開かれなかった。アイデアは枯れ果て、筆力は古い携帯電話のバッテリーのように、たちまち消耗してしまった。

　彼女のために空けてあった部屋に入って荷物を解いたインギョンは、机の前に座ってしばし息を整えた。ここでの三カ月は、自分の人生をどう変えてくれるのだろうか。幸い、ソウル駅はここからすぐだ。三カ月以内に作品を完成できなければ、ただちにソウル駅に行って釜山行きの切符を買おう。彼女はそう決心した。そのとき、ノックの音とともにヒス先生の娘が顔を出し、彼氏の車が来たと言ってニッコリ笑った。

彼女を見送り、ひとり残された部屋でちょっと休もうと横になると、すぐにまぶたが重くなった。

目が覚めると、夜中の〇時だった。ずいぶん疲れていたようだ。寝汗をかいたらしく、半袖のTシャツがぐっしょり濡れている。何も食べていないので、お腹がぺたんこだった。インギョンは家の食料には手をつけないと決めたことを思い出し、急いでジャンパーをひっかけてマンションを出た。

白い息を吐きながら、昼間に訪れた例のコンビニに入った彼女の耳に、重低音の挨拶が聞こえてきた。演劇界によくいるような、大柄の役を担当する俳優を思わせる中年男がカウンターに立っていた。顔つきも演技派俳優の雰囲気だ。つまりハンサムではないが、演技力で勝負するという意味だ。ともかく、このコンビニの夜は泥棒に入られる心配はなさそうだ。そんなことを考えながら、彼女は陳列棚に向かった。

ところが、インギョンの好みのスナック菓子はひとつもなかった。弁当類のコーナーはもっと貧弱だった。おにぎりやサンドイッチも口に合いそうなものはなく、弁当もあまり食欲を引かないものが二個しか残っていなかった。

がっかりして冷凍餃子(ギョーザ)とビーフジャーキーを手に取ったインギョンは、次に冷蔵ケースでビールを探した。だが、ここもやはり品揃え（しなぞろ）が悪く、四本で一万ウォンの特価ビールの棚から愛飲の銘柄を四種類選ぶこともできないほどだった。インギョンは特価ビールをあきらめ、ハイネケンを二本だけ取り出した。

「お弁当はいつもこんなに種類が少ないんですか？」

「べ、弁当は……あまり廃棄しないように……と思って」

カウンターの中年男は、彼女の質問に驚いたのか、たどたどしく応じた。執筆に集中しているときは自炊するのも面倒で、コンビニ弁当を常食としている彼女としては、落胆するしかなかった。冷凍餃子を袋に入れながら、マンションに電子レンジがあったか確認していないことを思い出した。店内に電子レンジがないか探したが、見当たらない。中年男に尋ねると、今日は故障して修理に出したと言って頭を下げ、謝罪の言葉を連発するばかりだった。あのたどたどしい口調で。

「いいえ、そんなに謝らなくていいですよ。……でも、ちょっと不便ですね」

「どういうわけか……不便なコンビニに……なってしまいました」

男の率直な告白に、インギョンは苦笑いした。何だろう、この異色な自己風刺は？　自分が働くコンビニを不便だと自認するこの中年男は、ここに来る前にどんな仕事をしていたのだろうか。インギョンは男の顔をじっと見つめた。力強い下顎、大きな鼻、半ば閉じたような目、そして大柄な体格は、眠そうな熊か、疲れたオランウータンを連想させた。ところが、男はそうとも知らず、自分を見ている彼女にニコリと笑いかけた。

「山海珍味弁当……お好きですか?」

男の不意の質問に、インギョンは目を丸くした。

「それが……一番人気なので……すぐに売り切れるんです……。これから一個……取り置きしましょうか?」

「いいえ、大丈夫です」

インギョンは購入した商品を胸に、そそくさと店を出た。「ありがとうございます」。男の低い声が粘り着くように聞こえてきた。まったく、櫛の歯が欠けたように品揃えの悪いコンビニも不便だが、あの男の存在自体もぞっとしない。彼女は、午後に電話を使わせてくれた女性のアルバイトがいるときだけ、この店を使うことにした。


目が覚めると、夜中の一時だった。まったく……。この一日を、いったいどうやって過ごしたんだろうか。昨日の夜中にビーフジャーキーをつまみにビールを飲んでから、部屋を作業室として使うために朝までせっせと整理していた。そして出勤する人たちとすれ違いながら淑明女子大を過ぎ、丘の向こうの孝昌公園に向かった。孝昌公園を五周回って散歩を終えた彼女はすっかり気分が爽快になり、近所をくまなく見て回った。きれいな散歩道と市場、スーパー、飲食店などを見つけてから、帰ってシャワーを浴びた。昼は少し眠かったが、昼寝を我慢して文学賞の公募情報を探し、演劇界の動向を調べた。原稿を書くにはモチベーションが必要であり、締切のある仕事を探さねばならない。だが、特に差し迫った仕事はない。彼女は自分に課した締切だけが残っていることを改めて確認した。お昼過ぎになって、朝方の散歩のときに見つけた食堂に行き、スントゥブチゲを食べた。土地文化館の健康的な無料食堂が懐かしかったが、ここはソウルだ。彼女は節約のため、外食は一日一食だけにすることにした。

すみかに戻ってから、アメリカドラマ『ブレイキング・バッド』を観た。インギョンは切羽詰まるとこのドラマを常備薬のように服用していたが、〝Breaking Bad〟というタイトルが画面に映るたびに、彼女は「不運をかき分けて」と独り言を言った。このタイトルの本来の意味はそうではないとあとで知ったが、最初に入手した海賊盤のいい加減な翻訳タイトルが「不運をかき分けて」となっており、彼女にはそのほうが印象に残っていた。そもそも、主人公のウォルターの人生がそうだった。自分を襲うあらゆる不運をかき分けて、彼は麻薬を製造して販売する。だからだろうか、インギョンは不確実な自分の未来に気が滅入ると、そのたびにこの作品を見るようになった。もちろん『ブレイキング・バッド』は何度見ても面白く、学ぶ点が多い作品だった。そして内容を熟知しているので、見返しながら寝るのにも好都合だった。

深夜一時の腹の虫の音が、また一日が始まったことを告げていた。買い物にいかなくちゃ。昼夜逆転の生活も直さなくちゃ。ここでの時間を大切に過ごさなくちゃ……だが、まずは空腹を満たすことが先決だ。

コンビニに行くためにジャンパーをひっかけながら、存在自体がぞっとしない大柄の男を思い浮かべた。別のコンビニに行ってみようか……。でも、この寒い深夜の路地をさまようよりも、家の前のコンビニの不便さを甘受するほうがましだと結論づけた。

チリン。店内は静かだった。男の姿は見えず、故障した電子レンジは修理が済んだのか、窓際の隅に置かれている。しかし、品揃えが悪いことに変わりなかった。売上の少ない店舗だから、多くの商品を並べることはできず、それゆえに客足も減るしかないという悪循環に陥っていることは明らかだ。インギョンはこの店が自分の置かれている立場と似ている気がして、胃がキリキリしてきた。すると、さらにお腹が減ってきて、早足で弁当コーナーに向かった。

弁当は今夜も二個しか残っておらず、どちらも貧弱な内容だ。まるで昨日のものがそのまま置いてあるようで気にかかったが、よく見るとその二個の下にもう一個、別の弁当が置いてあるのが見えた。上に置かれた弁当を脇にどけて、隠れていた弁当を取り出してみると、なかなかおいしそうだ。おかずが十二品あり、肉料理も多く、見るだけで唾が湧いてきた。インギョンは弁当を手に、カウンターに向かった。ところが、倉庫にでも引っ込んでいるのか、男の姿が見えない。この夜中に店を空っぽにしてどこに行ったのか。今日も実に不便なコンビニだった。イライラしながら、あたりを見回していると、レジ前にA４の紙が置かれている。そこに黒いマジックで、こう大きく殴り書きされていた。

トイレタイム！　しばしお待ちを。

はぁ？　インギョンの口から失笑が漏れた。トイレタイムだと……。なるほど、じゃあ仕方ない。しかし、だったらこの紙を入口に貼って、ドアにカギを掛けておくべきじゃないのか。

こんなふうにカウンターの上に置いて、どうしようというのか。店員がいないのを知った人が、商品や現金を持ち逃げしたらどうするのか。住宅地の中にポツンとあるから、泥棒の心配はないというのか。それとも、何か盗られてもかまわないというのか。いくら防犯カメラがあるといっても、これではもともと盗む気がない人間でもその気になってしまうので、安全とは言えない。つねにきちんとしていないと気が済まないインギョンとしては、この状況を見過ごしておくことはできなかった。

チリン。鈴の音とともにトイレタイムが終わった男がすっきりした表情で入ってくると、インギョンと目が合った。男は何やら低い声で感嘆詞を吐き出すと、急ぎ足でカウンターに近づいてきた。彼女は体をよけて道を空けてやりながら、男に冷たい視線を送った。

「これ……おいしいです」

弁当の会計をしながら、男が言った。よく見ると、彼女が選んだ弁当は、まさに昨日男が言っていた「山海珍味弁当」だった。

「よく見つけましたね……。隠しておいたのに……」

「え？」

「昨日……おいしい弁当が欲しいと言っていたんで……下のほうに隠しておいたんです」

何だって。これは礼を言うべきなのか？　男のお節介で曖昧な好意を、どう受け止めればいいのだろう。支払いを済ませ、弁当を受け取って電子レンジに向かう。マンションには電子レンジがなかった。ここで温めていくしかないので、彼女はビニール包装を外した弁当を電子レンジに入れて待ちながら……男のほうを振り返った。男が親指を立てて見せた。えい、まったく、お節介なオヤジだ。インギョンはつかつかと男に近づいた。

「あのう、さっきお店に誰もいなかったんですが、そんなことをしたら危ないですよ」

「そ、それが急いでいて……。ここ……ここ……」

男はどう答えたものかわからない様子で、A4用紙を手に取って示した。

「ですから、メモをこんなところに置いといたらだめですよ。入口に貼り出してカギを掛けていかないと。もし若い人が入ってきて、誰もいないのを知って出来心で万引きでもしたらどうするんですか。割れ窓理論って、知ってますか？　割れた窓を放置しておくと、その地域に盗みなどの犯罪が増えるという理論です。こんなふうにお店を放置したら、そうした問題の発生率が高くなるんですよ。それに、この店のオーナーがどんな方か知りませんが、店員さんがこんなことをするのを見たら、うれしくないでしょう。自分の持ち場をしっかり守らないと」

もともとインギョンは物事の白黒をはっきりさせる性格でもあったが、いらぬお節介を焼く男との間に一線を引くという意味でも、ひとつ演説をぶった。こうすれば大抵の男は尻尾を巻いて、インギョンに一目置くのだった。黙って聞いていたこの男も、決まりが悪かったのか、うなだれて話し出した。

「確かに……ごもっともですが……私の立場を……お話ししてもいいでしょうか？」

「何でしょうか」

「私は過敏性腸症候群で……つまり……急にお腹が痛くなって我慢できなくて……。さっき……ただでさえ、これを……入口に貼り出そうとテープを探していて、しゃがんだら……そのとき、ウッと、少し……漏れてしまって……。だから……テープをうまく貼れなくて……ここに置いたまま……カギも掛けられず走っていったんです……。トイレでズボンを下ろすのと同時に……」

「もうやめて！」

つまり、大便を漏らしてしまい、トイレに急いだために入口を施錠できなかったというのだが、気持ち悪くてとてもそれ以上は聞いていられなかった。聞いていると、男の体からウンチの臭いが漂ってくるようでもあり、実に不潔かつ不愉快この上ない。

「わかりましたから、次からは気をつけてください」

黙って頭を下げる男をあとにして、電子レンジのコーナーに行って弁当を取り出す。弁当を持ってさっさとコンビニを出ようとした彼女に、男は再び頭を下げて挨拶し、大声で言った。

「今日はウンチの件で……すいませんでした」

「まったく、もう！　これからお弁当を食べるのに、ウンチの話なんかやめてください！」

そっちが腹が痛くてたまらないなら、こっちは腹が立ってたまらないわ！　ドアを押し開けたインギョンが、男のほうを振り向いて声を張り上げた。もう我慢できない。私は大学路きってのやかまし屋、チョン・インギョンよ！　彼女が怒る様子を目の当たりにした男は、驚いたように身をこわばらせてから、たどたどしく「すいませんでした」を連発した。あのたどたどしい口調も我慢ならない。インギョンはドアを押して表に出ながら、〝こんな店、二度と来てやるものか〟と独りごちた。

ヒス先生が提供してくれた青玻洞の部屋に落ち着いて一週間、執筆作業は依然として進まなかった。土地文化館で書き始めた文章は放棄して、改めていくつかの構想をジャグリングでもするように頭の中で転がした。あまりに抽象的な劇よりも、現実に即したストーリーを書きたかった。だからといって、商業性の色彩が濃いコンセプチュアルな作品にはしたくない。生きた空間と、その空間でキャラクターたちが抱える悩みを描く、正統派ドラマを書きたかった。観客を置いてきぼりにせず、観客が舞台上の俳優に自分を重ねて没入できる劇を作りたかった。観劇中は息詰まるような緊張感と面白さを感じ、幕が下りて劇場を出ながら劇の意味を噛みしめられるような、そんな作品を完成させたいと思った。

一日中デスクに向かっていると、気詰まりで仕方ない。外は次第に寒くなり、節約のために外食も減り、家で簡単なものを作って食べるようになった。日が暮れると窓辺の作りつけのベンチに座ってお茶を飲みながら、家路を急ぐ人たちをぼんやりと眺めることが、日課の締めくくりになった。

最近、毎晩十一時ころ、コンビニのテラス席でラーメンをすすりながら焼酎を一本飲んで帰る中年男性を見つけた。上から見下ろしているから余計にそんな感じがするのか、薄くなった頭頂部が寂しい、スーツの上にパーカーを羽織った男は、ゴマラーメンにのり巻きを入れ、クッパのようにしてかき込みながら、焼酎をあおっていた。寒い夜も、その男性は判で押したように、そうやって一杯ひっかけて帰るのだった。インギョンは彼を見下ろしながら、その胸中を想像した。冬の夜空の下、サラリーマンの哀感漂うひとり酒の事情が気にかかる。

ところが、今日はコンビニのあの大柄の店員が、サラリーマンの男性と向き合って座っているではないか。さらに片手には大きな紙コップを持ち、何か飲んでいる。どう見てもコーヒーではなく、どうも洋酒のようだ。何たることか。今度は勤務時間中に酒まで飲むとは。だからインギョンと話すときも、ほろ酔い加減で舌がもつれるのか？　自分の知ったことではないが、こんなやりたい放題のアルバイトがいていいのだろうか。だが、男が再びコップに注いできた飲み物は、酒ではなかった。ペットボトルのデザインから見て、あれは麦茶？　あるいは十七茶？　またはケンポナシ茶のようだ。これはいったい、どういうシチュエーションなのだろう。インギョンは目をこらして観察を始めた。

アルバイトの男とサラリーマンはそうやって薄茶色の飲み物を分け合って飲みながら、ぼそぼそと話を交わしていたが、いきなりサラリーマンが何か言い放ち、席を立って行ってしまった。アルバイトの男は肩をすくめると、テーブルを片づけて店内に戻っていった。何だろうか。にわかに興味が湧いてきた。つぶれそうなニキビのように、かゆくてたまらない。インギョンはパーカーをひっかけてマンションを出た。

「いま帰って行ったサラリーマンの方、お知り合いなんですか？」

突然入ってきたインギョンから投げつけられた質問に、アルバイトの男は首をひねった。

「お、お得意さんです」

「あの方、何をされているんですか？」

「私もよく知りません……。あ、チャム・チャム・チャム・チャムが好きなんです」

「チャム・チャム・チャムって？」

「ゴマラーメン（チャムケラミョン）……ツナのり巻き（チャムチキンパプ）、それとチャミスル焼酎……。これが定番なんです」

「だから……チャム・チャム・チャム？」

「そうです。チャム・チャム・チャム・チャム」

「ところで、ついさっき、その方が帰るとき、おたくに何と言ってたんですか？　怒っているようでしたが……」

「それは……私が酒をやめてほかのものを……飲むように言ったんです……。それが嫌だったようです」

「ほかのものというと、何を勧めたんですか？」

「これです」

　男は別に大したものじゃないというような顔で、横に置かれたペットボトルを手に取って見せた。トウモロコシひげ茶だった。

「これを……なぜ？」

「酒の代わりに飲むといいんです……。私もこれを飲むようになって……酒のことを考えなくなりました」

　インギョンはあほらしくなって、何を言えばいいかわからなくなった。このアルバイトの男、思った以上に不思議な人物だ。ところが、前回はウザったかったのに、いまはそれが興味に変わった。常連客に酒をやめろと言って、トウモロコシひげ茶を勧めるとは……。それにチャム・チャム・チャムとは、いったい……。セット商品にして売ってもいけそうだ。インギョンは、独特な思考を持つこのあきれた男に好奇心が湧いてきた。

「店員さん、元は何をされていたんですか?」

「それを……聞きたくて来たんですか?」

ほほう、商品は買わないのか、と言いたいのか? インギョンはうなずくと、陳列棚を回ってゴマラーメンとツナのり巻きとチャミスル、それとトウモロコシひげ茶を持ってカウンターに置いた。レジ打ちする男に、再び同じことを尋ねた。ところが、男は首をかしげるばかりで、少しも答えない。

「あの、もしかして暴力団にでもいたんですか?」

「い、いいえ」

「じゃあ、刑務所を出てきて更生中?」

「そんな人間では……ありません」

「だったら、奥さんと子どもが海外で母子留学中?」

「でもありません」

「そうだ、希望退職! 希望退職したんでしょ。最近は選択定年制で希望退職者が多いというから。そうでしょ?」

男は困り顔で首を振ると、商品を入れたレジ袋をインギョンに手渡した。インギョンは受け取らなかった。きっと正体を暴いてやる、という目つきで、男をじっと見つめた。

「じゃあ、あなたの正体はいったいなあに？　私、本当に知りたいんです」

「ホームレスでした」

「え？　ソウル駅のホームレス？」

「……はい」

「その前は？」

「そ、その前は……わかりません。酒を飲み過ぎて、記憶をなくしたんです」

「アルコール性認知症……かも知れないわね。じゃあ、ホームレスは何年くらい？」

「それも、よく……わかりません」

「あら、だったらどうやってここに？　どうしてここで働くことになったんですか？」

「それが……オーナーから、寒いのにソウル駅にいないで……ここで冬を越すようにと言われて……働くことになりました」

「え？　えーっ！」

インギョンは思わず声を上げて、自分がホームレスだったと明かす男をじろじろと見た。そして、本当に過去の記憶がまったくないのかと念押ししたが、男はやはり、思い出せそうな気がするけれど思い出せない、と答えた。「たくさん会話をすれば記憶が活性化するから、これから私と毎晩おしゃべりしましょう」とインギョンが提案すると、男は首をかしげていたが、仕方ないという顔で了承した。最後に男の名を尋ねてから、インギョンは店を出た。
「独孤と言います。名前だか姓だかもわかりません」。インギョンはチャム・チャム・チャムを食べながら、そうつぶやいた。興味深いキャラクターを発見するやいなや、酒の味が甘く感じられた。チャム・チャム・チャムという夜食、というか、ひとり酒のメニューも新鮮だった。トウモロコシひげ茶はいまいち合わないが、アルコール性認知症に苦しむ男が禁酒のために何かを飲むことは意味がある。インギョンは男をさらに観察してみようと決心した。

インギョンは昼夜逆転の生活サイクルを、このまま活用することにした。未明に起き出して、出勤でもするようにコンビニに行き、山海珍味弁当を食べながら独孤氏と会話した。思ったより聡明で、気が利く人物だった。毎日のように話をしていたインギョンは、さらに手帳を持っていって、彼との会話の要点を記録することにした。思わぬ取材対象との出会いにより、作品執筆に対する勇気が湧いてきた。

独孤氏はアルコール性認知症だけでなく、精神的トラウマで過去の記憶の一部を失っているように思われた。作家になってから心理学の本をたくさん読んだインギョンは、その中でもトラウマに着目した。劇中のキャラクターは、過去に恐ろしい心理的な傷を受けた経験があり、そのときに何を守ろうとしたのかで、その人物の未来が決まる。独孤氏は過去に目を閉じて、背を向けた。しかし、現在の彼は回復しつつあり、人々とのコミュニケーションを通じて傷を振り返る勇気と力を次第にためつつあった。

傷を振り返り、それに打ち勝つための努力や欲望が、その人の原動力となり、キャラクターとなる。キャラクターを描くには、そのキャラクターが選択の岐路にあってどの道を行くかを示してやればいい。独孤氏の場合は、コンビニのオーナーの助けによってソウル駅を出て社会に戻り、自身のトラウマに直面しようと努力していた。

「確かなことは……私のもともとの生活は、こんなふうではありませんでした。私は人々と何かを分かつことはなかったようです。こんな温かい記憶は、ありませんでした」

「温かい記憶というと……どういう意味ですか？」

「いまのように、あなたみたいな人と……胸を開いて会話するとか、そういうことです……」

「チャム・チャム・チャムを食べて行くお客さんとも、親しくなったようですね」

「そうです……。コンビニの仕事をしながら……人々と親しくなったようです。本心からではなくても、ただ親切な振りをするだけで、親切になるみたいです」

「いい話ですね。それ、書いてもいいですか？」

手帳にさっきの独孤氏の言葉を書きつけながら、インギョンは尋ねた。

「もう書いているじゃないですか……。その手帳に……」

「いいえ、私の作品に書くということです。私は劇作家だと紹介したでしょ」

「そ、そうだ。演劇の台本を書いていると。では、私も……登場するんですか？」

「どこにどう使うかはわかりません。単なるスケッチのようなものですから……。でも、独孤さんのおかげで、とても助かっているのは確かです。もう書くことを諦めかけていたんですけど、おかげで力が湧いてきました」

「助けになってるなら……よかったです。では、そういう意味で……もう少し買うものはありませんか？」

「あら、独孤さんは前に商売でもされていたみたい」

インギョンはそう言って笑うと、ビール四本とサンドイッチを棚から持ってきた。独孤氏はたったいま商談が成立した車のセールスマンのように、満面の笑みを浮かべてレジを打った。取材源と作家との共生は悪くなかった。


年越しの挨拶のメールがしきりに入ってきて、そのたびにスマホが振動する。インギョンは一斉同報メールを無視し、不在着信のリストだけをチェックしたが、特にめぼしい名前はなかった。久しぶりにフェイスブックをのぞいてみたものの、そこにも気になる人の投稿はなく、小うるさい人たちの書き込みばかりが目についた。インギョンは薄っぺらくなった自分の人間関係が、自分で招いた結果であることを認めざるをえなかった。そのときだった。彼女の侘しい気持ちに気づいたかのように、スマホの呼び出し音が鳴った。だが、液晶画面に浮かんだ名前を見た瞬間、思わず手が止まった。

シアターQのキム代表だった。二年前、インギョンの生物学的年齢を取り上げ、もう二十代の配役は難しいと言ったプロデューサー。インギョンに自発的な引退を決意させた、あの人物。かつてインギョンを演劇の世界で食べていけるようにしてくれた、一番の助力者だったが、この二年ほどメール一本やりとりしない関係となっていた。

　机の前から立ち上がったインギョンは、スマホを持ったまま窓辺のベンチに向かった。電話を受けるのをためらうインギョンの心は、電話のバイブレーションのように震えていた。この振動が止まったとき、キム代表との縁も完全に切れるだろう。ブー、ブー。そのとき、トラウマに向き合うべきだと独孤氏に迫った、数日前の自分を思い出した。インギョンも自分を振り返るべきだった。ブー、ブー。思い切って応答ボタンを押した。

　キム代表は、「今年も終わりだから、どうしているのか気になってね。元気だったか？」と、ごく普通に挨拶をした。「去年の年末には気にならなかったんですか？」と皮肉を返すと、彼は去年は電話しても出なさそうな気がして、電話できなかったのだと言い訳し、「もう二年もたつから、少しは怒りが収まったんじゃないかと思ってね」と、ふてぶてしく応じた。その声を聞いて、長年のしこりが不思議とさっぱり消えたインギョンは、単刀直入に用件を尋ねた。「代表は挨拶だけのために電話するような人ではないでしょう？」キム代表は「せっかちな性格は変わらないな」と一言前置きしてから、提案を説明した。版権を買った小説を脚色して戯曲にする仕事だった。これが最後の文筆の仕事になるかも知れないのに、脚色をするというのは嫌だった。脚色か……。インギョンが渋っていると、彼はこう促した。

「悩む前に、その小説を一度読んでみてくれよ。今年の夏に出版されたんだが、難しくないし、面白いよ。台詞も多くて、演劇向きの作品だ。そう難しい仕事じゃない」

「いいえ、読みません。読んだらやりたくなりそうだから」

「久しぶりに仕事で連絡したのに……。そうつれなくしなさんな」

「代表、実は私、もう書くのをやめるかも知れません。だから、最後はオリジナル作品で勝負したいんです」

「おい、チョン・インギョン！　お前、俳優を引退した上に、作家までやめるのか……。やめるやめると言って、本当に大学路を去るつもりか？」

「俳優を引退したのは、代表の言葉が原因ですよ！」

「だから作家の仕事をやると言っているだろ」

「ともかく、私は真剣なんです。この四カ月、最後の作品を構想してきたんですから」

「それで、ちゃんとしたものはできたのか？　構想どころか、空想ばかりしているんじゃないだろうな」

空想だって？　インギョンは窓辺に置いたトウモロコシひげ茶をゴクゴクと飲んでから、声を高めた。

「構想はもうできていますよ！　あとは書くだけです」

「そうか。ちょっと言ってみろよ」

「けっこうです。アイデアを先に言うと縁起が悪いって言うでしょ」

「おいおい、気になるじゃないか。チョン作家、内容を教えてくれよ。面白かったら脚色よりも、それを先に上演してやるから」

脚色の仕事を断るためにオリジナル作品を書いていると言ったものの、まだこれといって形になったものはない。ただコンビニのおかしな男を取材しながら、何か糸口を探しているだけだった。どう言い逃れようかと考えていると、窓の下のコンビニが目に止まった。

「いざとなると、特に具体的なアイデアはないようだな。だったらそれを後回しにして、脚色をやれよ。制作予算もあるし、すぐ契約金を払うから――」

「コンビニ。コンビニの話です」

「コンビニ?」

「舞台はコンビニです。さまざまな人間群像が立ち寄るコンビニ。主人公はコンビニの夜を守る、正体不明の深夜アルバイト」

「ほほう……」

「この深夜バイトは中年男なんですが、自分の過去を知りません。アルコール性認知症になって。客たちはてんでに、この中年男の正体を推測します。元暴力団、前科者、脱北者、早期退職者、さらには宇宙人! ところが、この男はそんなことにかまわず、客に変わった商品を勧めて……。それで……不思議なことに、客たちは男が勧める商品を買ってみると、自分の悩みが解決するんです」

「それは……『深夜食堂』じゃないか?」

「『深夜食堂』? もちろん、あれもいい作品ですが、これはコンビニですよ! それに、この人は料理をしません。『深夜食堂』は、店の主人の過去を掘り返すこともしないし。ところが、この話は主人公の深夜バイトの正体を調べることがプロットの核心なんです。回想シーンでは、男の過去が交錯しながら描かれます。男がそのコンビニで働くことになった理由も、だんだんと明らかになります。そして、男はその深夜のコンビニで、ずっと何かを待ち続けるんです」

「商品が搬入されるのを待つんだろ」

「もう！　混ぜっ返さないでくださいよ。『ゴドーを待ちながら』のような、そんな一貫した雰囲気を持たせようかと思って。ウラジミールとエストラゴンみたいに、この深夜バイトと酔っ払いの常連客が、毎晩おしゃべりをするんです。だから、台詞がとても多くなります。そこにチャム・チャム・チャムも挟んで」

「チャム・チャム・チャム？　ゲームか何かか？」

「まあ、一種のセット商品ですね。つまりゴマラーメンとツナのり巻きとチャミスル」

「それはいいな。商品を出せば、スポンサーもつきそうだ。観客を舞台に上げて食べさせるのもいい」

「そうです。観客を参加させてプレゼントをあげて、それをインスタに載っければ、スポンサーもつきますよ。とにかく、チャム・チャム・チャムは主人公の男が常連客に勧めるセットで、常連客はこれを食べながら一日の疲れを癒やすんです。こんなふうに、ふたりの男が台詞劇を担当します。そして近所に性格のきつい女性作家が住んでいるんですが、そいつはクレーマーなんです。作家だから夜中に仕事をしていて、この深夜バイトの男としょっちゅう顔を合わせることになり、お互いに身の上話を交わすんです……」

「なんだか君みたいだな」

「違いますよ。女性作家はこのコンビニが大嫌いなんです。というのも、男はちょっと危ない人間に見えるし、品揃えも悪くて、不便なので。ところが冬は寒くて、夜中に遠くまで行けないので、不便でもこの店を使い続けるしかなくて……不都合なこと極まりありません」

「チョン作家」

「はい」

「それ、やろう。俺と」

「本当ですか？　まだ書いてもいないのに」

「もう完成してるじゃないか、頭の中で。来年、舞台に上げよう。請け負ってもいいが、これは君の最後の作品じゃない。その作品を舞台化すれば、次の作品をまた書くことができるはずだ」

「……本当にそう思いますか？」

「ああ」

「だけど、私は崖っぷちなのに……代表がそんなにやすやすとオーケー出すなんて、変ですよ。まだ書いてもいないんですよ」

「明日、タイトルだけ決めて持ってきてくれ。契約書を書けば、原稿も書けるというものさ」

「キム代表」

「なんだ？」

「ありがとうございます。本当に」

「俺は馬鹿じゃない。材料は悪くない。君の声からも、真剣味が伝わってきたよ。きっと上手に書けるだろう」

「私、もともと文章は上手ですよ」

「褒めたら褒めたで恐ろしいな。そうだ、タイトルは何だ？」

「タイトル？」

「その作品のタイトルだよ」

「ええと……コンビニなんですけど、とても不便な……だから……不便なコンビニ」

キム代表との電話が終わるやいなや、インギョンはパソコンのワープロソフトを開いた。そして猛然とタイピングを始めた。タイトルを書き、二行空けてから、自分の最後の作品になるかも知れない、新しい作品を書いていった。指は休むことを知らなかった。執筆とは、ときにタイピングに過ぎない。長い時間をかけて考え抜き、その中身がいまにも飛び出してきそうになるまでアイデアの塊を育てたら、あとはタイピストになって必死にキーボードを叩く。それが作家に残された役目だ。思考のスピードに指が追いつけないくらいになれば、仕事は順調に進んでいると言える。インギョンは演技するように台詞を口ずさみ、同時にタイプしていった。まるで右手と左手が互いに会話しているようだった。これまで封印されてきた筆力が解き放たれたように、休みなくストーリーを紡いでいく。夕方から始まった作業は、いつしか午前〇時をまわり、冬の夜空の闇が深まるほどに、彼女の文章も密度を増していった。

深夜の町で唯一明かりが灯っている場所は、独孤氏のコンビニと彼女の作業室だけだった。

四本で一万ウォン

ミンシクは自分の不運について考えた。いつも不運だった彼の人生だが、いつからその不運にとりつかれたのか、思い起こしてみた。たぶん、小学校で野球部に入れなかったのが始まりじゃなかろうか。体格がよく、運動神経もあり、野球部のコーチにも入部を勧められたのに、とにかく勉強しろと急き立てた両親の決定が第一の不運だった。人間は一人ひとり、才能も興味の方向も違うのに、親はなぜ子どもが好きなことをするより、勉強して平凡な大人になるよう無理強いしたのだろうか。まさに、それが親たちの人生であり、優等生の姉の姿であり、息子であり末っ子のミンシクも従うべき道だと考えたのだった。

第二の不運は、大学の地方キャンパスに行ったことではないだろうか。両親は自分たちが出たソウルの名門大学に行かせたがったが、残念ながらミンシクの成績では箸にも棒にもかからず、親の考えた代案はその大学の地方キャンパスだった。おそらく親たちは息子が自分たちの卒業した名門大学に入ったと周囲に自慢したかったのだろう。だが、彼はその大学のキャンパスのある地方都市に下宿しながら、酒とビリヤード、ビデオゲームの「スタークラフト」、そして野球同好会の活動に全力を傾けた。はっきり言って、遊ぶには絶好の環境だった。その後、何とか卒業はしたものの、就職戦線で地方キャンパスの悲哀を身をもって経験することになった。壮烈に討ち死にし、自尊心と意欲に大きな傷を負うことになったのだ。

第三の不運は、早くに成功したことだ。公務員と教職という安定した人生を送ってきた両親と、世間からうらやまれる専門職に従事する姉とは違い、ミンシクはジャングルのような世界で、素手で戦わねばならなかった。頭も特にいいわけではなく、学閥もなかったが、健康な体と話術で武装した彼は、金になることなら何でもやろうと思った。家族から認めてもらうための唯一の価値は金であり、彼にとって必要なものも金だけだった。あとのものはすべて金についてくるのであり、金だけが彼を彼たらしめるものだった。

ミンシクは金を稼ぐのに手段を選ばなかった。そんな彼が手をつける仕事は、いずれも合法と不法の境界を巧妙に行き来するものだった。後悔はなかった。そんな仕事をしながらかなり稼ぎ、三十歳を前に自分名義のマンションを買い、外車を乗り回すようになった。金をたくさん稼ぐようになると、親も、姉も、出来のいい義兄も、ミンシクに口出しできなくなった。気分がよかった。ミンシクが手にした金の威力は、エリートである家族たちでも気後れするほどだった。もう少し稼げば、家族たちが頭を下げる姿も見ることができそうだった。定年退職した父にはたっぷり小遣いをあげ、母には教会の献金用にと現金を渡せば、ふたりとも目を丸くするだろう。姉夫婦も自分たちが建てた病院への投資を期待して、おべっかを使ってくるに違いない。頂上は目の前だ。ところが、それが問題だった。もう少し稼いで王様扱いされたいという目標は、無理な事業拡大へとつながり、間もなくその代償を支払うことになった。

第四の不運は、実に手痛いものだった。後に離婚する妻と出会ったことだ。再起を目指して始めた新しい事業がきっかけで出会った元妻は、ミンシクに劣らない「プロ」だった。自分は簡単に騙されないと信じていたのに、その女にだけはやすやすとはめられ、たった半年ですべてを注ぎ込んでしまった。それを愛と呼ぶ人もいるが、彼は単にちょっと頭が変になったのだと思った。頭が変になって結婚までして、二年にわたりお互い騙し騙されするうち、よりうわての元妻に唯一残った財産であるマンションまで渡して、関係を清算した。だが、離婚から二年たったいまでは、その女との出会いがミンシクにとって不運だったように、彼女にとってもミンシクとの出会いは不運だったのだろうと考えるようになった。ならず者同士がお互いに爆弾を投げつけ合って同時に自爆した様とでも言おうか。それでも、さらに深刻な不運を避けるためにお互いを切り捨てたのは、ふたりとも切った張ったの事業をしながら身につけたタイミング感覚のおかげだった。

にもかかわらず、不運は終わらなかった。ビットコイン。まさにこれだ、とミンシクは快哉を叫んだ。これぞ彼にとって最大のチャンスになるだろう。そんな勘がビンビンと響いた。だが、その判断は、失敗の連続によって選球眼が曇ったがゆえのミスだった。ミンシクにとってビットコインは触れるべからざる金であり、金を食べる金だった。

第五の不運まで被ったミンシクは、もはや耐えきれずに母が暮らす青坡洞の家に潜り込むしかなかった。そのとき初めて、数年前に他界した父の遺産で母がコンビニを開いた事実を知った。その遺産には、明らかに彼の取り分もあったはずだ。なのに、母と姉は何の断りもなく、ミンシクを無視して遺産をコンビニに換えてしまったのだ。もっとも当時のミンシクは離婚と事業の失敗で茫然自失だったし、家族とも連絡を絶ったままだった。それでも諦めきれないミンシクは、酒に酔ったある日、母に遺産の分け前をくれと迫り、その末に大喧嘩して家を飛び出して、それからは友人知人の家を転々とする身の上となった。

ミンシクの思考はここで止まってしまった。それからというもの、過去のこまごました不運の峠を数えることに、もはや意味がなくなった。いまの彼に必要なのは、新しい事業資金だった。それは母のコンビニ、いや、母が父の遺産から彼の取り分を許可なく流用して開いたコンビニだった。自分の分け前を返してもらい、事業にカムバックすれば、また稼げるだろう。そして母のためにコンビニのふたつや三つ、開いてやるのはたやすいことだ。だから、後輩からいつまで家に居候するつもりかと不平を言われても、そいつの尻を蹴飛ばすくらい朝飯前だった。

今日、ミンシクはギョンに会うことになった。どこも似ていないのに自分のことをG－DRAGON〔韓国のラッパー。BIGBANGのメンバー〕ならぬギードラゴンと呼んでくれと言うギョンは、性格も行動も極端なところがしゃくに障るが、頭だけはよく回る奴だ。ミンシクは数年前から、重要な決定を下すときはギョンに意見を求めたが、ミンシクとはまったく違うギョンの思考方法のおかげで、ミンシクは自分の決定を再考することができた。だからギョンの言葉を聞けば成功するというわけではないが、失敗のリスクを減らすことはできるのだ。「金になるという噂を聞いて飛びついても、もう遅いから。一文無しになる前に手を引いたほうがいいよ」。ビットコインの沼からようやく抜け出せたのも、太陽光発電事業から足を洗うことができたのも、こいつの助言のおかげだった。

ある先輩から、一緒に太陽光発電事業をやらないかと誘われたとき、ミンシクはついに自分の人生にも再び太陽が当たるような気がして、電気がビリビリと全身にみなぎるように感じた。太陽光発電事業は、政府の脱原発・新再生エネルギー育成政策のおかげで多くの投資家の関心を引いたが、とにかく噂が広まる前に一稼ぎできそうだった。ところが数カ月働いてみて、自分は詐欺に加担しているのではないかという不吉な思いが頭をよぎった。というのも、この事業は太陽光への投資をエサに、使い物にならない無道路地を売る仕事に過ぎなかったからだ。悩んだ末に、ミンシクは今度もギョンと電話で相談した末に足抜けすることができた。あの汚い先輩の野郎は、ミンシクが足抜けしたとカンカンになって騒ぎ立て、夜道を歩くときは気をつけろとほざいていたが、自分自身が夜道で警察に捕まり、いまは臭い飯を食べている身の上だ。ともかくギョンがいなければ、この綱渡りのようなビジネス人生にムショ暮らしのエピソードまで加わるところだったと思うと、冷や汗が出る思いだった。

このように多角的なブレーン役を担ってくれたギョンが、今日は事業のアイデアを聞いて欲しいと言ってきた。そこでミンシクはこの寒い中、後輩から取り上げたダウンのパーカーをひっかけ、梨泰院(イテウォン)の経理団通り(キョンニダンギル)まで車を走らせて来たのだ。

新年の経理団通りは、全盛期とは違って閑散としていた。いや、閑散と言うより、寂れていると言うべきか。いったん人が集まるようになると、ビルのオーナーたちの気が大きくなり、賃貸料も幾何級数的に上がったが、家賃を払えない店が次々と門を閉ざし、それに伴って人通りも減り始めた。経理団通りは、いまや望理団通り(マンニダンギル)、松理団通り(ソンニダンギル)、皇理団通り(ファンニダンギル)など、多くの弟たちを残して消え去る運命のようだ。瞬発力のあるギョンが、いったいなぜこんな寂れた所に自分を呼び出したのだろうか。ミンシクは不思議に思った。

ギョンから聞いた住所に着くと、ガランとした通りの片隅に小さなビアホールが見える。ミンシクはいったん、その店の前に車を止めた。

「何だ、兄貴！　車で来るなと言ったのに」

ビアホールに足を踏み入れた途端にギョンになじられて、ミンシクはカッとなった。

「こいつめ、こんなに寒いのに、電車やバスで来いというのか」

「タクシーに乗ったらいいのに」

「馬鹿野郎。自分の車があるのに、どうしてタクシーなんか乗るんだ」

「わけがあって、車で来るなと言ったんだよ。今日は飲まなくちゃならないからさ」

「何だと？　ここで？　ビールなんて水っぽいものを、俺が飲まないの知ってるだろ」

ギョンはもう話したくないというように背を向けて奥に進んだ。ミンシクは金属製のイスにどっかと座り、小さなテーブルに肘を乗せて、店の様子をうかがった。暗い照明の下で、エレキギターの騒々しいロックミュージックが空気を満たし、店内のそこかしこに米軍兵士たちが好みそうな西洋のアンティークが並んでいる。店の一番奥には「Drink Beer, Save Water」と書かれた汚らしいプラカードが掛かっており、わざと暖房を利かせずに酒をたくさん飲ませようという魂胆なのか、吐く息が白かった。

ミンシクはイライラした。常日頃、ビールというのは焼酎や洋酒に混ぜて飲むための道具に過ぎないと思っている自分を、よりによってビアホールに呼び出すセンスとは。ギヨンがどんなうまい話を持ってきても、信じられないと思った。そんなミンシクのねじけた気持ちを知ってか知らずか、ギヨンは長髪のバーテンダーから何かを受け取って、テーブルに運んできた。まな板のような木の板に穴がいくつか空いており、その穴にそれぞれ焼酎の杯より少し大きめなグラスがはまっている。そして、それらのグラスに、濃い琥珀色と醬油のように黒い液体が注がれていた。醬油色の液体は黒ビールのようだが、琥珀色のほうはビールというよりコニャックを思わせた。

「これがビールなのか?」

「まあ、飲んでみなよ」

ギヨンがニヤリとして、手まねで飲めと勧めた。ミンシクはビールを焼酎の杯で飲むのはしゃくに障ったが、どうせ絶対に酒代は出さないから、タダ酒なら飲んでやるとばかりに、琥珀色のビールのグラスを手に取って一気に飲み干した。

かなり重かった。強い香りとほろ苦い後味は、コニャックなのかビールなのかウイスキーなのかわからないほど独特だった。ありきたりの水臭いビールとはまったく違う、絶妙な味だ。洋酒とビールの爆弾酒をうまく配合すればこんな感じになるのではないか。

ミンシクは四の五の言わずに、もう少し濃い琥珀色のグラスを取って飲んだ。おっ! これはさらに豊かな味わいだ。苦みと爽やかさが不思議なほどマッチしている。次は泡の多い黄色いグラスを空けた。これはミンシクも以前に飲んだことのある、ヒューガルデンを思わせる味だった。違いと言えば、ヒューガルデンよりずっと強くてパンチがあり、自分の好みにぴったりだった。ミンシクは最後に残った黒ビールもクンクンと香りを嗅いでから飲み干した。うむ、これほど香ばしい酒があるのか。ビールというより、ごま油を混ぜた黒豆豆乳を飲んだような感じだ。

「このビールは何だ？」

「気に入った？」

「見本を片づけて、泡がしっかり立ったやつを持ってこい」

「どれにする？」

「この一番濃い色のやつだ」

板を片づけたギョンは、間もなく背の高いビールグラスに新しくビールを二杯、注いで持ってきた。ミンシクはギョンと乾杯して、ぐいと飲み干した。ほろ苦く、すっきりした味わいは、バランタイン三十年ものの爆弾酒よりもうまかった。これはいい。水臭くて腹ばかり膨れるからと、ビールを飲まなくなってずいぶんになるが、どこでこんなに斬新なビールが生まれたのか！

「エールビールと言って、これがヨーロッパ人たちが飲むものだ」

「エールビール？　じゃあ、韓国のｃａｓｓ（カス）はどんな種類だ？」

「それはラガー。缶にラガーと書いてあるだろ」

「何だと？　カスの横に書いてある字はラガーと読むのか。レーザーじゃないのか？」

「ワオ……。俺も英語は苦手だけど、兄貴はホンモノだな」

「おやじギャグだよ！　俺がそんなことも知らないと思ってるのか？」

「こりゃ、まいった！　ともかく、韓国とアメリカじゃ、このラガーが一番飲まれていて、ヨーロッパ人たちはエールビールを飲むんだって。数年前からこの経理団と梨泰院あたりではエールビールがブームで、いまどきのヒップスターはエールビールばかり飲むんだよ」

「だが、これはオヤジたちにも人気が出そうだな。俺の好みにもぴったりだし。味も濃くて、香りもコニャック顔負けだ……。そうだ、ルームサロンに卸してもいいな」

「どうしてルームサロンの話になるのさ。ルームサロンなんか、地回りのチンピラににらまれて、みかじめ料を取られて面倒じゃないか。俺らはもっと簡単ですっきりした商売をやろうぜ」

「こいつ、もともと事業というのは人の縄張りから分け前をぶんどるもんだ。最初から楽なものがどこにある？」

「俺が言ってるのは、リスクを減らそうということさ。要点だけ言うと、このエールビールの市場がだんだん拡大しつつあるんだよ。それに最近、法律が変わって、こういったエールビールだけ作る小規模な醸造所を個人が持てるようになったんだ」

「本当か？」

「二、三億あれば京畿道(キョンギド)郊外の水のいい場所に工場を作れるよ。加平(カピョン)とか清平(チョンピョン)とか、そのあたりに。そこでこれを作って売ったらどうだい？　兄貴、前に飲み屋の社長でもしながら、のんびり暮らしたいと言ってただろ？　飲み屋の社長じゃなくて、造り酒屋の社長になるということさ。こんなイカすビールを作れば、飲み屋が争ってビールを買いたいと言ってくるだろうし、そうなったらヤバいぜ！」

「じゃあ、このビールもそんなちっこい工場で作ってるのか？」

「そうだよ」

「誰が？」

そのとき、油の香ばしい匂いとともに、長髪のバーテンダーが鶏の手羽先とジャガイモの炒め物をテーブルに運んできた。ギョンは新製品の発表でもするように、皿を置くバーテンダーをミンシクに紹介した。バーテンダーはミンシクに挨拶して、同席した。

「こいつの姉婿がブルーマスターなんだ。ブルーはビールで、マスターは……マスター。ともかく、つまり……ビール作りの職人のようなものさ。名をスティーヴと言って、ポートランド出身で、いまは坡州(バジュ)で小さなビール工場をやってるそうだ」

ミンシクはキョトンとした顔で、ギョンとバーテンダーを見つめた。するとバーテンダーが説明を引き継いだ。バーテンダーの話によれば、アメリカの最もイカした街、ポートランドでも一番イカしたビールを作っていたスティーヴが、留学していた彼の姉とつき合うようになり、韓国に来てビールを飲んだのが四年前だった。そして韓国でまともな地ビールを作って売れば大儲けできそうだと考え、二年前に結婚すると同時に韓国に移住し、いまは坡州で小さな醸造所を作ってビールを売り出し中だというのだ。姉とスティーヴ夫婦が醸造所を経営し、バーテンダーはこの店を手始めに何カ所かにビールを卸しながら、姉婿の手製ビールを紹介しているところだとつけ加えた。

「ところで、エールビールはヨーロッパで飲まれているというのに、どうしてアメリカなんだ？」

「兄貴、知らないのか。いまはグローバル時代だろ。それにもともとヨーロッパで何か始まれば、アメリカでそれを受け入れて事業が倍に成長するんだ。ともかく、いまこいつの姉婿のビール工場が順調なんで、事業拡大を狙っているのさ。一緒に事業をやってくれる人が必要だから協業者を探しているんだが、そこに兄貴と俺が入ったらどうかということさ」

「うむ……降って湧いたような話だが……ビール工場の社長か……。久しぶりにまともな仕事を紹介してもらったから、ちょっと似合わない気もするが……。だが、そんなにうまくいっているなら、投資する奴も多いだろうに、なぜ俺たちに声を掛けたんだ？」

「兄貴、疑ってるのか？」

「いや、この前の太陽光発電のときも、お前が言っただろ。もうおいしいところは全部吸われているのに、なぜその尻拭いをするんだって」

「それはこのギードラゴンさまのおかげさ。スティーヴは人を見る目があるんだ。そこで、俺が直接会って、コングリッシュ〔韓国なまりの英語〕でずいぶん笑わせてやったんだ。もちろん信用できる人間だということもアピールしたさ。あとでスティーヴがこいつに言ったそうだ。韓国人は何を言いたいかよくわからないが、ギードラゴンは実にナイスガイだとね。事業拡大するなら人間関係が重要だが、ギードラゴンなら信用できるって」

ギョンがバーテンダーに同意を求める目を向けると、彼は親指を立てて、自分の義兄はかなりのうるさ型だが、なぜかギョン兄貴だけは気に入ったらしい、と言い添えた。ギョンが愉快な奴であることは確かだが、アメリカ人まで笑わせてこんなチャンスをつかんだことが不思議でもあり、疑わしくもある。アメリカ人だからといって、詐欺師がいないわけじゃないのだから。

ミンシクが疑念を打ち消せずにいると、バーテンダーは何かを持ってきた。ラベルのない五〇〇ミリリットル缶だった。バーテンダーがそれを開けると、新しいコップを満たしてミンシクに差し出した。それを飲んでみて、改めて感嘆せざるをえなかった。

「缶ビールも出荷する予定です。だから事業拡大が必要なんです」

その瞬間、ミンシクは思わずうなずいた。

「兄貴、今後はスティーヴの缶ビールがコンビニやスーパーで売られるようになるんだ。もう別の会社のビールも、コンビニで売られているんだぜ。だから急がないと。味はここのが最高だから、製品化され次第、流通業の経験のある兄貴が業者を選定して売りさばけばいい」

ミンシクは改めてビールを口に含んでから、頭を巡らせた。麦芽の甘さとホップのほろ苦さが口の中いっぱいに広がる。それは一時、ミンシクが味わっていた成功の美酒のうまさだった。ギョンの次の言葉は、ミンシクの決意を固める決定打となった。

「この夏、日本のビールが一斉に消えただろ？　兄貴のおっかあもコンビニをしてるそうじゃないか。そこに行ってみなよ。四缶一万ウォンで売ってたアサヒやキリンやサッポロが全部消えたんだ。日本製品の不買運動は、いまの俺たちにとって大チャンスなんだ。考えてもみなよ。日本のビールが抜けた穴を何が埋める？　カス？　ハイト？　いいや、このスティーヴのエールビールがその場所を占領するんだ」

「日本製品の不買運動か……。いつまで続くんだ？」

ミンシクが最後の疑いまで晴らそうというように確認すると、ギヨンはイライラするようにグラスを干して、ガチャンと音を立ててテーブルに置いた。

「兄貴、我が民族を見損なうんじゃないよ。独立運動の代わりに不買運動をやるんだと言って大騒ぎなんだぜ。大韓民国だ。テ〜ハンミングク（大韓民国）！　野球でもサッカーでも、韓日戦を見てみなよ。負けたら何を言われるか、覚悟しなくちゃいけないだろ。日本のビール？　もう誰も飲まないさ！　兄貴、それでもまだ疑うなら、愛国心が足りないんじゃないか？」

「おいおい、愛国心まで持ち出すことないだろ。俺だって不買運動をしてるんだ。メビウスだって、かなり前から吸わないしな」

「だから、やるの？　やらないの？　兄貴は最近ビビってるから、再起の足掛かりをつくってやったのに、あんまり計算ばかりしてたら形にならないよ。俺がうるさい人間だって知ってるだろ？　兄貴がやると言ってた金になりそうな事業に、俺は全部反対したんだ。だけど、これは俺が推薦してるんだ。天下のカン・ミンシクが、どうしてそんなに弱気なんだい？」

ミンシクは答える代わりに、空のグラスを掲げた。バーテンダーがさっと立ち上がると、新しいグラスにビールを満たしてきた。再びグラスに口をつけ、その琥珀色の幸運の味を吟味する。そしてグラスを置くと、ギョンの後頭部を一発はたいた。いきなり頭をはたかれて顔をしかめたギョンに、ミンシクが厳しい目つきで答えた。

「こいつめ、俺様を疑うな。いくら突っ込めばいいいんだ?」

代行運転を呼んで母親のいる青坡洞の実家に帰ったミンシクは、車を降りて家に入ろうとして、ふと立ち止まった。急に家に帰ってきたのもきまり悪いし、何よりも母を説得する材料が必要だった。だからといって、酒を飲まない母親にエールビールという新商品が出たから飲んでみろと言うわけにもいかない。そのとき、脳にひとつひらめくものがあった。うむ。低くつぶやくとミンシクは身をひるがえし、どこかに向かって歩き出した。

コンビニ。母親のコンビニだ。父の遺産であるそのコンビニの、売り場の半分は自分の取り分だ。ギョンによれば、すでに缶のエールビールがコンビニで売られていると言っていた。だとしたら、母親のコンビニからエールビールを持ってきて見せれば、この事業の将来性を実感させられるのではないか!

夜十一時を回ったコンビニはガランとして、客がひとりもいなかった。入口で寂しく点滅する時期遅れのクリスマスツリーだけが、ミンシクを迎えてくれた。彼は苦々しい表情で、ドアを開けて店内に入っていった。

「いらっしゃいませ」

中年男の野太い低音を背に、ビールのある冷蔵ケースに向かう。入りながらチラッとカウンターを見たら、深夜バイトが代わったようだ。丸顔の男から、角張った顔の男へ。そう言えば二カ月前、新しい深夜バイトが見つかるまで店に出てくれと、母から頼まれたのだった。まったく理不尽な頼みだ。いまだに母から、コンビニのバイト代わりくらいにしか思われていないことに腹が立ったことも思い出した。実は、申し訳ない気持ちがないではなかった。いっそ母親の頼みをちょっと聞いてやり、コンビニの分け前を要求するほうが利口な選択なのかも知れない。しかし、深夜のコンビニに立って、社会の片隅に追いやられた丸顔や角張った顔の中年男たちのような生き方は、たとえ一瞬でもしたくなかった。自分はすでに堂々たる四十歳ではないか。いったん押し出されたら、たちまち転落するのがこの世の中だ。ビール工場であれ、飲み屋であれ、とにかく社長の座を手に入れてから、人生の第二幕を始めたかった。

　ビールが並ぶ冷蔵ケースの前で、ミンシクはしばし何を買うべきか迷った。日本のビールが消えた場所には、正体の知れない国々のビールがすでに座を占めており、ギヨンが言っていた国内の小規模工場で作られたビールは見当たらない。冷蔵ケースのドアを開けて目を大きく見開き、整列したビールをじっくり見ていたら、ようやく幼稚なハングルの商標のビールを二本見つけた。「麦酒山脈——小白山(ソベクサン)」と「麦酒山脈——太白山(テベクサン)」。それぞれ「ペールエール」と「ゴールデンエール」と書かれている。ミンシクは「小白山」と「太白山」を各一本、そして比較のために青島(チンタオ)ビールを二本取り出して、カウンターに向かった。

　カウンターの角張った顔の男は、近くで見るとかなり大柄だった。熊のようでもあり、熊狩りに出かけた原始人のようでもある。ミンシクは不思議そうに男を見つめた。なるほど、こんなアルバイトがいれば、夜中に泥棒が入る心配はないだろう。ミンシクは原始人のような男がバーコードリーダーでぎこちなくビールを会計するのを見て、ニヤリと笑みを浮かべた。

「この国産ビール、売れてますか？」

ミンシクが「小白山」を手に取って見せた。

「……別に」

「これ、飲んでみましたか？　味はどうです？」

ビールのレジ打ちを終えた男は、顔を上げてミンシクをじっと見た。

「酒を……飲まないので……わかりません」

何だと？　缶ビールの片割れのような頭をしていながら、飲まないとは……。こいつ、俺の人の見る目を試そうとでもいうのか。笑わせるぜ。

「そうですか？　酒が強そうに見えるから聞いたんですが、わかりました」

「一万四千……ウォンです」

「え？　四本一万ウォンじゃないんですか？」

「この、国産のは……四本一万ウォンに……なりません」

「何だって？　じゃあ、四本一万ウォンならもっと売れるんじゃないの？」

「ええと……それはわかりません」

「そりゃ、そんなこと知ったこっちゃないだろうな。わかりましたから、レジ袋に入れてください」

ところが、男はじっとミンシクを見たまま身動きしなかった。何だ？　俺に馬鹿にされたように思って気分を悪くしたのか？　アルバイトの分際で、この程度のことで？　ところが、男がどんと構えているので、ミンシクは何か異変を感じた。男の角張った顎と細く吊り上がった目に気おされたミンシクは、語気を強めて言った。

「どうしました？　早くレジ袋に入れてくださいよ！」

「代金をお願いします」

「あ、代金ね。俺はここのオーナーの息子です。レジだけ打っておいてください」

そう言えば、自分がこの店のオーナーの息子だということを言っていなかった。ところが、身分を明かしたのに男は突っ立ったまま、じっとこちらを見つめている。ほほう、いい年こいてみっともないとでも言いたいのか？

「どうした？　仕事しろよ」

こんなときには、まずタメロで相手の鼻っ柱を折ってやらないと。ところが男は、依然として身じろぎひとつしなかった。

「俺はここの主人の息子だと言っただろ。聞こえないのか？」

「証明……してみろ」

「何だと？」

「証明してみろと、言ったんだ。オーナーの……息子だと」

「お前、タメロをきくのか？」

「ああ、あんたのようにな」

「おい、こいつめ。お前、オーナーを知らないのか？　俺とそっくりじゃないか。目元からワシ鼻まで。どうだ？」

「いいや……。似て……いない」

男がゆっくりと皮肉な口調で否定すると、ミンシクは困惑した。さらに、長身から見下ろす男の鋭い目つきにも圧倒された。ミンシクは予想もしない状況に閉口し、あほらしくもなったが、同時に込み上げる怒りを発散するために、一勝負してやれと心に決めた。

「この野郎！　お前を首にすればオーナーの息子だと証明できるのか？　俺が母親に言って……いや、このコンビニは俺のものなんだ！　お前をいますぐ首にしてやる。わかったか！」

「あんたには俺を……首にすることはできん」

「何言ってやがる。頭がどうかしたのか!!」

「俺を首にしたら、いま……深夜バイトを……誰がやるんだ？」

「人なんかいくらでもいるから、探せばいい。首にされるやつが心配するこっちゃないだろ」

「あんたには、俺の首は……切れない。深夜バイトは……見つからない。お前にこの仕事はできるはずないし……オーナーはいま……病気だ」

「何だって？」

「そうだ……。オーナーは病気だ。ひとり息子がいるのに……母親が病気でも……目もくれないと」

「俺の母親がそう言ったのか？　ふん」

「やはり……知らないんだな。オーナーがこの何日か、病院に……通院していることを」

「何だと？」

「あんたの母親はこの数日……具合が悪いんだ。そんな母親の面倒も見られないばかりか……俺の首を切って、コンビニの夜の仕事を……どうするつもりだ？　また……母親にやらせるつもりか？　人間に、そんなことが……できるのか？」

ドスン。何かが音を立てて、ミンシクの体内のどこかに落下した。苦痛の錘(おもり)が内臓を貫通し、体を地面に引きずり下ろすような感覚だった。ミンシクは母の病気のことも、母が自分のことをそんなふうに誰かに話していることも知らなかった。判決文でも読み上げるように、男が息を整えながら言った言葉がずっしりした錘となって、ミンシクを深海の闇へと引きずり込んでいくようだった。

「あんたが息子なら……こんなことじゃ……だめだろ」

「ううむ……うう……」

「とにかく息子だと証明できないなら……ビールとレジ袋は渡せない」

真っ赤になったミンシクの顔に向かって、男がビシッとワンツーパンチを打ち込んだ。

「ちくしょう！　いるものか!!」

ミンシクは男に唾でも吐くように叫び、コンビニを飛び出した。自分よりも大柄な男が怖いからではなかった。恥ずかしかったからだ。

早足で母親のマンションまで来たミンシクは、電子キーのパスワードをプッシュして中に入った。真っ暗な室内を唯一照らしている明かりは、テレビ画面に映るトロット〔韓国演歌〕の番組だった。母親はうるさく鳴り響くトロットの音色にもかまわず、ソファにうずくまって眠っていた。

ミンシクはため息をつくと、明かりをつけて母親を起こした。肩に手を掛けて揺すると、母親はとろんとした目で彼を見つめ、やっと上体を起こした。

「どうしたんだい?」

「母さん、病気だって? だから駆けつけたんだよ」

「……病気というより、お前のことが心配で頭が痛いのさ。いったいどこをほっつき歩いてたんだい?」

「まったく、顔を見るやいなや小言か……。後輩と一緒だったんだ。ところで、どこが悪いの?」

「風邪(かぜ)をこじらせたみたい」

「だからインフルエンザの予防接種を受けろって言っただろ。保健所に行けば老人はタダなんだしさ」

「うーん」

ヨムさんはミンシクの言葉に返事もせず、キッチンに行ってやかんで麦茶を沸かし始めた。

ミンシクはぎこちない空気をほぐそうと、母の周囲につきまとった。

「ねえ、家の中がどうしてこんなに寒いの？　これじゃ風邪もひくよ。ボイラーをもっと焚かないと」

「大丈夫よ。お前が来て少し温かくなったから。お前も人間だから、体温があるんだね」

「何だよ、その言い方。そんな口の悪い先生が、よく子どもたちを教えられたね」

「麦茶、飲むかい？」

「うん」

ミンシクはテーブルにつくと靴下を脱いだ。沸かした麦茶を二杯持ってきたヨムさんは、靴下をだらしなく脱ぎ捨てた息子を見て舌打ちしてから、イスに座った。ふたりは黙って麦茶を飲んだ。午前〇時近い夜のしじまが、身に染み込むようだ。母にどこから話を切り出そうか。ミンシクは頭を悩ませていた。コンビニからエールビールを持ってきて、それを見せながら事業の説明をするつもりだったが、あの山賊のような男が盾突いたおかげで、筋書きがくるってしまった。どこから転がり込んできた馬の骨かわからないが、むかっ腹の立つ奴だった。思い出したら、また腹が立ってきた。

「そんな顔して、どうしたんだい？」

怒りが込み上げたミンシクの顔を、ヨムさんがじっと見つめた。

「母さん、いまコンビニに行ってきたんだけど、あの山賊みたいな木偶(でく)の坊は誰だ？」

「独孤(トッコ)氏？　深夜バイトだよ」

「あいつ、頭が変なんじゃないか……。横柄で、態度がでかいし」

「デパートの社員でもあるまいに、そんな横柄なコンビニのバイトはいないわよ」

「とにかく接客態度がなってないし。俺がオーナーの息子っぽくしてなかったからか、会計のときにそのままくれと言ったら、息子かどうか確認しなくちゃいけないだと」

するとヨムさんが鼻で笑ったので、ミンシクはさらに腹が立って、前に置かれた麦茶をぐいと飲んだ。

「独孤氏はしっかりしてるのよ。徹底してるわ」

「それがどうしたんだよ。息子の心を傷つけたのに。母さん、あいつを首にしたら？」

「そうしたいの？」

「うん、あいつのことが気に入らないんだ。そのうち問題を起こすよ。俺だから我慢してやったけど、酔っ払いを相手に同じことしたら大変だ。賠償しなくちゃいけなくなるかも」

「これまで酔っ払い相手にうまくやってるという話よ。朝には、町内のおばあさんたちにも親切にするし、あの人が来てから売上も上がったし」

「猫の額みたいなコンビニで、売上が上がったって大したことないだろ。あいつのことなんかどうでもいいから、もう店を売ったら？」

「だめよ」

「どうして？」

「店を畳んだら、ソンスクさんと独孤氏の仕事がなくなるわ。ふたりはこれで食べているんだし」

「ふう、母さんはキリストかよ。教会に通ったら、みんな隣人を愛さなきゃいけないのか？」

「別にクリスチャンだからじゃなくて、それが世の道理というものよ。店主なら当然、店員の暮らしを考えるべきだってこと」

「あれしきのコンビニのオーナーごときで」

「ミンシク、お前はそんなだから、経営者にもなれないし、何の仕事をしても続かないのよ。わかった？」

「また説教かよ……。とにかく店を売るかどうかはおいても、あいつを首にしなよ」

「だめ」

「何でだよ」

「深夜バイトはなかなか見つからないの。お前が代わりにやってくれるの？」

「母さんはどうして、いつも息子にくだらない仕事をさせようとするんだ？　息子がコンビニのバイトでもしてれば満足なの？」

「職業に貴賤(きせん)はないわ。最近は最低賃金も上がったから、深夜バイトを休まずやれば月二百万ウォン以上にもなるんだし」

「母さんったら、まったく。もういいよ」

ミンシクは再び麦茶を飲み干した。それでも苦い会話のせいか、怒りの気持ちは収まらなかった。このまま家を出ていかなくちゃいけないのか。彼はさっと立ち上がった。店を売って事業資金を作るどころか、母から小言を聞かされ、また敗残兵のようにすごすご出て行くのは嫌だった。冷たい水でも飲んで、母親に一言言おうと決めたミンシクは、キッチンに行って冷蔵庫のドアを開けた。

おや？　冷蔵庫から冷水を取り出そうとしたミンシクは、母親の家には絶対にありえないと思い込んでいたものを発見することになった。それは、ミンシクがコンビニから持ってきて、母親に紹介して事業話の糸口にしようとしていた、まさにそのビールだった。

「麦酒山脈──小白山」の缶を手に、ミンシクはテーブルに戻った。母はその姿にビクッとしたようだったが、すぐに元の表情に戻った。缶を開けて、空になった麦茶のコップにビールを注ぐ。濃厚なエールビールが鼻をくすぐる。ミンシクはこの絶好の機会を利用して、母にしっかりアピールしようと考えた。

ミンシクはビールを一気に飲み干した。カーッ！　さっき飲んだスティーヴのビールにはかなわないが、風味や濃厚さは確実に従来のビールとは違う。

「お、うまいな。母さんもこんなビールを飲むの？」

「本社から新製品だって推薦されたから……。試しに飲んでみたらおいしかったよ」

「へえ、母さんがビールを飲むとはね。そんなことでいいの？」

「言い触らすんじゃないわよ。仕事のために飲んでるんだから。商品のことを知らなくちゃいけないでしょ」

「え？　だったらタバコも吸ってから売るのか？　母さん、ずいぶん適当なこと言うじゃないか、ふふふ」

ミンシクが憎まれ口を叩くと、ヨムさんは顔をしかめて残りの麦茶を飲み干し、コップを置いた。

「くだらないこと言ってないで注ぎなさい」

よっしゃ！　ミンシクは心の中でガッツポーズを作りながら、エールビールをヨムさんのコップに泡が盛り上がるまで注いだ。


それから一時間にわたり、ミンシクは母とビールを飲んだ。冷蔵庫にあったエールビール四本が空になった。母と差し向かいで酒を飲むのは、生まれて初めてだった。母が酒を飲む姿も珍しく、ふたりだけの会話が続くことも不思議だった。この数年間、ミンシクは母にいつも何かを要求し、母はそれが何であれ拒否し、会話はそこで終わっていたからだ。ところが、いまミンシクは母とほろ酔い気分で、話に花を咲かせていた。死んだ頑固者の父親の思い出話をしては笑い、小憎らしい姉夫婦のあら探しに一緒に夢中になり、ミンシクも一時通っていた母の教会の人たちの近況を聞き、生活音がうるさくて警察沙汰になったマンションの隣人たちに関する噂まで、話はとりとめなく続いた。母はよほど話し相手が欲しかったのか、堰(せき)を切ったように息子にしゃべり散らし、ミンシクはミンシクで、周囲の人たちに対する母の思いを聞くことができたのが新鮮だった。父と姉夫婦についてはミンシクと母の考えがぴったり一致しており、教会と近隣の人たちについては違うところが多かった。

母は、ミンシクが通っていた教会学校の同期の女性に関する話を切り出した。最近離婚して、教会にまた顔を出すようになったという。結婚して二年で、子どもがないまま離婚したのがミンシクと同じだと強調し、今週一緒に教会に行って挨拶でもしようと言った。ミンシクは、教会も行かないしその女性にも会わないと、つっけんどんに答えた。すると母は舌打ちをして、ビールを飲み干した。

「私がなぜずっとお酒を飲まなかったか知ってる?」

「教会に行ってるからでしょ」

「私がそんな堅物に見える? イエスさまが初めてなされた奇蹟は、宴会をしている家で葡萄酒が足りなくなったので、水から葡萄酒をお作りになったことよ。お酒を飲むのが問題なんじゃなくて、お酒を飲んで間違いを起こすことが問題なの」

「でも、酒を飲むとやっぱり失敗はするだろ」

「母さんは違うわ。お酒は強いほうだからね。結婚前、同僚の男の先生たちからお酒を勧められたんだけど、でも、私はあまり酔わないの。ただ、おいしくないから飲まないだけ。焼酎は苦いだけだし、ビールは水っぽいし、ワインは甘すぎるし……。だけど、このビールはおいしいわ。香りもいいし、ほろ苦さと香ばしさがよく合ってるわ」

ヨムさんはそう言うと、つまみの海苔をパリパリと食べた。瞬間、ミンシクの目が光った。いまだ! 相手を落とす適切なタイミング。いまがまさに、母にビール事業のことを打ち明けるべきときだ。母はこのビールをとても気に入っており、さらに本人は酔わないと言うが、かなり酔いが回っているようだ。ここでもう一杯勧めて煽れば、店を売ってその資金をビール工場に投資する計画に、母を乗せることができるかも知れない。

ところが、もうビールがなかった。へこんだ空き缶を見ていたミンシクは、またコンビニに行くことにした。彼は携帯を手に、母の隣に座った。

脱兎のごとくコンビニに走ったミンシクは、冷蔵ケースに向かった。エールビールを四本取り出してカウンターに行くと、独孤だか独居だか、深夜バイトの姿が見えない。こいつ、またどこに行ったんだ？ まったく不便で仕方ない。ミンシクはカウンターでビールをレジ袋に入れた。そのときだった。カップラーメンを顔の高さまで積み上げて、奴が倉庫から出てきた。ミンシクはことさらにイラッとした表情をして振り向いた。気配を感じたそいつが、カップラーメンを窓辺のテーブルに下ろして、ミンシクに近づいてきた。ミンシクは携帯を取り出した。詐欺師でも見るようにミンシクの様子をうかがいながら近づいてくるそいつに向かって、ミンシクは携帯に保存しておいた写真を突き出した。

「これで証明できただろ？ いいな？」

五分前に母と一緒に撮った写真だった。ほろ酔い加減の母とミンシクが頬を寄せ、指でハートマークを作っている写真を、男はしばらく見つめた末に、ゆっくりとうなずいた。ミンシクは会心の笑みを浮かべて出て行こうとしたが、ふと足を止めて尋ねた。

「このビール、今日はどのくらい売れたんだ？」

「今日は……初めてだ。オーナーに……もう注文しないように……言おうと思って」

「何だって！　お前、これを飲んだことがないから、そんなこと言うんだろ。オーナーはいま、うまいからもっと持ってこいと言っていたぞ」

「商売は……自分が好きなものを……売るんじゃない。みんなが好きなものを……売るものだ」

「みんなもうまいと思うさ」

「売上は……嘘をつかない」

「ふん、いまに見ておけ」

ミンシクは鼻息を荒くして、強くドアを押して店を出て行った。


家に戻ると、母は赤い顔をテーブルにうずめて、低いイビキを立てて眠っていた。ミンシクはしばらく、母の寝姿を、黒髪より白髪のほうが多い小柄な女性を、黙って見下ろしていた。そして母を抱き上げると寝室に向かった。母の体は軽く、息子の心は重かった。

母をベッドに寝かせてから、テーブルに戻って缶ビールを開けた。自分が作って売ろうとするビール、母と一緒に飲んだ初めての酒、自分を再起させてくれる黄金色の酒を、喉に流し込んだ。さまざまな思いと悔恨の念を、ビールと一緒に振り払うように。

よい夜だった。今日は母と乾杯し、話を交わし、写真も一緒に撮った。久しぶりに感じた家族の温もり。それだけで十分だった。コンビニの処分と投資の件は、明日また話せばいい。母も好きなビールだから、大丈夫だろう。母が心配するソンスク氏と独孤だか独居の野郎の生活など、勝手にさせればいい。ソンスク氏は脅せば諦めるだろう。独孤だか独居の奴は正体が知れないから、調査が必要だ。何よりも「売上は嘘を言わない」とか言ってエールビールを否定する奴を、そのままにしてはおけない。発注がどうとか、つまらないことを口走ったら、母の説得はさらに難しくなる。だから急がなくては。

ミンシクは、男について調査することにした。どうしてそいつを採用したのか聞いても、母は笑うだけでまともに答えてくれず、だからいっそう疑念は深まった。怪しいし、邪魔者なのは明らかだから、消してしまわなくては。そのためにも、密かにそいつを調べなくてはならない。奴の背後を調べて告げ口すれば、倫理観の強い母ならきっと奴を追い出すだろう。ミンシクは、龍山（ヨンサン）で働いていたときに知り合った興信所のクァク氏に、朝になったら直ちに連絡してみることにした。

残ったビールを飲み干し、再び母のことを考えた。また母とうまくやれそうな気がした。ミンシクは携帯を取り出して、母と撮った写真を待ち受け画面に設定した。

母と息子のぎこちない指ハートが愛らしかった。

廃棄商品だけど、

まだ大丈夫

これじゃ、まだコンビニのバイトのほうがましだ。コンビニを出てソウル駅へと向かうターゲットのあとをつけながら、クァクは独り言を言った。白いパーカー姿でふらふらと歩いて行く調査対象は、氷河が溶けて行き場をなくした白熊のようだった。クァク自身、やはり北極で視力を失ってさまよう老いたイヌイットになったような気分だった。三日にわたりターゲットを追っているが、費用対効果は〇に近い。この寒空の下、ひたすら街を歩いて奴を尾行するくらいなら、いっそ最低賃金の時給八千五百九十ウォン〔約九百円〕でもいいから、暖かいコンビニの中にこもっていたかった。

クァクはあらためてカン氏の提案を受けたことを後悔するとともに、息苦しさを感じてマスクをちょっと持ち上げた。KF94規格のこのマスクは、黄砂がひどいときでも使いたくないほど息苦しいのに、どうして誰もがこんなものを着けて歩くようになったのか。まったく訳がわからない世の中だ。老いたクァクはため息をついたが、そのため息もマスクの中で口臭となって戻ってくるばかりだ。気を取り直すようにマフラーを巻き直し、カン氏との約束を思い起こした。「ターゲットの正体と臭い過去を洗い出せ。そしたら即金で二百万ウォン払う」。カン氏は、いつのまにか転がり込んできたターゲットが母親のコンビニ売却と自分の新しい事業の邪魔になるからと、急ぐよう言った。クァクはカン氏に着手金として百万を要求したが断られ、改めて交渉して二百万の一割の二十万で手を打った。カン氏はその場でATMに行き、クレジットカードのキャッシングで二十万ウォンを引き出すと、クァクに手渡しながら言った。

「急いでくれ。ぐずぐずしていたら、あいつの正体なんぞ、若い奴らを使って探ることだってできるんだからな」

そう強がって見せても、自分に声を掛けてきたのを見ると、カン氏にそんなことが可能だとは思えなかった。クァクはカン氏と長いつき合いだったので、彼が虚勢を張ればそれに調子を合わせてやり、裏であざ笑うのが常だった。実際、この件もクァクにとってはプライドが許さないような仕事だったが、以前にカン氏が運と空（から）元気のおかげで一発当てたときに、そのおこぼれに与（あずか）ったこともあって引き受けたのだった。ともかく、遊んでいる場合じゃない。クァクは少しでも稼いで資金を貯める必要があった。独立運動資金でも犯罪資金でもない、老後資金だ。クァクが老後の準備を始めたのは、還暦を過ぎてからだった。いまや独居老人となった彼にとって、今後の人生で頼りになるのは、これから貯める老後資金だけだったからだ。

カン氏からもらった情報は、ターゲットがコンビニの深夜バイトをしており、ただ「独孤（トッコ）」と呼ばれているということだけだった。独孤だと？……くそったれ。独居老人の自分をからかっているようで、クァクは腹が立った。ともかく、独孤が姓なのか名なのか調べることから仕事を始めなくてはならなかったが、そんな熊のような鈍い奴の裏を探ることは、この仕事で三十年食ってきた彼には、朝飯前のことだと思った。ところが、ターゲットはひたすら歩いているだけだ。コンビニを出て、ソウル駅西口を通り過ぎ、万里洞（マルリドン）の峠を経由して、エオゲと忠正路を通って東子洞の狭いチョクパンに帰り……。とにかくソウル駅と南山を中心にして、タフネスが売り物の乾電池のコマーシャルに登場する人形のようにひたすら歩き続けた。そうでなくても、いまいましい感染症のためにマスクを着けていて息苦しいのに、長い散歩につき合わされるとは。クァクは何だか疲れてしまった。そのため、この三日と半日の尾行も空しく、元暁路のワンルームに帰るしかなかった。

しかし、もう引き延ばすことはできない。朝飯をしっかり食べたクァクは、今日こそは最後までターゲットを追跡しようと心に決めた。彼は老人特有の背中を丸めた姿勢で、ターゲットと自分の間にふたりの通行人を挟んでゆっくりと尾行した。すでに四日目だったが、ターゲットはまったくクァクの存在に気づかないまま、魂の抜けた人間のようにのそりのそりと歩くだけだった。それがさらにクァクからやる気を奪った。今日も空振りなのか、とため息をつくころ、ターゲットは方向を変えてソウル駅に入っていった。クァクは早足で距離を詰め、そいつが乗ったエスカレーターの端に足を乗せた。

ソウル駅構内に入ると、クァクはすばやく視線を巡らせて白いパーカーを探した。ところが今日に限って駅舎は混雑しており、分厚いパーカーとコートを着込んだ男女がいっぱいで、ターゲットの大きな体もなかなか見つからない。目的もなく道をさまよっていた奴が、こうして建物の中に入ってきたのは特別な理由があってのことだろう。すぐに出て行くはずはない。明らかに駅構内にいる。クァクは構内を見回しながら、奴が行きそうな場所を探し回った。チェーンのハンバーガー店とコンビニの中を覗き、トイレにも入ってみたが、見当たらない。もしや列車に乗るために切符を買っているのではないか。そう思い、切符売り場に向かった。

そのときだった。構内中央のテレビから、大邱地域でコロナの集団感染が発生したとの速報が流れてきた。クァクは思わず足を止めた。しばらく流行したら消えるかと思われたこの感染症が、いまや手の施しようもなく拡散し、マスクの買い占めまで起きているというニュースに、クァクは身震いした。マスクはあと何枚残っていたかな。彼には糖尿病の持病があり、免疫力が低下している。老人や基礎疾患のある者にとって致命的だという新型感染症のニュースは、彼にとって現在の任務に劣らず重要だった。

しばしニュースに目を留めていたクァクは、ふとテレビの後ろに座ってしゃべっているホームレスたちの間に、白いパーカーを羽織って座っているターゲットの姿を発見した。奴だ！クァクは旧式の携帯電話を取り出し、電話を掛けるふりをしながら、ホームレスたちの間で話に夢中になっているターゲットを撮影した。旧式の携帯は「カシャッ」という音も立てず、静かに奴の姿を写し、その正体を証明する証拠のひとつとしてカン氏に送られることになる。合わせて、ソウル駅周辺を離れずに徘徊していることから、奴が元ホームレスではないかという自分の推理が正しかったことに、クァクは元気づけられた。

テレビの後ろに集まっているターゲットとホームレスたちに向かって、ゆっくりと距離を詰める。そっと様子をうかがうと、ホームレスたちはコンビニの弁当を食べながら、ターゲットと話を交わしていた。物乞いの巣窟のような光景だが、なぜか情感あふれるその様子に、クァクは思わず見入った。そのときだった。ターゲットが立ち上がると、ホームレスたちに手を振って歩き出した。ソウル駅前広場のほうに出ようとしているようだ。クァクは急いでホームレスたちに身をかがめて近づき、その場に座った。ホームレスたちは再び弁当に夢中になっていたが、近づいてきた彼に警戒の目を向けた。クァクはかつて刑事をしていたころの、参考人から情報を聞き出すときの表情と目つきを再現し、偽物の身分証を示した。

「いらぬおしゃべりはやめて、聞かれたことにだけ答えろ。いいな?」

マスク越しでも鼻を突く悪臭に耐えながら、クァクは彼らを問い詰めた。彼らは脅えているのか、もともとそんな顔なのか、よくわからない表情でクァクを見つめながらも、手は忙しく箸を使っていた。

「さっきのあの白いパーカーを着た奴は誰だ? お前らの友達か?」

「と……友達じゃない」

ひとり目のホームレスが言った。

「じゃあ、誰だ?」

「……仲間……だ」

ふたり目のホームレスが言った。

「あいつはいま、ホームレスじゃないだろ? 前はホームレスだったのか?」

「知らない。ただ、ここに来て……飯をくれたんだ」

三人目のホームレスが言った。

「誰だか知らないって? なのに、なぜお前たちに飯をくれるんだ?」

「悪い奴だな」

三人目のホームレスが言った。

「何だと？　お前らに飯をくれるのに、悪い奴だと？」

「いいや……お前が……」

ふたり目のホームレスが言った。

「こいつら、つけあがりやがって。おい、お前！」

ドスを利かせて言うと、ふたり目のホームレスがびくりと身を震わせた。

「弁当は……うまい」

ひとり目のホームレスが箸で飯をかき込みながら言った。ちくしょう。こいつらから何か聞き出すのは、どう考えても無理そうだ。急がなくては。クァクは調査に失敗したことを認め、その場から立ち上がった。そのとき、三人目のホームレスが唇をぴくりとさせると、何かボトルのフタを開けた。焼酎ではなく、お茶のようだ。すると、ひとり目のホームレスとふたり目のホームレスも飲み物のフタを開けた。よく見ると、トウモロコシひげ茶だった。三人のホームレスは乾杯すると、トウモロコシひげ茶をラッパ飲みした。これはいったい？　不思議な光景をあとにして、クァクは急いでターゲットの姿を追った。

駅の構内を早足で横切り、ソウル駅前広場へと降りるエスカレーターに乗ったクァクは、ちょうど地下道に入ろうとする白いパーカーを発見した。クァクが階段を駆け降りる間に、奴は自販機で切符を買って地下鉄一号線の改札を入って行った。クァクも慌ててあとを追う。

地下鉄一号線の清涼里(チョンニャンニ)方面に乗ったターゲットは、ドアの側に立ったまま窓の外の暗闇を見つめていた。クァクは向かい側の座席に座り、いつでもついて降りられる準備をして、男を見張った。閑散とした車内は、一号線特有のカビ臭さをのぞけば快適で、ヒーターの温風が眠気を誘う。乗客たちの多くはマスクを着けて息をひそめ、マスクを着けていない人たちは口を閉じてうつむいていた。車内はまるで病棟のようだ。そんなことを思って、ほろ苦いため息をついたクァクは、再び自分の口臭に閉口した。

列車が市庁(シチョン)駅に停車したとき、厚手のコートを着た五十代半ばくらいの男性が、マスクを着けずに電話で話をしながら乗り込んできた。赤ら顔の男性は太鼓腹を自慢でもするようにコートの間から突き出し、クァクの向かい側に座って電話で盛んにしゃべり始めた。

「だから南楊州(ナムヤンジュ)に五千入れて、横城(フェンソン)には残りを分けてひとつずつ入れて……、いいや、おい、よく聞け。南楊州に五千だ。それと横城は俺が昨日送ったリストの住所を直接訪ねて確認して……そうだ。そこの物件がいいんだ……。ああ、うん……」

男性は大型犬が吠(ほ)えるように大声で通話しながら、地下鉄の車内を自分のオフィスに変えてしまう才能があった。いっそのこと、クァクが横城の物件がどんなものか調べたいくらいだった。ともかく車内の乗客全員が男性の大きな声に不快な表情を浮かべるころ、やっと通話は終わった。ところが、彼はまたボタンを押して、どこかに電話を掛けるではないか。男性は鼻歌でも歌っているのか、ふんふんと鼻を鳴らしていたが、電話がつながると再びガラガラ声を響かせ始めた。

「ああ、呉常務、どうだ？　……うんうん……。この週末、ゴルフに行くだろ？　レイクパーク？　それよりニューカントリーはどうだ。どうしてもニューカントリーに行かないと……。ああ……。だから、レイクパークは春にしよう、春に。今回はニューカントリーだ、オーケー？　……いいよ、飯は俺のおごりだ。アレのほうもな……。グフフ……」

　男性のおしゃべりは終わらず、クァクはどうしても耳に入ってくる通話の騒音に、神経がいっそう逆立った。男性をにらみつけていたクァクは、その視線をターゲットに向けた。ところがターゲットも座っている男性の頭頂部を見下ろしているではないか。

　男性が大声で笑いながら電話を切り、さらにまたどこかに電話を掛けようとした瞬間、驚いたことにターゲットが男性の隣の空席にどっかりと座った。男性が気配を感じて顔を横に向けると、ターゲットは小さな目をさらに細くして、男性を真っすぐ見た。

「で……どこに行くことにしましたか？」

　男性はびっくりしたように、目を丸くしてターゲットを見つめた。

「な、何ですか？」

「レイクパークと……ニューカントリー……どちらに行きますか？」

　今度はゴルフのスイングのまねをしながら、ターゲットは男性に尋ねた。

「何だ、あなたは？　どうしてそんなことを聞く？」

　男性はターゲットの突拍子もない質問を吹っ飛ばそうとするように、大声を張り上げた。

「なぜ他人の電話を横から聞いて、つまらん質問をするんだ？　頭がどうかしているのか？」

「聞こえたから」

ターゲットはぶっきらぼうに言い、その断固とした態度に、しばし男性は呆然と彼を見つめた。いつのまにか、クァクはもちろん、客室内の全員の目がふたりに注がれていた。真空状態になったように、あたりは静まり返った。ターゲットは頬をピクピクさせると、男性をにらみながら言葉を続けた。

「あんたが、今度の週末に……どのゴルフ場に行くのか、関心……なかったが、あんまり大声でしゃべるから……気になったんだ。俺は……うむ……レイクパークは春のほうが……もっといい。春にそこに行くことにしよう。そして……そうだ。横城に半分ずつ入れろというのは……どこだ？　そこは平昌（ピョンチャン）オリンピックのときに道ができて……ずいぶん値上がりしたって？　あんた……さっきそう言っただろ、どうだ？」

ターゲットはリスニングの宿題をしてきた学生のように、言葉を区切りながら低い声で言った。男はどうしていいかわからず、顔を赤くして、手を握りしめた。体格のいいターゲットがしきりに突っかかると、そいつはきまり悪そうな表情で周囲をうかがい、助けを求めた。だが、周囲の人たちはもちろん、クァクもザマを見ろという顔で見ているだけだ。男性は自分の味方が誰もいないことを悟ったのか、いまいましそうに舌打ちした。そのとき、「まもなく鍾路3街（チョンノサムガ）」という車内放送が聞こえてきた。

「チェッ。久しぶりに地下鉄に乗ったら、変なやつにつかまっちまった」

男性は投げつけるように言うと、立ち上がってドアに向かった。そのときだった。ターゲットが立ち上がり、彼の横に近づいた。

「な、何だ?」

男性がうんざりだという顔で言った。

「俺も……降りる。だから、その横城の土地がどこか……教えてくれ。あんたのせいで気になって……これじゃ……眠れそうにない」

「えい、まったく……」

「まったくだ……。一緒に降りるから」

「くそっ! 勝手にしろ!」

「ところで、なぜ……マスクをしない? 息が臭くて……できないのか?」

瞬間、地下鉄車内の人たちの笑い声がマスクの外に漏れ出した。男性は顔を真っ赤にして、コートのポケットからしわくちゃのマスクを取り出し、うらめしそうに周囲を見回した。

「こんちくしょう! しゃべって悪かったな! これでいいだろ?」

男性はそう一喝すると、ドアが開くやいなや飛び出したが、ターゲットも彼を追って降りていった。クァクも席を立ってドアに向かった。乗客たちのケラケラ笑う声を背中に、地下鉄を降りたクァクは、ターゲットの背中を見ながらゆっくりと歩いた。ターゲットの前に、男性の姿が見えた。男性は足を止めて後ろを振り返り、ターゲットの姿を発見するとびっくりして走り出した。その姿を見て、クァクは痛快だった。けしからん奴め。誰もお前の私生活を聞きたくはないのに、公共の場所で大きな声でしゃべりやがって。年齢と体格をかさに着て大きい顔をしていたら、もっと粗暴な輩が現れて尻尾を巻いて逃げていったぞ。
　男性が出口の階段を登り切ると、ターゲットはそのあとを追うのをやめて、乗換口へと向かった。三号線に乗り換えるつもりのようだ。クァクはターゲットが通り過ぎるのを待ってから、再び尾行をしながら状況を整理した。あの男性はターゲットを頭がおかしいといったが、クァクが見るに、実に分別があり、最近の人には珍しく正義感のある人物に見えた。また、ゴルフ場に関する情報も持っており、不動産にも関心があるようだ。もちろんゴルフ場の情報と横城の土地に対する関心は、男性を問い詰めるために装ったものかも知れない。だが、クァクの勘によれば、ターゲットの言葉づかいと行動は、ゴルフ場を愛用し、不動産投資にも手慣れているように見えた。いまはたといホームレスの友であり、コンビニの深夜バイトに過ぎないとしても、かつてはかなりの資金を扱っていた時期があったと推論することが可能だ。さらに三号線は江南（カンナム）に向かう路線ではないか……。ターゲットが降りる駅まで行けば、その正体がさらに一皮剝（む）けるかも知れない。クァクは緊張を保ったまま、ターゲットのあとを追って三号線の梧琴（オグム）方面のプラットフォームに立った。

　ターゲットは狎鷗亭（アックジョン）駅で降りた。現代（ヒョンデ）高等学校方面出口を出て、歩き始めた彼を見ていたクァクは、急に吹きつけた冷たい風に、あわてて襟を合わせた。こんなことをしていて風邪でも引いてこじらせたら、元も子もないな……。思わず愚痴が出るが、これに反応するように、ターゲットが立ち止まった。奴は顔を上げてある建物の様子をうかがい、何かの思いに浸るかのように微動だにしなかった。そのとき、ふとクァクに顔を向けた。クァクはさっと身をかがめて、靴ひもを結ぶまねをした。うつむいたまま、しばらく様子をうかがっていると、建物に入っていく奴の白いパーカーの裾が尻尾のように視野をかすめた。

クァクは小走りで近づき、建物の前に立った。瀟洒な打ちっぱなしのコンクリート造りの五階建てビルは、人間の目と口と顎を再配置して金を取る美容整形外科の建物だった。クァクは思わず心の中で快哉を叫んだ。ターゲットが自分の整形のためにここを訪れるわけはない。ゆえにこの病院を調べれば、ターゲットの何らかの過去、または現在の目的がわかるだろう。刑事時代から鋭かった勘が働き出すと、クァクは気持ちがピリッと引き締まるのを感じた。少なくともターゲットはここで働いたことがあるか、ここで働く誰かを探しているのに違いない。あと必要なのはひとつだけだ。クァクはビルの隣にあるカフェのチェーン店に入り、その窓際の席に座って、刑事時代に自分のもうひとつの特技だった待ち伏せに入った。

ホットのアメリカンを飲み終わるより先に、ターゲットがビルから出てきた。待ち伏せの実力を発揮するまでもなく、奴は無表情な顔で再び地下鉄の駅に向かって歩いていく。クァクはしばし考えた末に、残りのコーヒーを飲み終えてから席を立った。今日のターゲット追跡はこれで十分だ。彼はカフェを出て、ターゲットが二十分あまり留まっていた整形外科に向かった。

クァクが若かったころ、無免許運転する者が多かった。偽造の運転免許証を持ち歩いていた友人もいた。理由は簡単だ。運転がうまければ事故を起こすこともなく、そうであれば捕まるリスクも小さいからだ。つまり、本物の免許を持っていなくても、その免許に値する実力と見かけさえあれば、ある程度は食っていけるということだ。クァクはこの間、自分が偽造した警察の身分証をそんなふうに活用してきた。つまらない問題で辞職を余儀なくされたものの、クァクはいまも自分は骨の髄まで警察官だと考えていた。そんな彼にとって、整形外科の受付を騙すことくらいさほど難しいことではなかった。

思いのほか豪華できれいなロビーにちょっと緊張したが、すぐにクァクは受付デスクに身分証を見せて、いま来て去って行った男が事件の参考人なので、素行を調査しているのだと言って、あれこれ質問した。ところが、受付の女性はしわひとつない顔で、何も知らないという言葉を繰り返すばかりだった。意外に手ごわい彼女にクァクは深刻な表情で、令状を発付して出直すこともありうると強調した。すると、彼女は眉間にしわを寄せると、その人は院長に会って帰っただけで、自分は何も知らないという言葉を繰り返した。院長にも会わないといけないのだろうか。クァクがしばし考えていると、五十代前半とおぼしき男性がコート姿で出てきて、彼を鋭い目で舐めるように見るではないか。続けて受付の女性は学校の先生に告げ口でもするように、警察が来たと言ってクァクを指差した。長身で頭も大きな院長が、右頬をピクピクさせながら近づいてきた。院長はクァクを上から下までじろりと見て、ついてくるように言うと、身をひるがえして院長室に向かった。よし。こうなったら正体を突き止めてやる。そんな気持ちでクァクは彼のあとに従った。

応接テーブルの前に座り、チリひとつない洗練された院長室を見回していると、緊張してきた。院長はわざとクァクを待たせておき、職員が飲み物を運んでくると、やっとテーブルを間に挟んで向かい側に座り、品定めでもするようにクァクを見つめた。

「所属はどちらですか？」

「龍山署の知能犯罪チームです」

クァクがさっと身分証を取り出して示したが、院長はそれに目もくれず、どこかに電話をかけた。クァクは思わずゴクリと生唾を呑み込んだ。誰かと通話をしていた院長は、クァクの名を再び尋ねた。ありゃ、こんなはずでは……。仕方なく身分証に書かれた偽名をもう一度言うと、額から冷や汗が噴き出るのを感じた。院長はヘビのような鋭い目でクァクを見つめながら、携帯の向こうの何者かにクァクの偽名を伝えた。

しばらくして院長は携帯を置いて微笑を浮かべた。

「龍山署の知能犯罪チームにそんな人はいないそうですが」

「そんなはずが……。もう一度――」

「知能犯罪はおたくがやっていることではないですか？」

院長が上体を後ろに反らして、余裕のポーズでクァクを凝視した。調査しに来たのに、主導権を奪われ、逆に調査される立場になってしまった。俺に赤っ恥をかかせようとは、こやつ、ただ者ではなさそうだ。どうしようか。もう観念しろと言うように見下ろす院長の態度に、クァクはかろうじて気力を振り絞った。自分ほどの年になれば自然と身につく厚かましさを発揮することにしたのだ。

「実は元警察官です。やむにやまれぬ事情があって、嘘をついてしまいましたが、ご理解願います」

「どんな事情があるかは知らんがね、あなたはいま、警察官を詐称してばれたんだよ。ともかく事情とやらを聞かせてもらおうか」

「いま院長先生に会って行った男のことです。その男は……私の甥です。しばらく行方不明だったのを探していて、ようやく見つけたんですが……そいつが過去のことを一切言わないので、何とか調べようとするあまり、こういうことになりました」

院長は嘘発見器でも搭載されているかのように、うなずきながらクァクの言葉を秤に掛けた。そして舌なめずりしてクァクをにらみつけた。

「相談にきた患者が言ったことをひるがえすことがあるんでな、この部屋はすべてが録画されるようになっているんだ。お前が警察官を詐称した証拠はすでに確保した。だから、もう嘘をつくのをやめて、正直に言え。これが最後の機会だ」

クァクの正体と嘘が明るみに出るやいなや、院長は言葉づかいがぞんざいになり、捕って食いそうな勢いで責め立ててきた。偏屈で執拗な奴だ。ベビににらまれたカエルと化したクァクは早い投降だけが答えだと悟り、事実を明かした。自分は興信所を経営しており、依頼を受けてさっきの男について調べているところだと言って、髪のない頭頂部が丸見えになるほど深く頭を下げ、申し訳ないと謝罪の言葉を述べた。

どのあたりで謝罪が受け入れられたのかわからないが、院長の表情が和らいだ。彼は寛大な裁判官にでもなったように、すまなそうな表情のクァクに言った。

「いまでも興信所なんてあるんだな。で、おたくはどこまで調べたんだ?」

「それは……まだ特にありません。ソウル駅でホームレスたちと親しくしているということと、この病院に訪ねてきたことくらいです」

「あんたは無能だな。だったら使い道がなさそうだ……。役に立ちそうなら見逃してやろうと思ったが。チッ」

院長が自分から情報を絞り出そうとしていることを知りつつも、クァクは抵抗することができなかった。

「あ、いまターゲットはコンビニで働いています。青坡洞(チョンパドン)のコンビニで深夜バイトをして、昼はソウル駅と龍山一帯をただ歩き回っています。一口で言って、ふ抜けになった人間のようです」

「コンビニで深夜バイトか……。フフフ、ウヒヒヒヒ」

院長が心から笑った。顔も、言葉も、すべてが鎧(よろい)で覆われたような人間が、初めて裸の姿をさらけ出したことに、クァクは注目した。その隙に入り込めば、今日の恥辱を雪(そそ)いで反撃の機会をつかめるかも知れない。空気が漏れるように笑いを吐き出した院長は、いきなり笑いを止めてクァクをじっと見つめた。

「コンビニとは笑わせる……。だが、処理するのには不都合だな。おい、もしやお前のやってる興信所は、人間の処理もやるのか?」

「処理とは、どういう意味でしょうか……」

「できそうにないな。じゃあ、奴がどこに住んでいるか調べてくれ。いつも行く場所と、ひとりでいる場所を調べだしたら謝礼をしてやる」

「謝礼といいますと……？」

「お前の罪を問わないでおこう」

「あ、ありがとうございます」

院長はうなずいて、クァクにこの場で携帯電話を出すよう言った。旧式の携帯を手渡すと、院長はディスプレイを開いてどこかに電話をかけた。すぐに机の引き出しのどこかからバイブ音がし、院長が飛ばし携帯と思われる携帯電話を取り出した。

「三日以内に電話しろ。行方をくらましたら、どうなるかわからないぞ。あいつを処理するついでに、お前もただじゃおかないからな」

クァクは唇をわなわなさせながら「わかりました」と答えると、立ち上がって頭を下げ、身をひるがえした。一刻も早くここを出たかった。猛獣の巣窟だとも知らず、虚勢を張った自分の馬鹿さ加減に腹が立った。

ドアに向かっていると、「ちょっと待て」という声がクァクの襟首をつかんだ。努めて冷静さを装いながら振り返る。

「お前にそいつの正体を調べろと依頼したのは誰だ？」

「それは……依頼者については職業上の秘密なので……難しいですね」

クァクは息を整えながら、職業精神を発揮した。最後に残ったプライドだった。院長は再び空気の抜けるような笑い声を上げて、嘲笑の目でクァクを見つめた。

「依頼者が誰であろうが、奴がいなくなって欲しいなら、まもなく実現するから心配は無用だと告げておけ。だからお前にとっては濡れ手で粟だ。あいつが消えたら、お前が処理したと言って依頼者に残金を請求すればいい」


病院を出てぼんやりと歩いていると、東湖大橋の下だった。クァクは階段を上って橋の上を歩いた。冷たい風が顔を強く叩き、漢江の南から北までは限りなく遠いように見えた。しばし立ち止まり、川面を見下ろす。暗い川の水が、抗えない時間の流れのようにゆっくりと動いていく。クァクはふと、その流れに合流したいと思った。飛び降りようか？　自分ひとりいなくなったって、この世の中が変わることはない。無能で使い道のなくなった自分がこれから受けるであろう蔑みと侮辱を、ついさっき病院で映画の予告編を見るように経験した。屈辱的だった。財布から身分証を取り出す。偽物の身分証には四十代の盛りの、警察官時代の自分の顔が写っていたが、いまの自分は貧しく頑迷な嘘つきに過ぎなかった。

彼は自分の身を投げる代わりに、身分証を漢江に落とすと、再び歩き出した。

江北へと戻ってきたクァクは、鍾路の大型書店に入って体を温めてから、夕食時間に合わせて約束の場所へと向かった。楽園商街近くの豚焼肉の店で旧友のファン氏に会ったクァクは、ひたすら黙って焼酎を飲んだ。丸一日二十四時間働いては丸一日休む、隔日制勤務のマンション管理人をしているファン氏は、沈鬱な表情のクァクに、興信所などやめて管理人にでもなったほうがいいと勧めた。たまに住民からパワハラを受けて気分の悪いときもあるが、老人でもやれる仕事としてこれ以上のものはないとも言った。

あやうく説得されかかった。

だが、焼酎を三本空けたころから、酔ったファン氏の泣き言が肉の味まで台なしにしてしまった。

「くそったれ。俺はもう帰らないと。これから寝て、暗いうちに星を見ながら出勤しなくちゃならないんだ……。最近は酒が抜けなくてな……ちくちょう……。俺は早く寝なくちゃいけないんだ……。隔日制勤務なんて、年寄りがやる仕事じゃないぜ」

「大変なら、ちょっと休んだらどうだ」

「……こんな仕事でも、行けば月に百五十万にはなる……。稼げなくなったら、かかあが飯を作ってくれるか？　若くてキビキビ働いて稼げたころは優しくしてくれたが……。こんな調子じゃあ、飼い犬にも劣るようだ。いっそお前みたいに熟年離婚でもしたほうがさっぱりするぜ」

「だから俺が幸せに見えるのか？　ひとりでいるから？」

「そりゃ、そうだ……。なあ、俺たちが年をとったからって、こんな扱いを受けていていいのか？　国を発展させて、暮らしをよくしたのは俺たちなのに……。なぜいまになって冷や飯を食わされるんだ？　子どもらは電話もしてこないし、社会からは粗大ゴミ扱いされて」

「そんなことはないさ」

「おい、俺たち管理人の仕事がどういうものか知っているか？　そのひとつが、ゴミの分別だ。生ゴミの処理なんか、鼻が曲がりそうだぜ……。そのゴミ箱をまた俺が洗わなくちゃならない。まったく、汚いったら。それだけじゃない。お前、リサイクルゴミと粗大ゴミがどう違うか知ってるか？　知らないだろ。だから、粗大ゴミをリサイクルゴミと言い張って置いていく奴らがいるんだ。粗大ゴミのラベルを貼って出せと言うと、管理人のくせに文句を言うなって、まるで粗大ゴミでも見るように俺のことを見るんだ。そんなときは、そいつをゴミ箱に放り込みたくなるぜ、くそっ」

ファン氏の酩酊デシベルが上がり、隣席から注がれる視線が痛かった。何かがきしみを上げるようなファン氏の声は、自分自身が粗大ゴミであることを証明しているようだった。クァクは機械に油でも差すように、彼に焼酎を注いでやった。杯を空けたファン氏は、また家族と社会に対して愚痴を言い始めた。まったく、どうしてこんなに声が大きいんだ。

耐えられなくなったクァクは、ファン氏の肩に手をやって強く揺すった。ファン氏が口をつぐみ、クァクを見上げる。

「家族から嫌われていると思ってるのか？」

「そうだとも……。無視されてるんだ……」

「やるせないな。だが、俺がお前の子どもだとしても、そうするだろう。お前みたいに大声で騒いだら、誰だって嫌になるさ」

「おい、こいつ、なんだ。俺が自分の口でしゃべっちゃいけないのか？」

目を剥いて詰め寄るファン氏に、クァクは短くため息をついて言い返した。

「何をしゃべるんだ。何を知ってて？　お前は最近の子どものように勉強したことがあるか？　それとも本をたくさん読んだのか？」

「おい！　俺はさんざん辛酸を嘗めてきたんだぞ。そんな勉強が何だって言うんだ！　だいたいお前はどうして若い奴の肩ばっかり持つんだ？　子どもたちが何だっていうんだ。お前はいったいどちらの味方だ？」

「俺か？　口を閉じて静かにしているほうの味方さ。よく聞け。俺たちみたいに金も力もない老いぼれには、発言権などないんだ。なぜみんな成功したいのか、わかるか？　発言権を持てるからだ。成功した年寄りたちを見ろ。七十を過ぎても政治をしたり経営をしたり。何を言っても、下の若い奴らが耳を貸してくれるのさ。子どもらだって言うことを聞いてくれる。だが、俺たちは違う。俺たちは負け犬だからな。だから黙ってろ！」

「くそったれ、ああ、認めるよ。負け犬だ。馬鹿だし……。じゃあ、馬鹿は馬鹿同士で集まって騒げばいいじゃないか！　光化門〔朝鮮王朝の正宮である景福宮の正門で、その前の大通りはしばしば政治集会などが開かれる〕に出て行って、みんなで一緒にな！　おい、お前も離婚したからって、意気消沈することたあないぞ！　俺と一緒に今度の週末に光化門に言って、気勢を上げようぜ！　どうだ？」

クァクは恥ずかしくなった。友人が恥ずかしく、何も誇るものがない自分も恥ずかしかった。席を立ち、脇に置かれたファン氏のマスクを手に取り、自分を見上げるファン氏の口に有無を言わせずかぶせた。もう口を閉じろ。光化門に行ってコロナにかかるんじゃないぞ。

代金を払い、席を蹴って店を出ると、背中からファン氏の罵声が飛んできた。何人も残っていない友人が、こうしてひとり減った。

ファン氏との悪い酒のせいか、あるいは昼間に整形外科の院長に侮辱されたせいか、クァクは家に帰る気にならなかった。家といっても、暗く冷え切ったワンルームに過ぎない。窓から明かりが漏れ、見るからに家族の温もりと団らんの感じられる、そんな家ではない。独身のすみかであり、未来の棺桶のようなその場所に帰るのが嫌でたまらなかった。だからといって、この寒さの中ほかに行くあてもない。どこで人生を間違えたのかを振り返りつつ、冷たい街をひたすら歩いた。

スポーツをしている娘に続き、息子まで芸術系の高校に行くと言うので、まとまった金が必要になった。そこへちょうど入ってきた誘惑に、クァクは飛びついた。謝礼金という名のワイロを受け取り、それで息子の楽器とレッスン費にあてた。その代償は残酷だった。家族のための収賄だったが、結局は仕事を失い、不名誉な人生を歩むことになった。興信所を開いて不法と合法の境を行き来しながら稼ぐようになると、妻はもちろん、子どもたちまでも父を疎んじ、遠ざけるようになった。ちくしょう。誰がやりたくてこんな仕事をするか。金を稼がなくちゃいけないから我慢しているだけだ。それでも危ない橋を渡り、侮辱されながらも、手腕を発揮して暮らしを守り、子どもたちを大学まで出してやらねばならなかった。

だが、もう自分の能力は衰えた。本物の探偵と呼ばれる、民間の調査員たちに匹敵するような腕もなかった。稼ぎが減ると、家長としての権威も地に落ちた。結局、妻から離婚を迫られた。子どもたちは社会人になると、待っていたかのように家を出ていき、忘れたころに電話を一本よこす程度になった。

だが、恨むこともない。あのころは理解できなかったが、いまはある程度は納得できる。家族と別れて独り暮らしになった二年間で、鏡がなくても自分の後ろ姿が見えるようになったからだ。独りになると、自分にできることは何もなかった。金を稼ぐことしか知らず、料理といえばラーメンを作るくらいで、洗濯機の使い方さえ知らなかった。子どもたちとの会話もぎこちなく、骨が折れた。妻とは言うまでもない。さすがに手を上げることはなかったが、しばしば怒鳴りつけ、頭ごなしにやり込めるのが日常だった。子どもたちも、そんな父の姿を見て育ったのだ。結局、孤立は自分で作り出したものだった。

話し相手になってくれる家族は消え、それが自分のせいだと悟ったクァクは、ようやく自分の口をふさいでいるマスクが楽に感じられた。もっと早く口を封じておくべきだった。何気なく家族に投げつけていた暴力的な言葉が、そっくりそのまま自分の頭の中で響くたびに、自業自得という言葉を噛みしめた。

真冬の冷たい風にすっかり酔いが醒め、市庁と南大門を過ぎてソウル駅までやって来たクァクの視野に、ホームレスの姿がいくつか飛び込んで来た。すると、まるで条件反射のように足が青坡洞に向かい始めた。ソウル駅前でバスに乗って元暁路の家に戻る前に、青坡洞に立ち寄ることにしたのだ。今日の長い歩みの始発点である、あの場所へ行き、無口な熊の人形のように立つターゲットに会って、何かを言ってやりたくなった。マスクを外し、失った発言権を発揮したくなった。この冬空に、俺はあんたを追ってさまよっていたんだ。あんたも俺のような理由でさまよっているのか。いったいお前の正体は何なのか——。そう聞いてみたかった。

コンビニの前まで来たクァクは、しばしためらった。カウンターでターゲットとひとりの老いた女性が話を交わしていたためだ。カウンターに商品が置かれていないのを見ると、客ではなさそうだ。女性が何かを指し示し、ターゲットがそちらに行って商品を並べ替える様子を見て、クァクは彼女がこのコンビニのオーナーであることを知った。自分に仕事をくれたカン氏の母親だ。そのことに気づくと、いっそう店内に入りにくくなった。

このまま帰ろうか。悩んでいると、チリンという音とともに女性がドアを開けて出てきた。笑顔でターゲットに手を振って帰路につく彼女は、自分とあまり違わない年齢に見えた。だが、カン氏の母親なら七十歳は超えているだろう。あの人のよさそうなおばあさんは、きっと息子のことで頭を悩ませているに違いない。そんなことを考えながら、クァクはコンビニのドアを開けた。

「……いらっしゃいませ」

ワンテンポ遅れて挨拶するターゲットと目を合わさないようにして、クァクは冷蔵ケースへと向かった。冬なのに、なぜか喉が渇く。つまらない雑念が多すぎるからだ。喉の渇きを癒やすとともに、すっきりと雑念を洗い流したくなった彼は、ビールの五〇〇ミリリットル缶を適当に何本か取り出すとカウンターに向かった。

「お客さん、これ……一本戻して、これを……もう一本持ってきたら……四本一万ウォンになりますよ」

「そうですか？」

「はい。これだと一万三千七百ウォンですが……これをこれと換えたら一万ウォンですから……三千七百ウォンお得になります」

「ふーん……そうなんですか」

クァクは素直にターゲットの言葉に従ってビールを一本交換し、レジ袋が要るかという質問に要らないと答えて会計を終えた。四本のビールのうち二本をパーカーのポケットに入れ、残りの二本を両手に持って店を出た彼は、無人のテラス席に座ってビールを開けた。緑色の缶の冷たい手触りを感じながら一口飲むと、胃袋の中がすっきりし、思わずゲップが飛び出した。

そのとき店のドアが開き、ターゲットが何かを手に持って表に出てきた。そして、それをクァクの前に置いて電源を入れた。驚いたことに、温風ヒーターだった。たちまち暖かい風が広がり、隣に人が座っているような気分になる。クァクは礼を言おうとターゲットのほうを振り向いたが、いつのまにか彼は店の中に戻ってしまっていた。何だろう、このシステムは。

ターゲットは親切だった。クァクの正体を知らないのに、ふだん客に接するように親切にしてくれた。客に節約術を教えてくれ、寒い戸外で寂しく酒を飲む彼に配慮してくれた。予想もしなかった歓待を受け、ターゲットに憎まれ口のひとつでも投げつけてやろうとしていた気持ちがスッと消えた。ひとり、冬のビールを満喫する。あっという間に二本目を飲み干すと、温風ヒーターで暖まった脇腹はもちろん、腹の中まで温かくなった。

そのとき、またチリンとドアが開き、ターゲットがやってきてクァクの隣に座った。両手に棒状のホットドッグのようなものを二本持ってきた彼は、首をかしげるクァクにひとつ差し出した。

「お客さん、これ……ホットバーといって、とてもおいしい……ですよ。レンジで温めたので、一緒に……ひとつずつ食べましょう」

クァクは努めて平静を装って、ホットバーという食べ物を見つめた。よく見ると、ちょっと大きなソーセージだったが、湯気が立ち上り、よだれが出そうだった。だが、なぜこれを俺に？ もしやこちらの正体に気づいて、探りを入れようとでもいうのだろうか。

「これをなぜ俺に？」

「何も食べずに酒を飲むと……体に悪いです。今日は寒いし……温かいホットバーを食べたらいいですよ。それに、これ……販売期限を過ぎたばかりのものです。廃棄食品ですが……まだ大丈夫です。だから気にせずに、食べてください」

ターゲットはたどたどしく言うと、改めてホットバーを差し出した。廃棄食品だがまだ大丈夫という言葉に、クァクは頰をゆるめた。ホットバーを受け取り、一口齧る。温かな肉の食感が味覚を刺激する。もぐもぐ口を動かしながら、黙ってターゲットの様子をうかがった。ターゲットもホットバーを頬張りながら、ニッコリと笑った。

「おいひいでひょ？」

ターゲットは口にものを入れたまま、モゴモゴと尋ねた。

おいしいかって？　クァクはうなずくと、夢中でホットバーをむさぼった。そして、またビールの缶を開けて、ゴクリと一口飲み……急に涙が出てきた。思わず泣いたせいで、クァクはむせてしまい、肩を震わせた。ターゲットが近づくと、クァクの肩に手を載せ、今度は正確な発音で「大丈夫ですか」と尋ねた。クァクは袖で涙を拭い、顔を上げた。

「俺は大丈夫だ。あんたこそ気をつけろ。誰かがあんたのことを狙っているから」

クァクはコードネームを教えるスパイのように、慎重に告げた。ところがターゲットは何のことだかわからないというように、首をかしげるばかりだった。

「今日、狎鷗亭洞（アックジョンドン）の整形外科に行っただろ？」

するとターゲットの顔色が変わった。小さな目の奥の瞳孔が拡大する。ターゲットは目の色を変え、じっとクァクを見つめながら、どうしてそれを知っているのかと尋ねた。背筋がぞくりとする。警察官時代に仮借ない検事の取調べを受けたときのような気分だった。クァクは、ここまでの経緯をすべて打ち明けた。このコンビニのオーナーの息子に依頼されてターゲットを尾行していたこと、今日、ソウル駅でホームレスたちに会ったこと、整形外科に行ったこと、そして病院の院長がターゲットを殺そうとしていることなど、洗いざらいに。

「あんたの居場所も聞かれたよ。実は、俺はあんたの住むチョクパンを知っていたが、そこまではいわなかった。ともかく、あんたと院長との間にどんな関係があるのかは知らんが、そいつがあんたを消そうとしていることだけは確かなようだ」

クァクの話をじっと黙って聞いていたターゲットは、急に頬をピクピクさせ始めた。頬の痙攣は、やがて「ガハ、ガハハ、ハハハハ」という高笑いになった。大きな声で笑うターゲットに、馬鹿にされているような不愉快な気分になったころ、彼は笑うのをやめてクァクをじっと見つめた。

「お話ししてくれて……ありがとうございます。でも……心配……いりません」

ターゲットはクァクを安心させるようにニヤリと笑うと、ホットバーをムシャムシャと頬張った。すべてを打ち明けることで、かえって気が抜けたクァクは、残ったビールを飲み干した。

「ところで、オーナーの息子はなぜ……私を調査しろと……言ったんですか？」

「それがな、あんたが来てから売上が上がったんで、店を売り払うことができないんだそうだ。店の経営が悪くなれば、オーナーをしている母親も諦めるだろうってな」

「フッ」

「どうした？」

「見てみなさい。この三十分間、お客さん……ひとりも来ていません。どうせ……商売はうまくいかないし、それでもオーナーは、店を……売りませんよ。それは私が……保証します。私がいるかどうかは問題……ではありません」

「それはなぜだ？」

「オーナーは金を……稼ぎたくてこの店を、やっているんじゃありません。ご自身は教師の……年金で十分に生活……できますから。店員たちの……じ、時給さえ稼げればいいと思っているんです」

「そうは言っても……。息子は金が必要だから、ともかく……」

クァクはそこで言葉を濁した。先ほど見たカン氏の母の生き生きした姿や、いま目の前にいるターゲットの断固とした物言いから、揺らぎのない真実を感じ取ったからだ。四十年以上も警察と興信所の仕事をしてきて、嘘を並べ立てる人間を数限りなく見てきた。それゆえ、真実の顔はそれを一目見ればわかるものだということを、彼は知っていた。

「息子にそう……伝えてください。オーナーは絶対に店を……売らないと。あ、それと、あなたが私の正体を……探って、ここを追い出すことに……協力したら、残金は……もらえるんですか？　だったら、私を怒鳴りつけて追い出したと言って、残金を……受け取りなさい」

「それは、どういう意味だ？」

「そうでなくても……もうやめますから」

ターゲットは口角を上げて、コンビニの入口を指差した。ガラスドアには、コンビニチェーンの書式で書かれた「アルバイト募集」の告知が貼られていた。そんな馬鹿な……。勘の鋭さが売りだった人間が、すぐ目の前にあるヒントに気づかなかったとは！　クァクは、本当に引退すべき時が来たことを実感しなくてはならなかった。

席を立ち、ドアに近づいて告知を読んでみる。夜十時から翌朝八時までの十時間。時給は九千ウォンで、最低賃金より五百ウォンほど多いという条件だ。「悪くないな。深夜の業務だからか」。そう思いながら席に戻り、ターゲットの顔を見つめた。ターゲットは何食わぬ顔で、何かを飲んでいた。トウモロコシひげ茶だった。けげんそうなクァクの表情を読んだ彼は、口を拭って言った。

「ああ、私は酒をやめたので……これが香ばしくていいです」

「しかし……店をやめたらどうするつもりだ？　この数日、あんたを見ていると、行く場所といったらチョクパンの狭い部屋とこのコンビニしかないのに」

「やっぱり、べ、ベテランですね。私の動きを……すべて把握されてます」

「把握するったって、たかが知れてるさ。おかげで冬の風に吹かれながら、ずいぶん歩かされたぜ」

「うむ……この数日は、散歩をちょっと……いつもよりたくさん歩きましたから。悩みが多いときは……散歩が一番です。私はもうソウルを……出ることにしました。だいぶ前から考えてきましたが……勇気が出ました。私の代わりに店の仕事を……やってくれる人を見つけたら……出て行くつもりです。答えになりましたか？」

クァクは黙ってうなずくと、小さく微笑んだ。どこか奇妙な状況だった。絶対に接触してはならないターゲットと会話をし、逆に彼から問題解決のヒントを与えてもらったのだから。思わずターゲットの明日のことが気になり、その答えを聞いてむしろ安心した。これは何だ？　何と言っても、ここの暖かい空気がいい。脇腹をくすぐる温風ヒーターの風も、前に座って冷たい風を防いでくれる大柄の男も、店員の生活のために金にならない店を続けるオーナーのいるコンビニも。

「すると、あなたは探偵か……何かですか？」

ターゲットが興味津々の目つきで聞いてきた。

「まあ、そんなところだ。人からは、ただ興信所のクァクと呼ばれている」

「だったら……私の依頼も聞いてもらえますか？　人を……探して欲しいんですが」

いったい何ということか。今日に限って予想外な方向から仕事が飛び込んできて、目が回りそうだ。クァクがためらいの表情を見せると、ターゲットは信頼の目でこうつけ加えた。

「もちろん、報酬は……支払います。お願いした場合……費用はいくらほどですか？」

「あんたなら安くしておくよ。で、誰を探そうというんだ？　名前と住民番号がわかれば、それだけでも探すことができるが」

「はい、知って……います」

ターゲットは淡々と答え、クァクは黙って首を縦に振った。

「ただ……死んだ人です。大丈夫ですか？」

「もちろんだ」

ターゲットは、子どものように明るく笑ってうなずいた。クァクはしばし息を整えてから、彼に質問した。

「コンビニのアルバイトのことだが、俺みたいな年寄りでも応募できるかな？」

ターゲットが目を光らせて、身を乗り出した。

「もちろんです」

「じゃあ、もうひとつ聞く。俺みたいなぶっきらぼうな人間、つまりサービス業の経験のない人間でもできる仕事か？」

「興信所を……されてたと言いましたよね。それはサービス業界の……３Ｋ業種ではないですか？　気難しい人間たち、汚い人間たちを……相手に、機嫌を取りながら……働かれたんでしょう？　この店は、食べかけのアイスクリームを……歯にしみるからと……返品したいと言う……ＪＳのおばあさんを除けば……みんなおとなしい、羊のようなお客さんばかりです」

「ＪＳのおばあさん？」

「ＪＳとは……クレーマーのことです。ともかく……十分に働けます」

身代わりを探せば早くやめられると思ってか、ターゲットはクァクでも仕事が勤まるということを積極的に強調した。クァクは真剣だった。ビールの缶を手にして飲み干すと、真っすぐターゲットを見つめながら言った。

「あんたの依頼を最後に興信所の仕事をやめて、コンビニ業界に転職することにしよう。オーナーに伝えてくれないか。俺が働きたいと言っていたとな」

「お伝えします。履歴書と……自己紹介書を準備すればいいです。急いで……ください」

クァクはうなずいてから、最後の缶ビールを開けた。ターゲットもそれに合わせてトウモロコシひげ茶を手に取った。ふたりが乾杯するのと同時に、三人の若者がコンビニに入っていった。ターゲットは目礼すると、マスクを着け、店内に戻っていった。

クァクはビールを飲み干してから、再びマスクを着ける前に、冷たい冬の空気を胸いっぱい吸い込んだ。

ALWAYS

一日二十四時間ずつ、一週間。いや、年がら年中、ひとつのことだけ考えていたら？　さらに、それが苦痛の記憶だったら？　苦痛の記憶にどっぷり漬かった脳は次第に重くなるが、その記憶を振り払えないまま茫々たる大海に放り込まれたら、脳は大きな錘（おもり）となって、ぽっかり口を開けた深淵（しんえん）にあなたを引きずり込むことだろう。そして、まもなくあなたは、これまでと違った方法で呼吸している自分に気づくことだろう。鼻でも、口でも、エラでもない器官から息をして、自分は人間だと言い張りながら、人間ではない存在として生きるしかなくなる。苦痛の記憶を忘れるために、飯を食うことも忘れ、必死に酒で脳を洗い流そうとする。そうするうちに記憶の大半は飛び去り、自分が何者だったかも思い出せない状態に至るのだ。

老人に出会ったのは、そんなころだった。最後の気力を振り絞ってソウル駅まで来たものの、駅舎から一歩も出られず、恐怖に震えながらうずくまっていたとき、ひとりの老人が私の世話をしてくれた。名前を聞かれても答えられず、過去のことを尋ねられても頭痛で苦しむ私に、ゴミ箱と駅前の給食所を行き来していただけの私に、老人は鍾路（チョンノ）の無料給食所と乙支路（ウルチロ）の地下道のアジトを教えてくれた。ホームレスの保護施設を都合よく利用し、そこからまた抜け出す方法も手ほどきしてくれた。

ホームレスの先輩である老人の助けがなければ、私はすでに死んでいただろう。脳の記憶はなくても、身体と臓器は過去の私を記憶しているのか、さまざまな心血管疾患で体調は最悪だった。老人の仲介で医療ボランティアの施設に行き、緊急治療と投薬の提供を受けなかったら、いまごろは別の世界にいたはずだ。もっとも、その薬を焼酎とともに飲んだせいで、いまだに完全に回復したとは言えないが、少なくとも少しはゆっくり死んでいけるようになった。

老人と、よく酒を飲んだ。私よりもひどい中毒者の彼は、つねにアルコール浸りだった。まるで、酔拳こそは自分の命を守る、唯一の武器であり、酒を飲まないでは、とても自分を守れない、とでもいうように。老人は、「ホームレスは物乞いではない」と言いながら、酒が切れると誰かから金をせびっては焼酎を買った。そしてその貴重な酒を惜しみなく私と分け合って飲んだ。ソウル駅の主要な野宿者の群れから弾き出され、いびられていた老人は、ひょっとすると体格のいいボディーガードを必要としていたのかも知れない。あるいは噂に聞くように、経済危機で破綻した大企業の元専務だった彼には、秘書が必要だったのかも知れない。

老人はつねに酔っており、一日の大半を私と話しながら時間をつぶしていた。私たちはおもにソウル駅構内のテレビを見ては、政治、社会、経済、歴史、芸能、スポーツについて論じた。二十四時間ニュース専門チャンネルが報じるありとあらゆる事件・事故に対して、コメントでもつけるように、たわいのない話をやりとりした。そうやって老人と一年あまり、世の中の出来事について会話する中で、多くを学ぶことができた。その知識は、かつて私が知っていたのとは違う種類のものであり、ほとんどが雑多でとりとめのない人間たちの事情や感情に関わるものだったが、いつしか私もそれを実感とともに理解できるようになった。老人と私が唯一共有できなかったのは、お互いの過去に関することだ。それは知ってはならず、知っていても口に出せない不文律のように、彼と私の間に封印されたまま置かれていた。

ソウル駅をねぐらにして二年ほど、老人と知り合ってから一年半ほどたったある日、彼は私の前にうずくまったまま死んでいった。私は彼の死を前にして、何もできなかった。人工呼吸をすべきなのか。救急車を呼ぶべきか。その日の明け方。私は彼が死んでいくのを感じつつも、寝転んで背中を寄せ、自分の体温を分けてあげるしかなかった。前日に聞かされた、彼の遺言のような一言を繰り返しつぶやきながら。

独孤（トッコ）。老人は自身を独孤だと明かし、記憶しておくように私に頼んだ。だが、残念ながら、彼には独孤が名前なのか姓なのかを言う気力もなく、私もそれを尋ねる意欲がなかった。翌朝、独孤は死に、私は彼を記憶するために独孤になった。


それから二年、私はソウル駅を出ることがなかった。鍾路にも、乙支路にも、ホームレスの保護施設にも行かなかった。ソウル駅と駅前広場の周辺ですべての用が足せるようになると、本物のホームレスとして独り立ちした気分だった。私は独孤という名をもらった借りを返そうとするように、ひとりで歩き、孤独を枕にし、相手がふたりまでなら負けずに殴りつけたが、三人以上からやられたときは診療所に頼るしかなかった。たまに心臓が不規則に打ち、小便が出ず、顔があんパンのようにむくんだが、死んでいく過程だと思えば特に苦痛ではなかった。最初のうちは過去の記憶を取り戻そうと努力したが、それもやがて面倒になり、一日中ひとりで過ごしていると話をすることも忘れ、自然と言葉がたどたどしくなってしまった。ところが、それが同情心を誘うのか、酒を買う金を稼ぐには有利だった。震える声に力を込めて、「お腹が……空いています……。空腹で……死にそうです……」と、口癖のように繰り返すことを覚えた。

その日、私は性悪な二人組を狙っていた。数日前、私が飲んでいた酒を奪っていった、ソウル駅西口の一階を根城にする群れの中から、そのふたりを見せしめにしてやろうと思ったのだ。やらなくては、またやられる。ここでは特に奪われるものがなくても、奪われないために備えなくてはならない。ところが、私がふたりの背中からあと二歩の距離まで迫ったとき、いきなり奴らが立ち上がった。小躍りしながらよろよろと歩き去る二人組のうち、ひとりの手にピンク色のポーチが握られていた。しめた！　これは一石二鳥だ。私は走り寄った。

奴らをひとしきり殴りつけておき、ポーチを奪った。ふたつの目的を達成した私は自分のアジトに戻り、満足感とともにポーチを開けた。ところが、その中には長財布と小銭入れをはじめ、通帳、身分証、手帳、ワンタイムパスワードのトークンまで……大事な物がいっぱい入っていた。へたをしたら警察署に呼ばれるような事態になりかねない。そんな危機感で頭を痛めた私は、そのままポーチを枕に眠ることにした。腹が減っていたが、しばらく前から食欲よりも睡眠欲のほうが勝るようになっていた。

長くは眠れなかった。ポーチをなくした人の顔が頭に浮かんだからだ。住民登録証の写真と年齢から持ち主がおばあさんであることを知り、その人のよさそうな顔が頭に浮かんで、しきりに寝返りを打った。私は再びポーチを開き、手帳をめくってみた。手帳の最後のページに個人情報と携帯番号が書かれており、几帳面な字で「この手帳を拾われた方は必ずご連絡ください。謝礼を差し上げます」とのメモ書きがあった。拾われた「方」か……。自分がしばし人間に戻ったような気がして、思わず起き上がった。公衆電話に行き、ポーチの中の小銭入れからコインを取り出して電話を掛けた。間もなく年配女性のあわてたような声が聞こえてきて、すぐにソウル駅に戻ると言った。

それがオーナーとの出会いだった。

青坡洞の横町にある小さなコンビニ、ＡＬＷＡＹＳ。ここで夜を過ごすようになって、ずいぶんになる。どうしてここに落ち着いたのか。自分でも実感が湧かない。何と言ってもよかったことは、冬の夜の寒さを忘れることができたことと、空腹を感じなくてすむことだ。困ったのは、酒が飲めなくなった点だが、何とか耐えている。オーナーの提案を承諾し、酒を断ってコンビニの仕事を始めたのは、おそらく自分の中の最後の生存本能が働いたのだろう。身ごもった野良猫がいきなり人家に上がり込んで子猫を生むように、私も生きるべき最後の理由があって、アルコールを断ってまで、このコンビニというシェルターを訪れたのかも知れない。

酒を断ち、ちゃんと食べて、暖かくして寝られるようになると、体調はかなり改善された。昼間のチョクパンでリラックスして、のびのびと寝転んでいると、そこはちょうど入院病棟のようであり、深夜のバイトのために起き上がるときは、持病が吹っ飛んだようにさっぱりした気分だった。これまで生と死の平均台の上で、つねに死の側に傾いていた私は、いまではそっと腕を広げてバランスを取れるようになった。すると驚くことに、頭のほうにも血が巡るようになった。同僚の質問に答えることで思考のスピードが上がり、たどたどしかった話し方も客に応対することで次第にスムーズになった。

一言で、人間らしく生きられるようになり、冷凍人間のように凍りついていた脳に赤外線が当てられたような感じだった。記憶と現実との間に立ち塞がっていた氷の壁が溶け出し、氷河に閉じ込められたマンモスのような塊が徐々に姿を現し始めた。記憶の死体たちがゾンビのように起き上がり、私に襲いかかった。私はゾンビたちに噛みつかれながらも、必死に彼らの顔を確かめようとし、それも何とか耐え抜くことができた。

コンビニの仕事に慣れるに従い、記憶はさらに活性化された。早朝、ひとりの女性が幼い娘とともに店に入ってきた。その瞬間、空気が変わったような感じがした。母と娘は美術館でも見るように陳列棚をあちこち見物しながら、お互いの好みを尋ね合った。娘の菓子の好みを聞く母と、ぽつりぽつりと自分の食べたいものを明かす娘のやりとりからは、細やかな情愛が感じられた。なじみ深い情愛の姿が、私の記憶の扉を叩いた。母と娘が仲よく決めた菓子がカウンターに置かれたとき、私は顔を上げることができなかった。ふたりと目を合わせたが最後、足の筋肉が断ち切れてしまいそうだったからだ。

会計を終えてようやく、私はコンビニを出て行く母と娘の後ろ姿に目を向けることができた。そして、自分にも妻と娘がいたことを思い出した。そのとき、もしかしたら叫んだのだろうか。娘の名を——。母と娘が同時に振り向き、私のほうを見た。ふたりの顔が見えると、それ以上は記憶の通路の奥に進む勇気が出なかった。

私は再び深く沈み込んだ。黙々とコンビニで夜を明かし、昼間は棺桶のようなチョクパンにカーテンを引き、暗闇に浸った。空腹が解決されると同時に這い上がってくるアルコール使用障害の気配は、トウモロコシひげ茶を飲んで抑えつけた。なぜトウモロコシひげ茶なのか？酒の代わりになる飲み物を探していたとき、それがワン・プラス・ワンのキャンペーン対象商品だったからだ。プラセボ効果なのかも知れないが、トウモロコシひげ茶を飲むとスッと喉の渇きがおさまり、酒の欲求を少しは抑えることができた。

仕事を始めて一カ月たつと、オーナーが前貸ししてくれた百万ウォンを差し引いても、八十万ウォンほどが手元に残った。コンビニの深夜バイトの月給は、この数年で物乞いしたり拾ったりして稼いだ金額より多く、別に使い道もない私は、八十万ウォンをそのまま現金でパーカーの内ポケットに突っ込んだまま忘れてしまった。オーナーからは、抹消された住民登録証を再発行してもらい、銀行の通帳とカードを作るよう急かされたが、それだけは気乗りせずに先延ばしにしていた。初めてここに来ることになったとき、コンビニでオーナーを襲った若いチンピラたちとやりあったため、仕方なく警察署に行き、本名と住民番号を知った。幸い、犯罪の前科はなかった。私は警察署を出てすぐに、本名を捨てた。

住民登録証を再発行したら、その瞬間から私は生きねばならず、まともに生きようとすれば、再び苦痛にさいなまれることは明らかだった。ぼんやりした記憶の中から、事件とともに水面下から浮上した自分の過去を直視するだけの勇気は、私にはなかった。記憶のヒューズが切れるほどの耐えがたいトラウマを、再び掘り起こしたところで何になろうか。

ただ冬だけ越そうと思った。老人の独孤が死んだ、あの冬を思い出して、恐ろしくなったのかも知れない。あの硬くなった背中の凍ったような冷たさが頭に浮かび、少しでも暖かい場所を求めたのかも知れない。何と言っても、ここは便利さが売りもののコンビニエンス・ストアじゃないか。ここで少しでも楽に冬を過ごし、最後の気力を取り戻そう。春になったら独孤という名前も捨てて、本当の無名となり、空に飛んでいこう。力が残っているうちにソウル駅を出て、この都市を横切る大きな川に架かる橋のどこかから飛び降りよう。そう決意した。この冬、ここで私は、飛び降りるための力を蓄えようと考えたのだ。

ところが、はっきりと思い出した妻の姿は消えなかった。警察署で確認したときにはすっかり忘れていた記憶、つまり私に家庭があり、妻と娘がいるという事実は、時間がたてばたつほど明確になってきた。もはや妻の顔と身ぶりの一つひとつまで思い出した。小柄で、髪をショートにした妻は、物静かで落ち着いていた。口数は少なく、思慮深く、私が癇癪を起こしたり偉ぶったりする様子を笑って受け入れてくれた。そんな妻が怒った日の姿が頭に浮かぶ。なぜだろうか。なぜそんな軽蔑の目で、私を見たのだろうか。怒りを抑えきれずに私をにらみつけながらも、やはり無言だった妻に、私はいっそう腹を立てた。そんな私を振り払って、荷物をまとめた妻の姿まで思い出した。

チリンという音にハッと気づくと、私はコンビニのカウンターでうたた寝していた。早朝に出勤する客が商品を選んでいる間、私は脇に置いてあったトウモロコシひげ茶をゴクゴクと飲んだ。暴飲によって眠らせておいた記憶の断片が再び浮上しないよう、透明な茶色の飲み物を飲み続けねばならなかった。

年末、コンビニの先輩であるシヒョン氏が、ほかのコンビニにスカウトされて出て行くことになった。コンビニのアルバイトがスカウトされたことに驚き、彼女がお礼だと言って私に電気カミソリをプレゼントしてくれたことに、もう一度驚いた。訳もわからず電気カミソリを受け取った私は、チクチクとまた生えてきた顎鬚(あごひげ)を手でさすった。シヒョン氏は、「ちゃんと髭を剃ってね」と言ってくれ、私も彼女の健康を祈った。

シヒョン氏がコンビニをやめると、もうひとりの同僚であるソンスク氏と、増えた仕事を分担した。彼女は依然として私を人間として見なかった。ホームレス生活で身につけた感覚で、人の視線が意味するところを即座に読み取ることができる。ソウル駅にいたころ、私を見る人々のほとんどは、同情と軽蔑が三対七くらいに入り交じった視線を送ってきた。中には心からの心配を交えた視線を送る人もいる。一方、信じられないだろうが、恥ずかしげな視線を見せる人もいる。たとえ本人は気づいていないとしても。

ソンスク氏は正確に一対九だ。当然、同情よりも軽蔑のほうが勝っている。だからといって、私が傷つくことはない。実際、交代の引き継ぎをするたび、気持ちが落ち着かずに疲れるのは相手のほうだ。引き継ぎを終えて店周りの掃除をし、テラス席のテーブルを拭いていると、もういいから帰れと決まって催促するのも相手のほうだ。掃除をするのはいいことのはずだが、彼女は目の前に私がうろうろしているのが嫌なのだ。だが、彼女がどう思おうが、私は自分の思ったようにやるだけだ。私を雇い、最後の冬を暖かく寝られるようにしてくれたオーナーに、少しでも恩返ししたいからだ。

そんな私を好いてくれたのは、八十歳を超えたと思われる町内の白髪のおばあさんだった。大蛇のようなマフラーを巻き、曲がった腰で町内をウロウロと歩き回る彼女は、ある日テラス席を掃除している私に、人もいない真冬になぜ毎日掃除しているのかと尋ねてきた。鳩の糞(ふん)を拭くためだと私は答えたが、白髪の老婆は、鳩も鳩の糞も嫌いだからか、満足そうな表情を浮かべた。

翌日、その白髪のおばあさんは、町内のおばあさんたちを引き連れて、知り合いの家に遊びに来るようにコンビニにやって来た。おばあさんたちはコンビニ独自の割引商品に喜び、孫たちまで連れてきてツー・プラス・ワン商品を買っていった。それがありがたくて、ある日、白髪のおばあさんが買った飲み物のセットを代わりに家まで運んであげたが、それを老人の寄り合いで自慢でもしたのだろうか、それ以来、ほかのおばあさんたちも購入した品を運んでくれと私に頼んできた。さらには家の場所を指定してあとで届けてくれと配達の要請をする人まで出てきた。どうせ私はやることもなく、しっかり運動したほうがチョクパンでよく寝られるので、それを断る理由はなかった。さらに一緒に品物を持っていってあげたり配達をしてあげたりすると、おばあさんたちは家にある餅やら揚げ菓子やら果物やらを持たせてくれるのだった。

彼女たちは私にとって、お祖母さんであり、母親であり、伯母さん、叔母さんだった。記憶から消えかけていた母性の匂いを、彼女たちから感じることで、私は体が温まるのを実感できた。困ったことがあるとしたら、入れ歯をガタガタさせながら私を質問攻めにすることだった。「結婚はしてるのかい？」「離婚でもしたんだろ？」「いい人を探してやろうか？」「年はいくつだ？」「うちの姪なんかどうだね？」「コンビニで働く前は何してたんだい？」「教会には通ってるの？」「うちの田舎の果樹園で働く気はないかい？」等々、彼女たちは共通の質問と個別の質問を自由自在に取り混ぜ、それぞれ私にぶつけてきた。私はそのたびに「いいえ」「いません」「大丈夫です」「けっこうです」を順繰りに選びながら答えるしかなかった。それでも、そんな具合に何度も答えているうち、老人たちは大抵、どうやら波風の多い人生だったようだね、と言って、それ以上聞かなくなった。ただ、白髪のおばあさんだけを除いて。白髪のおばあさんは流行歌でも口ずさむように、私を見るたびにこう尋ねた。

「あんた、元は何していた人なんだい？　あたしゃ、もう年取って何の助けにもなれないけど、これだけは知っておかないと、気になって仕方ないんだ。この男前が、どうしてこんなところにいるのかね？」

おばあさん、私にもわからないのです。でも、わかったらお話ししたいと思います。私によくしてくださる以上、疑問を解いてあげたいので。いま思えば、白髪のおばあさんに何度も聞かれたおかげで、私も自分に問い続けることができたのかも知れない。いったい、お前は、本当は、何者なのか、と。

ともあれ、ソンスク氏は朝のコンビニが忙しくなることが嫌だからか、おばあさんたちが来てくれても大して儲けにならないなどと言って、しばしば私にケチをつけた。だが、確実に売上が向上してオーナーも喜ぶようになると、特に何も言わなくなった。彼女自身、コンビニの売上が減って廃業でもしたら、職場を失うことになるからだ。


新年を迎えて、ソンスク氏が出し抜けに私に謝ってきた。去年は自分が誤解して申し訳なかったと。そして、今年からは気をつけるから悪く思わないでと、私に言うのだった。私もまた、ソンスク氏が揚げたコンビニの唐揚げが最高だと言ってあげた。するとソンスク氏は、むしろ独孤氏のほうがうちの男たちよりも話が通じると言って、愚痴をこぼし始めた。彼女は「うちの人と息子はほんとにわからず屋で……」と言って、ため息をついた。そのとき垣間見えた彼女の滅入った横顔に、私は不思議な既視感を覚えた。「わからず屋」という言葉に、私は思わず考え込んだ。妻だったか、娘だったか。私に「わからず屋」と言ったのは──。失望し切った顔で、もう言うことはないというような寂しさを見せながら去っていったのは……。妻でもあり、娘でもあったのだろうか。それが誰なのか、いまだに、到底、確定できないでいた。

数日後、ソンスク氏は出勤するやいなや、涙をこぼした。私は彼女をなぐさめようと慌てて近づいたが、特にできることはなく、ただ私が酒を断つために飲んでいるトウモロコシひげ茶を手渡した。彼女はそれを一口飲んで少し落ち着いたのか、しばし息を整えた。それから、まるで機関銃を乱射するように息子に対する不満を打ち明け始めた。彼女と息子の関係は深刻なほど断絶しており、息子は軌道を外れた自分の人生に疲れているようだった。ところが再び軌道に戻るのも難しく、それにずっと軌道を走っていたからといって終着点まで無事に到着できる世の中でもないので、特に言うべき言葉も見つからなかった。代わりにソンスク氏の話をじっと聞いてやった。そのやるせない心情を私に打ち明けるとは、よほど話のできる相手がいなかったのだろう。私は彼女を思いながら、彼女の言葉を聞いた。

易地思之（ヨクチサジ）――相手の立場に立って考えること。私もまた、軌道を外れて、初めてその言葉の意味を知った。私の人生は、常に一方通行だった。私の言葉を傾聴してくれる人たちは多く、他人の感情よりも自分の感情が優先であり、それを受け入れない者は放っておけばよかった。家族も同じだったのだろう。そう思い至ると、初めてこの前の疑問が解消された。わからず屋だと私に言ったのは娘だった。娘の顔が思い浮かびそうになる。涙が出ようとするのをこらえる。わからず屋で一方通行である私を、妻は受け入れてくれた。長い間。私は妻が自分の言葉にうなずいていると思っていたが、そうではなく、妻は私に忍従していただけだった。

だが、娘は違った。娘は妻とも違っていたが、私とはもっと違っていた。いまソンスク氏がどうして自分の腹から出てきた息子が自分とこんなに違うのかと訴えているように、私と娘もずいぶん違っていた。性別から考え方、世代の差はもちろん、食べ物の好みや趣味まで違っていた。娘は肉も食べず、勉強もさえなかった。草食動物。つまり、ジャングルのような韓国社会では生き残りが難しい軟弱な気質で、そのためしょっちゅう私の小言を聞かされていた。幼いうちは、叱れば言うことを聞く振りくらいはしていたが、少し大きくなって思春期が来ると、反抗するようになった。私としては受け入れられないことだったが、妻が娘の保護膜となっていた。そのころは妻という保護膜のせいで私の話が娘に通じないのだと思っていたが、いまではわかる。もともと保護膜を張らせたのも私であり、後に妻がせっかく作ってくれた機会を足で踏みにじったのも私だった。私は娘を身勝手な子どもと見なし、娘は私を透明人間扱いした。それが始まりだった。私の家族の解体、私の人生の不幸、妻と娘を失うことになったのは、私の無頓着と傲慢のせいだったのだ。

時間がたって、苦痛の中で記憶をなくし、やっと世の中に目を向けてから、相手の立場に立って考えることを学び、人を憐(あわ)れむことも知り、人の心に近づくことを学んだ。だが、すでに周囲には誰もおらず、わかり合える相手を探すには遅すぎた。だが、がんばらねばならなかった。いま私の前で涙を拭っている、私が陥ったのと同じ穴に足を突っ込もうとしているソンスク氏を、救わねばならない。その苦痛を実感し、その悲しみに浸った経験があるからこそ、できることは何でもやらなくては。そのとき、〝グレフル〟の言葉が思い出された。

私は彼女におにぎりを渡した。おにぎりと一緒に手紙を添えて息子に渡すようアドバイスした。そして話を聞くように言った。いま私があなたの話を聞いてあげたように、息子の話も聞いてやるようにとつけ加えた。彼女がうなずくと、私は恥ずかしくなった。私は手紙を書くことも、話を聞いてやることもできなかったのに……。だから、恥ずかしく、心が痛くなったのだ。

　旧正月の連休が終わると、中国から始まった感染症はさらに深刻さを増した。各地で集団感染が急増し、マスクと手指消毒剤が姿を消した。オーナーは私とソンスク氏に、勤務中に使うようにとマスクを何枚かくれた。呼吸器の弱いオーナーがＰＭ２・５による大気汚染がひどい日のために前から用意しておいたものだという。

　深夜勤務をしながらマスクを着用し、特に不便を感じることもなく客の応対をした。会計を終えると、前に置かれた消毒剤を両手にいっぱい振りかけて手をこすり合わせる。慣れない状況下なのに、かなり自然に行動している自分自身に気がついた。

　翌日、オーナーはいっそう安全を図るべきだと言って、薄いラテックスの手袋を支給してくれた。その手袋を着用した瞬間、頭の中で稲妻が閃（ひらめ）いた。その触感を忘れないうちに、私は消毒剤を手袋に振りかけて手をこすり合わせた。そして、手を顔に近づけて消毒剤のにおいを嗅いだ。客がいるのも忘れ、早足でカウンターを離れて売り場の隅にある鏡の前に立った。マスクを着けた自分の顔を確かめる。短く刈った髪の下にあるＶ字形の眉と小さな目が、マスクと一体になったように配置されていた。それは私の過去を示していた。マスクで覆われた顔、手指消毒剤のアルコール臭、ラテックスの手袋の慣れて自然な感触が、過去の私を呼び覚ましつつあった。

　医師だった。

いまでもこの場で白衣を着てメスを握れば、どんなオペでも執刀できそうだった。オペ室の消毒と生臭い血の臭いが、鼻を突くようだった。医療機器の電子音が、BGMのように私の体を取り囲む。オペ室から出るようにして、私はコンビニのドアを開けて外に出た。マスクを外し、冷たい空気を吸い込む。記憶がしぼんでしまわないよう、ポンプで空気を送るように、深呼吸を繰り返した。

よみがえった記憶を握りしめ、解体して組み立て直しながら、数日間を過ごした。脳味噌のしわをくすぐっているような気分だった。自分を思い出すにつれ、苦痛と恐れ、そして訳のわからない抵抗感がむくむくと込み上げてきたが、それでもやめることはできなかった。

ある日、ビールを四本買った客が、自分はオーナーの息子だから金は払わないと言い張った。オーナーとよく似た目と鼻は、彼が嘘をついているのではないことを証明していたが、私としては彼をそのまま帰らせるわけにはいかなかった。それが店員として最善のやり方でもあり、コンビニの仕事を一度も手伝わずにおいて、店だけを欲しがる息子に特権などないことを知らしめたくもあった。腹を立てて耳まで赤く染めたそいつは、一時間後に再び戻ってきた。そいつは商品を陳列していた私に近づき、酒の臭いをさせながら携帯電話を突き出してきた。液晶画面にはそいつとオーナーが笑顔で並んでいる写真が映っていた。これで証明されただろうと言いながら、そいつはビールの売上について尋ね、私は事実のままに答えた。そいつはむきになって私の言うことを否定し、ビールを持って出ていった。その瞬間、そのあきれた姿が、兄とオーバーラップした。

私には兄がいた。実に情けない人間。私も兄も頭がいいほうだったが、私は勉強に頭を使い、兄はありとあらゆる策略といかさまのために頭脳を使った。早くから誰かを騙すことで暮らしを立てていた兄は、医学部に進学したばかりの私を、医者なんかやってどれほど稼げるんだと言って無視するようになった。そうして数年にわたり姿を消したかと思ったら、再び連絡が来た。おそらく刑務所暮らしでもしていたのだろう。

最後に会ったのは、私がインターンをしていた病院を兄が訪ねてきたときだ。兄は脅迫するように金をせびり、私は病院にはメスとハサミ、劇薬など、さまざまな殺傷道具があると前置きしてから、医師は人を生かすことも殺すこともできるし、血を見るのは当たり前の日常だ、と告げた。それ以来、兄の姿も記憶も消えた。

ところが、記憶が回復する過程で、オーナーの息子のせいで再び兄のことを思い出してしまった。兄の顔が浮かぶと、すぐに芋づる式に家族たちの姿も思い出した。兄と私に優秀な頭脳を授けてくれた母は、早くに無能な父と私たち兄弟を捨てて家を出ていった。小学校に通う息子ふたりを父方の祖母に預けたまま。

俗に「ノガダ〔語源は日本語の土方〕」と言われる工事現場の仕事をしていた父は、本当に無口な人だった。たまに殴り、たまに食事に連れて行ってくれるだけで、自分で自分の人生すら処理できずに苦しんでいる人だった。にもかかわらず、私が学校に行くようになって勉強ができるとわかると、期待を持ったのか、兄とは違って塾に通わせてくれ、小遣いまでくれた。だが、私は母の血を受け継いでいたので、医学部に入学すると母と同じく家を出て、独り暮らしを始めた。家庭教師で生活費を稼ぎ、必死に勉強しながら、父と兄のいるあの家を忘れようと努力した。

私は医師になり、別の世界の空気を吸って生きたかった。家柄のよい女性と会って、自分だけの家庭を完成させたかった。そして、ほとんどそれを手に入れたように思われた。そんな記憶の断片が悪夢のように浮かんできては、私を苦しめるようになり、私はなすすべなく、その悪夢を見るしかなかった。

マスク・パニックが起こり、人々は薬局の前に列をなしてマスクを買い求めるようになった。多くの感染者を出した大邱（テグ）に、全国から医療関係者が集められた。コロナで世界がひっくり返ったいま、私はマスクを着けたまま、ある問題に没頭していた。何かが変わりつつあった。世界も、私も。テレビでは、コロナで死んでいく家族の臨終にも立ち会えない、イタリアの悲しい状況が紹介されていた。

私の頭の中でも、感染症が流行するように、ひとつの考えが私を浸食しつつあった。感染症のような記憶たちは、私に本当の人生を選択すべきときだと叫んでいた。不思議だった。死が猖獗（しょうけつ）を極めると、生が見えた。私は最後の生とも言える、その生を探しに行かねばならないと思った。

身分を回復した。抹消された住民登録を復活させ、ＩＤとパスワードを探し出して、インターネットの中の私の世界を開いた。こうなることを予想でもしていたのだろうか。クラウド上のファイルには、私に関する、いや、私とその事件に関する記録が整理されており、それの意味するところを理解するのは、私の中にプログラムされた慣性航法装置のように自然なことだった。私はやるべきことをやった。

オーナーと面談した。ごく私的な退社理由を彼女は黙って聞いて私を理解してくれ、気がかりがなくなった。コンビニとは人々が四六時中出入りする場所であり、客と店員の別なく、やってきては立ち去る空間だということ、商品であれ金であれ、給油して出て行く人間たちのガソリンスタンドのような場所であることを、彼女はよく理解していた。このガソリンスタンドで、私はガソリンだけ入れただけでなく、車そのものを修理した。修理が終わったら出発しなくては。再び行くべき道を行かなくては。彼女は私にそんなふうに言ってくれたように思えた。

私を尾行していた男は、還暦くらいの年齢に見えた。尾行されることも初めてなら、あんないいかげんな尾行も初めてだった。同じ地下鉄の車両に乗るやいなや、対角線上のシルバーシートに座った彼は、私の視線を避けようと顔をそむけた。私は彼の横顔を確認した。不思議なことに、その横顔は私の父とよく似ていた。無駄にでかい図体と頑固そうな面構えも、父を連想させた。何よりも、彼は最後に会ったときの父と同じほどの年齢に見えた。

彼から父を感じると、誰が彼を差し向けたのか自然にわかった。兄に似たあの男は、なぜこんなつまらないまねをするのだろうか。なぜ意味もなく私の過去を暴こうとするのか。ところが不思議なことに、私は彼らを憎めなかった。父と兄を連想しても、もういら立つこともなかった。私はついてこいというサインを出すように、尾行する男に視線を投げてから、狎鷗亭（アックジョン）駅で下車した。

病院の中に入る。知った顔はあまりいなかった。人間を医療消耗品のように扱う院長のせいで、職員たちは長続きしなかった。なじみ深い仕事場に足を踏み入れると、私の頭は過去の空気で満たされた。用件を尋ねる受付の職員に、私は高圧的な態度で答えてから、院長室に向かった。

院長も変わりなかった。四年ぶりに顔を出した私を見ても、平然とした顔で、また働く気はないかと言うのだった。もうじきつぶれる病院で働くわけがないだろう。そう言って私が口火を切ると、院長は「これまで苦労が多かったようだが、これ以上破滅したくなければ、軽率な選択は慎んだほうがいい」と言った。

「自分から消えてくれて助かったと思っただろうが……いまからでもお前と……この病院がやったことを言い触らしてやるから……そう思え」

「何だと？　内部告発したら減刑でもしてくれるのか？」

「お前にとって……人間は商品か廃棄物のどちらかだ……。金になれば商品で……金にならなければ廃棄物……」

「お前こそ、それをよく知っているだろう。だから雇ってやったんだ」

「だが……人間はそうじゃない。人間は……つながっている。お前はそうやって切り捨てて……ぞんざいに扱っているが……そういうものじゃ……ないんだ」

瞬間、院長は苦笑いを浮かべると、身を乗り出して言った。

「ずいぶん真面目だな。じゃあ、俺も真面目な話をしよう。実は、お前が姿を消してから、しばらく行方を探していたんだ。そういうことがうまい奴がいてな。ところが、探し出せなかった。だから、奴らには残金を払わなかった。いまからでも、お前がうろついていることを教えてやり、残金に利子まで付けて払うと言えば、奴らはお前を包装し直して俺の所に持ってくるだろう。そうしたら最後の執刀は俺がやってやる」

私は笑った。最初はニヤリと、そして頬骨を震わせて声を上げて笑った。院長は私の頭がどうかしたのか、それともわざと強がっているのか、目玉をぐるぐるさせて見極めようとしたが、その様子がおかしくてまた笑ってしまった。やはり悪党にとって、笑いは不都合なようだ。奴が顔を歪めて言った。

「お前を殺してやる。この手でな。完全にバラバラにしてやる」

私は笑いを止めると、無表情に彼を見つめた。

「私はすでに一度……死んだ。また……死んでも、何も変わらない。そして、すでに通報……した。最近、そんな事件を探すテレビ番組が……多いんだ。だからいまは……奴らにやる金を弁護士費用に充てたほうが……いいだろう」

「どうかしてるぜ。お前は金が欲しいんじゃないのか。なのに、すでにあの資料を警察に渡しただと？　お前も一緒に入るつもりか？　笑わせるぜ。ハハハ」

「言っただろう。すでに一度……死んだと」

「無駄口を叩くんじゃない。言え、何が望みだ？　仕事か？　またここで働かせてやろうか。それとも金か？」

「望むものは……これだ」

私は左手を挙げた。そして病院に入るときにラテックスの手袋をはめた手を、広げて見せた。院長は何をしているのかと不思議そうな顔で、首を伸ばして私を見ている。私は左の拳を握ると、右手で獲物を捕らえるように奴の胸ぐらをつかまえ、抵抗する隙を与えず顔に一発食らわせた。うっ。院長が首をがくんと反らせた。反動を利用して、さらに一発。ううっ。つかまえていた胸ぐらを放すと同時に、院長はうなだれて椅子にドスンと腰を下ろした。

私は苦痛にうめく奴をのこして、そこから立ち去った。


翌朝、引き継ぎを終えて店を出た私を、誰かが呼び止めた。声の方向を見ると、作家のチョン氏がスーツケースを引きずって大またでコンビニに向かってくる。向かいのマンションを作業室にして演劇のシナリオを書いているというチョン氏は、もうこの街を出ると言った。シナリオの草稿が完成し、再び大学路（テハンノ）に戻るのだと言って、彼女は明るく微笑んだ。私もつられて笑った。私は彼女に精神的な相談をたくさんしたが、精神科の医師でもないのに、彼女は私にさまざまな質問をし、多くの助言を与えてくれた。おかげで脳がかなり刺激されて、記憶を取り戻すのにずいぶん役立った。

「苦労して書いたシナリオ……素晴らしい舞台になるといいですね」

「コロナがひどくて、どうなるかわかりません。一生の力作を仕上げたというのに、よりによって世の中がこんな大騒ぎになるなんてね」

チョン氏がマスクの上の瞳を輝かせながら言った。自分の悲劇を笑顔で語る彼女の姿からは、充実した気力が感じられた。それは夢を持って生きる人が持つ力ではないだろうか。深夜のコンビニで、私たちは語り合った。彼女は私の過去を掘り起こすために、自分の過去もたくさん吐き出した。私は、自分がやりたいことを絶対にあきらめない彼女のエネルギーがうらやましかった。だから、こう尋ねた。あなたを支えている力はいったい何か、と。彼女は、こう答えた。人生とは、もともと問題を解決することの連続ですから。だから、どうせ解くべき問題なら、その中からよい問題を選ぶために努力するだけですよ。

「独孤さん、少しは記憶が戻りましたか？　私の作品に登場する独孤さんのキャラクターは記憶が戻ったんですけど」

「チョンさんがそう書いてくれたおかげで……だいぶ戻りました。ありがとう」

チョン氏が拳を上げた。コロナ時代の握手法。私は彼女の拳に私の拳をぶつけた。彼女が書いた記憶と私の記憶をぶつけてみることはなかった。そんな必要はないことを、ふたりとも了解していた。

セールスマンがコンビニに立ち寄ったのは、夜の十時を少し回ったころだった。トウモロコシひげ茶とゴマラーメン、そしてワン・プラス・ワンのチョコレートを買った彼は、私を見ながらニッコリと笑った。彼の凜々(りり)しい双子の娘たちが思い出され、思わず口元がほころんだ。私は彼に一枚のメモを渡した。極東病院のホン科長の電話番号と、私の本名だった。首をひねる彼に、医療機器の営業をしているのなら、ホン科長に私の名を告げれば役に立つだろうとつけ加えた。

私の話をすぐに飲み込んだ男は、礼の言葉を連発してから、うまくいったらお返しをすると言った。私はコンビニを出る彼の背中に目で挨拶を送った。大学の同期のホン科長には、昼間のうちに電話をしておいた。彼はまず私の連絡に驚き、営業マンを紹介すると言うとさらに驚いたようだった。私への恩義を覚えているのか、私の影響力をいまだに信じているのかはわからないが、紹介してくれた営業マンには悪いようにしないと答えてくれた。おそらくホン科長はセールスマンに会って、私の近況を聞けば、もう一度驚くことになるだろう。

今日で引き継ぎ三日目になるクァク氏は、母と娘と思われる客の会計を不器用に処理していた。レジで待たせたのが申し訳ないと思ったのか、クァク氏は大きな声で「ありがとうございました」と挨拶した。すると、ドアに向かっていた少女はこちらを振り返り、頭を下げて「さようなら」と答えた。その姿にニッコリと笑みを浮かべた彼は、私に見られていることに気づいて、照れくさそうな表情を浮かべた。

「併用決済はややこしいね。俺も耄碌(もうろく)しているから、引き継ぎが長引いて悪いな」

悪いだなんて。彼が深夜バイトを代わってくれたから、コンビニの仕事をやめることができたのだし、今日彼がくれたメモで、初めて旅立つことができるのだから。私は今日買ったスマホでユーチューブを開き、シヒョン氏のチャンネルを探した。『コンビニの仕事を楽に――コンビニ楽々チャンネル』には、また新しい動画がアップされていた。私は「併用決済をマスターしよう」をタップして、クァク氏にスマホを渡した。間もなく彼はバーコードリーダーを手に、シヒョン氏の説明通りに一生懸命レジを操作した。しばしば聞こえるシヒョン氏の落ち着いた声が懐かしかった。

「みなさん、このチャンネルの名前はコンビニ楽々チャンネルですが、実はコンビニの仕事は楽ではありません。仕事ですからね。何より、お客さんが楽に買い物をするため、店員は努力しないといけません。がんばって努力してこそ、サービスを受ける人たちは楽になります。私はそのことに気づくのに一年かかりました。みなさんも短期のアルバイトかも知れませんが、努力してお客さんに便利さを提供しましょう。私はそんな苦労をしているみなさんを少しでも楽にしてあげたいと思いました。以上、今日のコンビニ楽々チャンネルでした」

深夜の商品陳列作業は黙って横から見るだけにしたが、軍隊時代に補給隊で働いたからと自信満々だったクァク氏は、今日もミスをして、私は陳列の順序についてもう一度強調して説明した。

空が白み始めるころ、私は彼と売り場の片隅のイートインコーナーで、一緒にカップラーメンを食べた。クァク氏はせきを切ったように、おしゃべりを始めた。オーナーもとてもいい人のようだし、コンビニの深夜シフトはマンションの管理人の夜間勤務よりもましなようだと言った。そして、昨日オーナーの息子のカン氏が自分がいるのを見てびっくりしていたのを見たかと、ケラケラ笑った。私も箸を持つ手を止め、一緒になって笑ってしまった。

オーナーの息子は、私を追い出そうと差し向けたクァク氏がコンビニで働いているのを見て、まるでお化けが出たようにギクリと立ち止まった。彼はクァク氏に、なぜ人の店に来て妨害するのかと、機関銃のように言い立てた。だが、クァク氏は泰然と、韓国には職業選択の自由があるし、自分は独孤氏がこの店をやめるのに一役買ったのだから、頼まれた仕事は片づけたと答えた。オーナーの息子はカッとなって、直ちに店を売り払うと叫んだ。これに対してクァク氏は、自分はオーナーを手助けして店を守るつもりだとやり返した。するとオーナーの息子はカンカンになって暴れ始め、とうとう私が行ってなだめた。ここは交番から五分の距離だから、母親の店で通報されて警察署に行くのが嫌ならもう帰るように、と。結局、彼はクァク氏に向かって、「この世に信じられる奴はひとりもいない」と一喝し、ドアを蹴って出ていった。

「これで世の中には信じられる奴がいないことがわかったから、もう詐欺にも遭わないで済むだろう」

クァク氏が真顔で言った。

「数日前にオーナーが……私にこう愚痴を言いました。息子が買い取ろうとしていた……ビール工場は詐欺だったと。コンビニを売って……そこに金を投資すると言い張るので、オーナーが調べてみると……デタラメだったと」

　私が告げると、クァク氏は空笑いして言った。

「だから俺に八つ当たりしたんだな」

「オーナーは……息子のことで、苦労が……絶えません。先輩は息子ともともと……知り合いだから、よく見てやってください」

「そうだな。あいつ、ああ言ってても、ひと月かふた月もたてば何もなかったように電話してきて、晩飯を食いに行こうとか言うんだ」

　クァク氏はそう言うと、朝日が昇った窓の外を眺めた。遠く南山(ナムサン)タワーのシルエットが新しい一日の始まりを告げていた。彼は何かの思いに浸っているのか、しばらく身じろぎもせず南山タワーを見つめていた。私はカップラーメンの残りを食べ終えて、テーブルを片づけた。そのとき、彼が私のほうを振り向いて尋ねた。

「あんたには家族がいるのか？」

　寂しい目つきだった。私は黙ってうなずいた。

「家族にずっとひどいことをした。後悔しかないよ。もう会っても、どんな顔をすればいいかわからん」

　私は質問に答えようと頭を巡らせた。それは私自身に対する質問でもあったからだが、そのためか、言葉が出てこなかった。私がほろ苦い表情で黙っていると、彼はつまらないことを言ってしまったというように手を横に振って、ラーメンのカップとともに背中を向けた。

「お客さんに接するように……されたらいいですよ」

ふと口から飛び出した言葉に、彼は振り返った。

「お客さんに……親切にしているのだから……家族にも……お客さんにするようにしたらいいです。そうすれば……大丈夫です」

「お客さんに、か……。そうだな。ここで接客をもっと学ばなくちゃな」

クァク氏は礼の言葉を言うと、背中を向けた。考えてみれば、家族も人生という旅で出会った、お互いの客ではないだろうか。貴賓であれ、招かれざる客であれ、客として接していれば、お互いに傷つけ合うことはないだろう。ふと吐き出した言葉だが、彼に対する答えになったと思うと安心した。ところが、自分にも答えになりうるだろうか。いや、私はとても客などにはなれないのではなかろうか。


ソンスク氏とクァク氏の業務引き継ぎまで確認してから、コンビニをあとにした。再びソウル駅に向かった。一時は自分のすみかだった駅舎を通り過ぎた私は、駅前広場を横切ってバス停に行った。そこから出発する赤色の広域バスが一台、今日の目的地に私を連れて行ってくれるだろう。バス停に着いた私は、バスを待ちながらソンスク氏と彼女の息子のことを思った。さっき彼女は、もう息子とLINEをする間柄になったと言って笑顔を見せた。あの日、私と話をしてから、ソンスク氏はおにぎりといっしょに真心のこもった手紙を息子に渡し、しばらくして息子から長文のメッセージを受け取った。息子はまず、すまなかったと謝り、「本当にやりたい仕事の準備をしたいから、もう少し我慢して待っていて欲しい」と頼んできた。ソンスク氏は、それだけでも息子に対する信頼を取り戻すことができた。

ソンスク氏は息子がプレゼントしてくれたスタンプだと行って、ハートを投げる動物のイラストを私に見せてくれた。私はその動物がタヌキなのかモグラなのかわからなかったが、彼女が幸せそうにしていることは確信できた。

結局、生きることは人間関係であり、人間関係とはすなわちコミュニケーションだった。幸せは遠くにあるのではなく、自分のそばにいる人たちと心を交わすところにあることを、いまになって理解したのだ。去年の秋と冬を過ごしたコンビニALWAYSで。いや、その前の数年を過ごしたソウル駅での日々で、私は徐々に学び、少しずつ身につけていった。家族を見送る家族たち、恋人を待つ恋人たち、親に連れられた子どもたち、友人とともに旅に出た友人たち……。私はそこにじっと座って、彼らを見ながら独り言をつぶやき、うろつき、思い悩み、ようやく何かを学んだのだ。

広域バスはかなり走って、京畿道（キョンギド）南部のある町に入りつつあった。まだ開発中の町らしく、国道にはミキサー車とダンプカーがしきりに往来している。国道上のあるバス停に私を降ろしたバスは、ほこりを立てて走り去り、私は降りる前に見かけた案内板のある場所へと歩いて戻っていった。案内板のある場所に着いて、しばしそれを見上げた。その案内板は、「墓苑THE HOME」まで五百メートルと伝えており、私はその墓苑の名称をどう翻訳すべきか考えながら、丘へと続く五百メートルあまりを歩いた。家？　家庭？　すみか？　ネーミングを決めた人の心情が理解できた。ホームはホームに過ぎない。ともかく、ホームレスである私がホームへと向かっているというのは、妙な気分だった。そこは私には死んでも住むことができない場所であり、生きていても歓迎されない場所だった。だが、もうここまで来たからには、直面しなくてはならない。

墓苑の入口にある、圧迫感を与えるほど大きな造形物の横を通り過ぎながら、私はクァク氏が昨日くれたメモを取り出した。「グリーンA－303」と書かれた区画番号を確認してから、私はマスクを外して息をついた。墓苑は日当たりのいい丘を造成したせいで勾配がきつく、私は生きている証拠に荒い息をつきながら、澄んだ空気を吸い込んだ。死者たちのホームに来たせいだろうか、周囲には人影がなかった。マスクを外しても非難の目を感じる必要がないので、ポケットにマスクを突っ込んで、再び歩みを進めた。

カウンセリングで、彼女はかなり心配していた。手術は痛くないのか、副作用はないか、また、時間がたったら再手術が必要になるのではないのかとも質問した。それに対して私は、手術は全身麻酔でおこなうし、いま心配しているようなことは、江北（カンブク）の場末にあるような二流の病院でなければありえないことだ、と答えた。

「ニュース沙汰になるのは、それなりの病院だからです。言ってしまえば、お話にもならない問題があるから、ニュースになるんですよ。つまらない心配はご無用です。ここは狎鷗亭洞（アックジョンドン）です。うちの整形外科をよく調べてから来られたんでしょう？」

「それが……私がやっとのことで貯めたお金なんです。再手術や追加の費用が必要なら、手術を受けることができないので……ちょっと心配で。それに初めてのことだし」

「大丈夫ですよ。これが最初で最後になるよう、万全を期しますから。心配なさらずに、病院と医師の話をよく聞いて、あとはお任せください」

「はい、安心しました。ありがとうございます」

一週間後、彼女が手術を受けている間に、私はまったく同じ話をほかの相談者に繰り返していた。手術は歯科医のチェ氏が担当し、私はチェ氏が執刀している途中で、カウンセリングのために席を外していたのだ。

私が安心させた患者は、そうしてゴーストドクターによる手術を受け、死亡した。

院長はすばやく事態を収拾した。ゴーストドクターは文字通り存在しないことになり、彼女の死は医療事故の一部となった。遺族側は娘の命を返してくれと叫び、病院側を告訴したが、院長が法曹界の人脈を使ったおかげで起訴すらされなかった。

結局、適当な補償金と私の退職で事件は収束した。私は院長から騒ぎが収まるまでしばらく休むように言われ、久しぶりの休暇でも取ったように自宅で休むことができた。

いったいどこで間違ったのか。

ゴーストドクターに代理手術をさせたせいだろうか。代理手術が当たり前であるかのように手術室を出て、金を稼ぐためにひとりでも多くの相談者を受けつけたせいだろうか。心配と期待が入り交じる目で、私に手術を任せてくれた彼女を騙したせいだろうか。あるいは、金のことだけ考えて代理手術を日常的に指示する院長の下で働いたのが誤りだったのか。そもそも成り上がることだけを目標に医師になった、自分の貧しい精神のせいだろうか。それとも、世を恨むあまり、成功して羽振りのいい生活をしてやると私に決意させた、十代のころの貧困と無能な親を責めるべきだろうか。

そのとき、私にはわからなかった。さっぱりわからなかった。いまではわかる。取り返しがつかないにもかかわらず、わかった。ここ、グリーンA－303号の前に立って、私が殺したのも同じ、まだあどけなかった二十二歳の女性の顔の前で、あふれ続ける涙をマスクで拭うしかなかった。

就職を控え、面接のために顔に投資しなければならないと、だから顔を直すために学生時代をアルバイトに明け暮れたという彼女を、真っすぐ見ることができなかった。彼女は生き残るために世間の基準に合わせようとし、それが彼女を死に追いやった。彼女の命を奪った非情な刃、それがいまも私の手に握られているようで身震いした。

私は涙をこらえて、パーカーの懐の奥に手を入れた。そこから刃ではなく、花を取り出した。昨日買っておいた接着式の造花だった。私は赤く輝く偽物の花を、彼女の小さな空間に貼りつけた。そしてどうしていいかわからず、立ちすくんでいた。再び涙があふれてきた。

誰かの足音が聞こえ、私は濡れたマスクで口を覆い、頭を下げた。涙が流れる目を閉じ、ひたすら祈った。すみませんでした。本当に……申し訳ありませんでした。私を許……さないでください。そこで……安らかにお眠りください。どうぞ……安らかに。

広域バスに乗り、ソウル市内に入ると、やはり渋滞にはまった。私は眠るように目を閉じたまま、込み上げる感情を抑えようとしていた。

私は有給休暇を取ったと言い訳したが、妻はそれを信じなかった。何があったのかと、事情を問い詰めた。そういうときほど厚かましく大胆になるべきだと学んできた私は、院長と喧嘩したので少し時間をおくのだと説明した。だが、それも長続きしなかった。死亡した女性が所属していたボランティア団体が病院に押しかけ、プラカードを掲げてデモをした。事件はすぐにニュースになり、たちまちインターネットで事件の内容が拡散された。

妻は私に真実を問うた。私は回答を避けた。真実など重要じゃない。私と家族が生きていくには、口を閉ざすのが答えだった。だが妻は、娘も父親の事件について知りたがっているとして、さらに問いただした。だからさらに口をつぐんで、しらを切るべきだと言っているだろう――。もどかしさのあまり、私は妻に言った。医療事故を起こしたのは自分じゃない。ソ科長の下で起きたことで、この業界ではしばしばあることだ。それに院長は、こうした問題の処理に長けている。すぐに日常に戻るだろう。病院内がごたごたしているから、ちょっと休んでいるだけだ。

妻はその言葉を信じず、この話についてはもう口に出さなかった。毎日、どこかに出かけて、寺にでも行っているのか、街をさまよっているのか、夜遅くまで帰ってこなかった。娘も空気を察したのか、父親のことを避けるようになった。そうして日曜日の夜、ひとりで家で寝転んでデリバリーの料理を待っていた私は、癇癪を起こしてしまった。妻に電話し、つながるやいなや、思いつくままにまくし立てた。俺が好きでこうしていると思うのか？ そんな病院で働いていて、良心が痛まないとでも思っているのか？ 俺はこうして危ない橋を渡りながら、お前と娘を養っているんだぞ！ でなきゃ、どうやって暮らすつもりだ。そんな甘い世の中じゃないぞ。落伍者もいれば、被害者もいる。俺は自分の家族を守るために必死で働いたんだ！ それで疲れてちょっと休んだら、俺を見捨てるのか？ いったいどこにいる？ すぐに帰ってこい！

その夜遅くなって、妻と娘が帰ってきた。ふたりはあきらめたように私の前に向き合って座った。妻はしばらく時間を置こうと提案した。そして、「あなたの病院の事件が究明されるまで、あなたを責めることはしない」と言った。私はその言葉に同意してから、娘の顔を見下ろして服従の目を要求した。娘が小さな目を上げて、私を見つめた。性格も、気質も、顔つきも私に似ていない娘だったが、唯一私と似ているその小さな目が、唯一私は気に入らなかった。ほかのところが私に似てくれて、目は母親に似たら、どれほどよかっただろうか。心に抱いていたその思いが、ふっと口から飛び出した。

「父さんの言うことをよく聞くんだ。そしたら、大学に入ってから二重の手術をしてやる」

「え？ 私も殺すつもり？」

娘の口から無造作に出てきた言葉に、私も妻も凍りついた。言葉が出なくなり、私の体が震え始めた。それでも娘は軽蔑の視線をやめなかった。瞬間、思わず手を上げてしまった。そのとき妻が娘と私の間に立ち塞がった。妻はぶるぶる震える私の体をさえぎると同時に、私に向かって叫んでいたが、何も聞こえなかった。娘に向かって突進しようとする私を、妻が必死で止めた。私は反射的に妻を押しのけた。彼女は短い悲鳴とともに飾り棚にぶつかって倒れた。気がつくと、娘が倒れた妻の横に座って、あわててどこかに電話をかけていた。私はその場にへなへなと座り込み、信じられない気持ちで眼前の光景を眺めるだけだった。

医師は打撲の治療をし、数日は安静にするようにと入院を勧めた。個室のベッドに横たわる妻は、うつろな目で私の視線を避けるばかりだった。私が過ちを謝罪し、もう二度とこのようなことはしないと言っても、黙りこくっていた。妻は私を避け、窓のほうへ寝返りを打った。私は付き添い用の椅子に腰掛け、手で顔を覆った。涙をこらえて、がっくりとうなだれた。

どれほどの時間が流れたのか。妻の声が聞こえた。

「私たちを守ってあげてると思ってたの？」

顔を上げると、ベッドに体を預けた妻の腫れた顔が目に入った。

「私たちを守るための仕事……もうやらなくていいわ」

「……どういう意味だ？」

彼女が目を閉じた。私は黙って息を整えた。

「家族を守りたければ、家族に正直になるべきよ」

彼女は真実を問うていた。しかし、まだ私は答えることができなかった。私の口から、私がしでかしたことを言った瞬間、彼女から判決を下されるように思ったからだ。私は何も言えなかった。

数日後、退院した妻はふだんの姿に戻ったようだった。適当に諦めたように見え、時間がたてばよくなるだろうと思った。ちょうど病院から連絡が来て復帰するように言われ、私は何事もなかったように再び出勤した。

そして帰宅してみると、妻と娘は消えていた。それでおしまいだった。

私もおしまいだった。妻と娘はどこかに消え、電話しても出なかった。悲惨だった私の幼年期の家とは違う、完全な私だけの家庭を築こうとしたが、もはやすべてがこっぱみじんになってしまった。酒を飲まないと眠れなくなった。

数日欠勤していると、院長から連絡があった。私は携帯電話に向けてわめき散らした。いま家がむちゃくちゃになって、自分も頭がどうにかなりそうだ、と。院長は嘲るような笑いとともに、ずっと休んでいろと言った。院長にとっては、戯言(たわごと)に過ぎなかっただろう。代わりに私は、院長に一泡吹かせてやろうと決心した。私をないがしろにした院長の奴を一緒に地獄に引きずり下ろしてやらねば、粉々になった私の人生に報いることはできないと思った。

私は病院の不正に関する資料を集めて、クラウドにアップした。一方、引き続き妻と娘を探し続けた。その間にも、少しずつ私は壊れていった。病院の不正を暴くことは、自分の破廉恥な行為を直視することにほかならず、妻と娘に対する罪の意識は、私が殺した患者に対する罪の意識と相まって、私を苦しめた。つらくて吐き気がした。酒はそこから逃げるための避難所だった。耐えられなくなった私は、酒を飲み続け、いつしか日常生活が送れないほどになった。妻と娘の行方を探す以前に、自分の行方がわからない状況に至ったのだ。

妻と娘が大邱にいるという事実を探り出したとき、私は差し押さえの札がベタベタと貼られた家で、死につつあった。最後の力を振り絞った私は、荷物をまとめてソウル駅に向かった。大邱行きの高速鉄道のチケットを手に列車を待っていたとき、改札口の向こう側に妻と娘の顔を想像するだけでも、全身がぶるぶる震えた。しばらく冷や汗を流していた私は、チケットを破り捨てて振り向いて走った。トイレに入って嘔吐し、そのまま倒れてしまった。

目が覚めたとき、私に残っているものはズボンとTシャツだけだった。高級なジャンパーとハンドメイドの靴、財布、バッグは、すでに何者かに盗まれていた。はだしで立ち上がり、トイレの鏡をのぞき込む。鏡の中に、再び妻と娘の顔が見えた。鏡の中の妻と娘が、錯乱する私の顔に変わるやいなや、私はそれに頭突きした。

それ以降、私はソウル駅を離れることができなくなった。人々は私をホームレスと呼び、ホームレスの仲間たちは私を独孤と呼んだ。死んだ老人の名前であり、新しい名前として悪くなかった。

ソウル駅に到着した私は、会賢洞に向かうと、バスタブのあるモーテルに入室した。バスタブに湯をためて、そこに浸かった。玉のような汗が噴き出すころ、トウモロコシひげ茶を飲んだ。買ってきた四本のトウモロコシひげ茶をすべて飲んでから、バスタブの中できれいに体を洗った。体の中の汚いものをすべて出してしまおうというように、勢いよく小便もした。またシャワーを浴び、歯を磨き、バスルームを出た私は、ベッドに寝転がり目をつむった。

翌朝、眠りから覚めた私は、服を着て街に出た。腹が減っていたが、空腹も悪くなかった。いったん食べ物がなくなれば、何日か食べないでいられる自信があり、そのほうが精神を守るのに助けになるだろうと思った。

目の前にソウル駅が見えた。急に心臓の鼓動が速くなった。いくつか信号を渡り、駅前広場に着いた。どこかの団体がホームレスたちにマスクを配っていた。マスクをしたホームレスの姿は、とても不自然に見えた。彼らのためなのか。彼らが感染源になるのを警戒してのことなのか。おそらくその両方だろう。マスクをすると、人々はすべて同じに見えた。誰もが感染し、感染源にもなりうる、人間というウイルスに過ぎない。数万年にわたり地球を苦しめてきたウイルスだ。

大邱行きのチケットを買って再びその場所に立つと、四年前に倒れたときの記憶が甦った。しかし、今度はひとりではない。弁当の入ったコンビニのレジ袋を手に、私のほうにやってくるオーナーの姿が目に入った。私が遠慮したのに、彼女は頑として見送りに行くと言った。ソウル駅で出会ったのだからソウル駅で別れようというオーナーの、もっともらしい理屈に説得されたのだ。実は、オーナーの助けが必要だったのも確かだ。万が一にでも、私がまたチケットを破り捨ててトイレに駆け込み、頭を打ちつけて倒れるようなことにならないよう、彼女が止めてくれることを願っていた。

「あなたの好物を持ってきたわ」

オーナーがレジ袋を手渡した。中には山海珍味弁当とトウモロコシひげ茶が入っていた。私はしばらく黙ったまま、それを見つめていた。

「大邱に行ったら、あなたが医者だと証明することはできるの？」

「すでに電話で……確認しました」

この国では人を殺したり性犯罪を犯しても、医師免許が取り消されることはない。「不死鳥免許」とも言われる。なぜか？　医療技術者が法技術者と親しいからだ。それを信じて、私たちはあんなことをしでかしたのかも知れない。そんな恐ろしい特権を持って人の命を扱っているうち、自分を全知全能の神と錯覚したのかも知れない。私が執刀した患者のひとりが芸能人として成功すると、人々は彼女が「神医」の手を借りたと言った。だが、私は人間に過ぎなかった。それも自分のことしか考えない人間、悪い人間、ただ自分だけが知っている利己的な存在だった。

「あなたを手放したくないけど、この時期に大邱にボランティアに行くというなら、止めるわけにいかないわね。あなたのような心遣いがあれば、あちらに行ってもうまくやれるわ。体に気をつけて」

「……オーナーのおかげです。オーナーに……会わなければ、私はここに寝ていたでしょう……大邱にも行けずに」

「だったら、私もコロナ時代に、役に立てたことになるのかしら」

「もちろんです」

医師になって一度もボランティアなどしたことがなかった私が、大邱に医療支援に行く。再び、昨日訪ねた遺骨箱の中の彼女のことを思い浮かべた。大邱に行くことが贖罪になるわけではないだろうが、罪を記憶しながら生きる道にはなるだろう。これからもこうした道を探し続けなくては。

「みんなマスクをしているから、静かになったわね」

「そうですね」

「みんな、勝手なことばかり言っているでしょ。中学の教室でもあるまいし、みんな偉ぶって、知ったかぶりをしながら、大騒ぎして。だから地球が人間を黙らせようと、この病気を流行らせたんじゃないかしら」

「マスクをつけずに……騒ぐ奴もいます」

「そんな奴ら、叱り飛ばしてやらなくちゃ」

「ハ……ハハハ」

思わず頬がピクピクした。

「マスクが不自由で、コロナで不自由になったからと、自分がやりたいようにやるって騒ぐ人たちもいるでしょ。だけど、世の中ってもともとそういうものよ。生きること自体が不自由で不便なことなのよ」

「そんな……気がします」

「知ってる？　町内の人たち、もともとうちのコンビニのこと、不便なコンビニって呼んでたの」

「ご存じ……だったんですね」

「もちろんよ。棚揃えも貧弱だし、キャンペーンもほかに比べて少ないし。町内の雑貨屋みたいに値引きするわけでもないし、とにかく不便だってね」

「不便な……コンビニ……」

「それでも、あなたが来て楽になったわ。お客さんも、私も。だけど、これからはまた不便になりそうね」

「なぜ……ですか？」

「そりゃそうよ。だから、大郎の用事が済んだら戻ってきて」

私は答える代わりに、ぎこちない笑いをオーナーに返した。それが答えになったのか、彼女が私の背中をポンと叩いた。

「いいわ。私がさっき言ったように、人間たちはもっと不自由で不便になるべきよ。だから、うちのコンビニも、また不便になったほうがいいわ。だから絶対に戻ってこないで」

「……はい」

「ボランティアするだけじゃなくて、家族にも会ってね」

何だと？　妻と娘が大邱にいるという話を、彼女にしたのだったか？　また記憶が曖昧になったのか？

オーナーこそ、自身が信じる神に似た人のようだ。どうして私の心を見抜けるのか。この世界で神性を得た者とは、神医などではなく、彼女のように他人への配慮がある人のことだろう。出発時間が近づいても、私の足は動かなかった。目に見えない磁石に背中から引っ張られているように、少しも前に進めなかった。オーナーが私の酸素マスクであるかのように、私は彼女の横で脅えるばかりだった。

「もうお行きなさい。長く立っているから疲れたわ」

私は身を返し、オーナーを見つめた。私を置いて消えた母？　死ぬまで私の面倒を見てくれた父方の祖母？　誰だろう？　私は彼女を抱きしめ、低い声で言った。

「死ぬべき人間を……救って……くださいました。恥ずかしいけれど……生きてみようと思います」

答える代わりに、彼女は抱き合ったまま、小さな手で私の背中を叩いてくれた。

改札を通った私は振り向くことなく、足早にホームへと向かった。列車に乗って指定席に座ると、涙が出てきた。早く列車が出発するよう願った。涙が吹き飛ぶくらいに速く走って、一気に大邱まで私を連れて行ってくれるよう願った。私の思いが伝わったのか、列車は徐々に動き始めた。ソウル駅を出ると、コンビニへと続く道が車窓から見えるようだった。青い丘という青坡洞と、そこに位置する不便で仕方ないコンビニも見える気がした。

列車が漢江(ハンガン)鉄橋に差し掛かる。朝の日の光が川面に反射して、キラキラと輝く。

ホームレスになって以来、ソウル駅とその周辺から離れなかったと言ったが、実は一度だけ、漢江に行ったことがある。橋の上から身を投げようとしたのだ。だが、失敗した。実は、この冬をコンビニで過ごしたら、麻浦(マポ)大橋か元暁(ウォニョ)大橋から飛び降りる覚悟だった。だが、いまではわかる。

川は身を投げる所ではなく、渡る所だということを。

橋は渡る所であって、飛び降りる所ではないことを。

涙が止まらない。恥ずかしいが、生きることにした。罪を背負って生きることにした。助けるものを助け、分かつものを分かち、自分の分け前を取ろうとしないことにした。自分だけを救おうとしていた技術で、他人を救うために力を尽くすだろう。謝罪するため、家族を探すだろう。会いたくないと言われたら、謝罪の気持ちを固めて背を向けよう。生はどんなかたちであれ意味を持ち、続いていくことを記憶しつつ、何とか生きねばならない。

列車が川を越えた。涙が止まった。

感謝のことば

作品にインスピレーションを与えてくださったオ・ピョンソクさん、監修を引き受けてくださったチョン・ユリさん、GS25文来(ムルレ)グランド店、アイデアを提供してくださったピョン・ヨンギュンさんとユ・ジョンワンさん、手作りビールの知識を与えてくださったチョン・ヒョンチョルさん、この話を本にまとめてくださったナムヨペジャ社のイ・スチョル代表、ハ・ジスン主幹、社員のみなさん、表紙のイラストを描いてくださったパン・ジスさん、推薦の辞を書いてくださったチョン・ヨウルさん、執筆室を提供してくださった土地文化館のキム・セヒ館長と関係者のみなさん、すべての人たちに深い感謝の意を表します。

二〇二一年春

キム・ホヨン

訳者あとがき

本書『不便なコンビニ』の舞台である青坡洞（チョンパドン）は、ソウル駅西口の南に広がる小高い一帯に位置する。地名が意味する「青い丘」のイメージとは遠く、入り組んだ狭い路地に古びた低層の建物が建ち並ぶ、典型的なソウルの下町の風情を残している。

そんな庶民的な町のコンビニに出入りする人々の横顔を、本書は丁寧に描いていく。ひょんなきっかけでコンビニの店員へと変身するホームレスの男、将来に不安を抱えながら公務員試験を目指すアルバイトの若者、自室でゲーム浸りの息子に悩まされる初老の女性店員、職場と家庭から冷遇されてコンビニのテラス席で酔い潰れる営業マン、店員と客の奇妙なやりとりに着想を得てスランプを脱する劇作家、自分の事業のために母親が営むコンビニを売り払おうとする息子、その息子に依頼されて主人公を調査する興信所の探偵……。だが、ほのぼのしたヒューマンドラマはラストで思わぬ展開を見せ、韓国社会が抱える矛盾を鋭くえぐりつつ、コロナ禍の先にほの見える希望に光を当てる。

作者のキム・ホヨンは高麗大学国語国文学科を卒業し、二〇〇一年に映画会社のシナリオ作家として文筆修業を始めた。本書の絶妙なストーリーテリングと映像的な文章表現は、その賜物（たまもの）だろう。その後、書籍編集者、漫画原作者などを経て、二〇一三年に『望遠洞（マンウォンドン）ブラザーズ』で第九回世界文学賞優秀賞を受賞する。だが、その後はしばらくヒット作にめぐまれず、失意の日々を送っていた。

そんなころ、大学の親しい先輩がコンビニ経営を始めたと聞いた。いかつい顔をした寡黙な先輩が、客商売などできるのか。あの先輩の店なら、きっと不便なコンビニに違いない――。そんな興味から、店をのぞきにいった。そして、コンビニが実は地域の人々を結びつける役割を担っていることに気づかされ、それが本作品執筆のモチーフとなったという。

二〇二一年四月に発売された本書は読者の広い支持を集め二〇二二年の年間ベストセラー総合一位となり、累計百万部を超えた。インターネット書店「イエス24」のパク・ポラム課長は、本書の人気の要因として「コロナ禍の長期化で生じた人と人の距離感を縮めてくれる力」と、「性別と年齢を問わず、誰もが受け入れられる幅の広いストーリー」を挙げている。著者は本書のねらいについて、メディアでこう述べている。「挫折した人たちが再起する物語によって悩みと困難を分かち合い、この世界はまだ生きるに値するということを知らせたかった」。

二〇二二年八月には、待望の続編『不便なコンビニ2』が出版されたが、初版だけで十万部を刷り、すでに本編と合わせて百四十万部突破と、その勢いは止まらない。ドラマ化も予定されており、『ウ・ヨンウ弁護士は天才肌』を大ヒットさせた韓国のケーブル局ENAで、今年中の放映を目指しているという。楽しみに待ちたい。

本書を訳し終えた私は、韓国を三年四カ月ぶりに訪れた。宿をソウル駅西口付近に定め、荷を下ろすとさっそく青坡洞に向かった。学生向けの下宿の看板、塀にペンキで書かれた「駐車禁止」の文字、のり巻きやラーメンなどのスナックを供する安食堂などの間を抜け、細く曲がりくねった長い坂を上っていくと、三叉路の角に何の変哲もないコンビニの看板が見えた。

以前なら一瞥して通り過ぎてしまっただろうが、本書を読んだ私は、吸い寄せられるようにコンビニに入っていった。店員も、商品棚も、POSレジも、そして近隣住民の憩いの場となるテラス席も、すべてが懐かしく思えた。レジを打つ若い女性は留学生なのだろうか。旅行客らしき二人連れと、親しげに異国の言葉で会話している。棚を整理する中年男性は、店のオーナーなのか、それとも肩たたきで大企業を追われたアルバイトなのか。店員と客の一人一人の人生が知りたくなった。

私はソウルでの最初の夕食に、ゴマラーメンとトウモロコシひげ茶を買い、ソウル駅へと引き返した。本書の主人公、独孤（トッコ）氏に会いたくなったからだ。エスカレーターを上ると、広いコンコースに出る。大きな液晶テレビの前のベンチには、高速鉄道KTXの発車を待つ老若男女が座っていたが、厳冬期だからか、ホームレスの姿は少なかった。独孤氏がホームレスの先輩である老人の死を看取るシーンが頭をよぎる。

そのとき、一人の老人が手のひらを捧げて、待合客の間を頭を下げながら歩く姿が見えた。その老いたホームレスは黒いジャンパー姿で、袖からのぞく手は日焼けのせいか、凍傷になりかけているのか、手首から先だけが手袋でもしているように赤黒かった。しかし、多くの人はうつむいて無視したり、露骨に手を振って追いやったり、そそくさと席を立っていってしまうのだった。

十組目くらいか、老夫婦の前に彼がその赤黒い手を差し出すと、男性の方がポケットに手を入れ財布から千ウォン札〔約百円〕を出し、彼に手渡した。すると驚いたことに、ホームレスの老人はひざまずき、深々と頭を下げるのだった。老夫婦は困惑の表情を浮かべるばかりだった。

しかし、千ウォンでは一日の食費にもならない。老人は次に軍服姿の若者の前に立ったが、やはり収穫はなさそうだった。私は思わず近寄って「アジョシ（おじさん）」と声を掛け、ポケットからさっきコンビニで受け取った釣り銭を取り出した。

老人は驚いたようにこちらを見ていたが、私が千ウォン札と五百ウォン硬貨を見せるとやっと意図を理解したようで手を差し出した。再びひざまずかせるのも悪いので、私は小銭を渡すと、すぐに背を向けてその場を立ち去った。

宿に向かいながら、その老人の元の職業は何か、故郷はどこなのか、今日の夕食は何か、また、彼にとって私はどう映ったのだろうか。そんなことがしきりに気になった。これもこの作品が持つ、人と人を結びつける力なのかも知れない。

末筆ではあるが、この愛すべき作品の編集を担当し、貴重な助言をくださった小学館の皆川裕子さん、翻訳の機会を与えてくださった（株）リベルの皆さんに感謝の言葉を捧げたい。

二〇二三年四月　訳者

著　キム・ホヨン 김호연
1974年生まれ。高麗大学国語国文学科卒業。2005年に第1回富川マンガストーリーコンテスト大賞受賞。2013年に長編小説『望遠洞ブラザーズ』で世界文学賞優秀賞を受賞。本作『不便なコンビニ』(2021)は韓国で100万部超えの大ベストセラーとなり、各国で翻訳出版され、舞台化、ドラマ化も進行している。続編『不便なコンビニ2』(2022)も合わせ、シリーズ累計150万部(2023年6月現在)。他の作品に『恋敵』(2015)、『ゴーストライターズ』(2017)、『ファウスター』(2019)、エッセイ『毎日書いて、書き直して、最後まで書きます』(2020)、『キム・ホヨンの作業室』(2023)などがある。

訳　米津篤八 よねづ・とくや
早稲田大学政経学部卒、朝日新聞社勤務を経て、朝鮮語翻訳家。訳書に『チャングム』キム・サンホン、『J.Y. Park エッセイ　何のために生きるのか?』J.Y. Park(以上、早川書房)、『夫・金大中とともに』李姫鎬(朝日新聞出版)、『世界の古典と賢者の知恵に学ぶ言葉の力』シン・ドヒョン(かんき出版)、『韓国近代美術史:甲午改革から1950年代まで』洪善杓(共訳、東京大学出版会)、『誘拐の日』チョン・ヘヨン(ハーパーコリンズ・ジャパン)、『おばあさんが帰ってきた』キム・ボム(光文社)など多数。

編集　皆川裕子

不便なコンビニ

2023年 6 月26日　初版第一刷発行

著者　キム・ホヨン
訳者　米津篤八
発行者　石川和男
発行所　株式会社 小学館
〒101-8001 東京都千代田区一ツ橋2-3-1
電話 編集03-3230-572／販売03-5281-3555
DTP　株式会社昭和ブライト
印刷所　萩原印刷株式会社
製本所　株式会社若林製本工場

　ISBN978-4-09-356746-6